PARTIR

OU

RESTER

CHLOÉ LOUKAS

Tous droits de reproduction, d'adaptation et de traduction, intégrale ou partielle réservés pour tous pays. L'auteur ou l'éditeur est seul propriétaire des droits et responsable du contenu de ce livre.
Le Code de la propriété intellectuelle interdit les copies ou reproductions destinées à une utilisation collective. Toute représentation ou reproduction intégrale ou partielle faite par quelque procédé que ce soit, sans le consentement de l'auteur ou de ses ayants droit ou ayant cause, est illicite et constitue une contrefaçon, aux termes des articles L.335-2 et suivants du Code de la propriété intellectuelle.

Partir ou rester (BE 75 / 3)
Première édition : 17 août 2023
© Chloé Loukas, 2023
ISBN : 9798858058663
Design couverture : Audrey Notte

Les situations et personnages de cette histoire sont purement imaginaires. Toutes similitudes de nom ou de ressemblance avec des faits réels ou des personnes existant ou ayant existé seraient pure coïncidence.

Dédicace

Playlist Partir ou rester (BE 75 / 3)

Des extraits des chansons suivantes ont été utilisés dans cette romance.

♫ Flowers (Miley Cyrus)
♫ Bad Boy (Yseult)
♫ Unstoppable (Sia)
♫ Trois nuits par semaine (Indochine)
♫ Frontières (Yannick Noah)
♫ Elle a fait un bébé toute seule (Jean-Jacques Goldman)
♫ Clown (Soprano)
♫ Only girl in the world (Rihanna)
♫ Eternal flame (The Bangles)
♫ Je n'ai plus rien à te donner (Marc Lavoine)

À mon mari toujours présent près de moi,

À ma famille,

À mes anges gardiens,

À mes ami(e)s,

Vous êtes mes pilliers,

Ouvrages de la même auteure déjà disponibles

- Te fuir ou t'appartenir (BE 75 / 1)
- Résister ou succomber (BE 75 / 2)
- Partir ou rester (BE 75 / 3)

Ouvrages de la même auteure à venir

- Disparaître ou s'abandonner

Prologue

Alexandra

Je chante à tue-tête dans mon cabriolet. Je me sens invincible, véritablement invincible. Pour moi, la force mentale est plus importante que tout et je ne laisserai jamais personne me marcher sur les pieds.

J'adore les chansons où les femmes expriment clairement qu'elles sont fortes même si elles n'ont pas un homme à côté d'elle. C'est exactement ma devise. Me sentir invulnérable et féminine jusqu'au bout des doigts.

Alors oui, je chante sur le dernier tube de Miley. Elle a mis du temps à envoyer bouler le mec qui lui demandait de se conduire correctement à la première d'un film.

Paint my nails cherry-red

(Je peins mes ongles en rouge cerise)

Match the roses that you left

(De la même couleur que les roses que tu as laissées)

No remorse, no regret

(Aucun remords, aucun regret)

I forgive every word you said

(Je pardonne chaque mot que tu as dit)

Je roule sans prêter attention à la vitesse maximale autorisée. Je n'ai jamais été très douée pour respecter les règles. Elles sont faites pour être enfreintes. Je peux compter sur ma sœur avocate pour me sortir d'un éventuel guêpier.

Et si tu respectais un petit peu plus les règles et les limites...

Ah, voici mademoiselle moralisatrice dans toute sa splendeur ! Oui, j'ai la malchance d'avoir une petite voix qui ne cesse de freiner mes ardeurs. Quand je veux aller plus vite, elle ne cesse de me crier de me retenir. Je l'ai baptisée le schtroumpf peureux ou mademoiselle moralisatrice.

Il faut bien que quelqu'un te fasse comprendre que tu dois lever le pied.

Certainement pas ! L'adrénaline est mon alliée de chaque jour. Certains ont besoin de leur tasse de café, d'autres de leur tasse de thé, moi, j'ai besoin d'adrénaline.

Je m'époumone sur le refrain de Flowers. Les deux mecs qui passent à côté de moi se foutent de ma gueule. Je leur montre mon majeur au moment de démarrer.

Tu n'es pas possible ! Ta mère ne t'a pas élevée de cette façon. Ce n'est pas Amandine qui se comporterait de cette manière !

On a vu où son si politiquement correct l'a menée. Son ex lui a fait vivre un enfer pendant plusieurs années. Il a fallu qu'elle rencontre Adrien Laval pour dépasser ses complexes. Et encore, le lieutenant s'est comporté comme un connard avec elle au départ. Je peux jurer que je lui aurais fait bouffer ses couilles s'il m'avait traitée de cette manière.

Ton vocabulaire, Alexandra Marty !

Je n'ai pas d'ordre à recevoir de toi. Je poursuis ma route et je jette un coup d'œil dans mon rétro pour m'assurer que je peux me déporter. Tiens, c'est bizarre ! Encore cette voiture rouge derrière moi. Elle était déjà là quand j'ai quitté le journal il y a au moins vingt minutes. Peut-être un de mes fans !

Souviens-toi des recommandations de Clément. Tu as déjà eu l'impression d'être suivie à plusieurs reprises et il t'a demandé d'être très prudente.

Je n'aurais jamais dû lui en parler. Je me suis emballée pour un rien et maintenant, je dois lui envoyer un message tous les matins et tous les soirs. Et si jamais j'oublie, il m'appelle dans la seconde. J'ai déjà échappé au message toutes les deux heures.

Tu devrais être contente. Il te montre qu'il tient à toi et qu'il fait attention à ta sécurité.

Tu parles qu'il tient à moi ! Il ne sait pas ce qu'il veut. Il me montre que je lui plais, mais il ne va pas plus loin. Un peu comme si on m'offrait une belle robe en me disant que j'ai juste le droit de la regarder.

Je n'oublie pas le baiser torride que nous avons échangé avant mon départ pour le Canada. OK, je suis restée plusieurs mois au pays du hockey. Il n'a pas arrêté de m'envoyer des messages, de prendre de mes nouvelles. Quand je suis revenue, il s'est comporté comme si ce baiser n'avait jamais existé.

Pourtant il continue de se comporter comme une sangsue. Il travaille sur la résolution de l'enquête du blog avec moi. Il flirte sans cesse et s'arrête. J'ai horreur qu'on me tende des paquets de nounours à la guimauve sans pouvoir les croquer.

Je tourne dans une petite rue et j'entends mon téléphone sonner. Je jette un œil et je m'aperçois que ma meilleure amie essaie de me joindre. Je me gare sur un emplacement réservé aux livraisons et décroche. Je n'en ai pas pour longtemps et il n'y aura peut-être pas de livraison à cette heure-ci.

— Coucou, ma Noa. Comment vas-tu ? Est-ce qu'il fait toujours aussi chaud en Martinique ?

— Coucou, mon Alex. Oui, toujours aussi chaud et j'en profite encore quelques jours. J'ai une grande nouvelle à t'annoncer.

— Arrête de me faire languir et crache le morceau !

Oui, je sais, la patience n'est pas une de mes vertus non plus.

— J'espère que tu n'es pas aussi directe avec les mecs. Est-ce que tu leur dis la même chose en plein milieu de l'acte ?

J'éclate de rire. Non, je n'aime pas attendre et je le revendique haut et fort.

— Si un mec n'est pas capable de me donner un premier orgasme en quelques minutes, ce n'est pas la peine de continuer. Pourquoi perdre son temps ?

— Sais-tu que parfois, c'est très bon aussi d'attendre ?

— Un premier orgasme et ensuite, on peut patienter pour le second. Mais pas des plombes non plus !

— Tu es insatiable !

— Je profite de la vie. La vie est bien trop courte pour ne pas connaître le plaisir. Je suis une épicurienne et une nouvelle fois, je le revendique haut et fort. Je vois trop de choses difficiles dans mon métier pour ne pas profiter.

— Je ne peux qu'être d'accord avec toi. Imagine si tu étais infirmière et que tu devais soigner les gens.

— Je sais, ma Noa. À un autre niveau, je suis témoin de la violence des hommes et de ce qu'ils peuvent s'infliger les uns aux autres.

— Alors oui, tu as raison. Le sexe, c'est la vie et s'il n'y a pas d'orgasme au bout, il vaut mieux changer de cheval.

— Oui, il y a les canassons à éviter absolument. Et il y a les étalons à fréquenter assidûment et à monter aussi souvent que possible.

— Est-ce pour cette raison que tu as quitté Kevin ?

— Absolument pas ! Kev est un étalon pur sang. Nous étions malheureusement plus devenus des colocataires qu'autre chose avec le temps. Aujourd'hui, il est mon meilleur ami et j'en suis heureuse.

— N'avez-vous jamais fait un petit tour au lit pour vous rappeler le bon vieux temps ?

— Non, car nous ne voulons pas briser notre amitié. Nous sommes beaucoup trop proches pour le concept de sexe friends. Ah, Noa, je dois te laisser. Je suis garée sur un emplacement livraison et un camion vient de se positionner derrière moi.

— À plus tard, ma bichette.

Elle raccroche et je me rends soudainement compte que je ne sais pas quelle était la grande nouvelle qu'elle voulait m'annoncer. À force de déconner, nous en avons oublié l'essentiel.

Je vois deux mecs s'approcher et franchement, ils n'ont pas la tête de livreurs. Pas qu'il faut une tête spécifique pour être livreur, mais je ne le sens pas du tout !

Je lève la tête et je vois également deux mecs qui arrivent devant ma voiture. Surtout, je repère la voiture qui m'a suivie pendant de longues minutes. Qu'est-ce que c'est que ce bordel ? Mon alarme interne se déclenche immédiatement. Je me dépêche de remettre le contact.

Je n'ai pas le temps d'enclencher une vitesse que la portière de ma voiture s'ouvre brutalement. Un des hommes me tire pour que je ne puisse pas appuyer sur la pédale d'embrayage.

— Qu'est-ce que vous faites ? Vous êtes un grand malade.

— Tais-toi, espèce de petite fouineuse !

Pourquoi me traite-t-il de fouineuse ? Je n'ai pas vraiment le temps de me poser des questions. Il faut surtout que je sauve ma peau.

— Lâchez-moi immédiatement ! Pour qui vous prenez-vous ?

— Tu vas la fermer, salope !

Je commence à crier aussi fort que je le peux pour me faire entendre du voisinage. En espérant que quelqu'un intervienne dans ce monde où on ferme de plus en plus les yeux et où on reste planqué derrière ses rideaux !

— Fais-la taire ! Nous n'avons pas besoin que quelqu'un se ramène.

Je discerne un très léger accent dans les paroles. Qu'est-ce qui se passe ? Qui ai-je pu énerver à ce point pour qu'ils risquent ce genre d'opération en plein Paris et surtout en fin de journée ? Je continue de hurler tout en réfléchissant à la vitesse de l'éclair.

Je reçois un coup de poing dans la mâchoire qui m'assomme légèrement. Le mec en profite pour m'extirper de ma voiture et un deuxième l'aide à me porter jusqu'au fourgon. Ils me jettent sans ménagement à l'arrière avant de refermer la porte.

Je me relève et je tape contre la carrosserie pour faire un maximum de bruit. Il faut que les riverains m'entendent pour que je m'en sorte. La porte se rouvre et le plus baraqué monte me rejoindre.

— Tu vas la fermer immédiatement. J'ai horreur des enquiquineuses.

Je n'en ai strictement rien à foutre de ses ordres et je tape tout en hurlant. Il m'attrape par les cheveux et me fait pivoter vers lui.

— Je te jure que si tu ne la fermes pas, je t'éclate la tronche contre la paroi. Maintenant, tu vas t'asseoir gentiment après que je t'ai attaché les mains et bâillonnée.

J'essaie de secouer la tête et de lui taper dessus avec mes mains, mais il est trop fort. Il ne lui faut que quelques secondes pour réussir à lier mes mains avec un énorme scotch. Puis il en plaque un gros morceau sur mon visage pour m'empêcher de hurler.

— Voilà comment je préfère les femmes ! Attachées et silencieuses ! Maintenant tu te tiens tranquille. Si je suis obligé de revenir, je peux te jurer que tu t'en souviendras. Ton petit cul aussi ! Tu feras l'affaire pour que je me défoule.

Il descend du fourgon et claque de nouveau la porte. Je reste seule en me demandant comment je vais me sortir de ce pétrin.

Chapitre 1

Clément

Pourquoi ne m'a-t-elle pas envoyé ce foutu texto ? Pourquoi ne m'a-t-elle pas appelé ? Punaise, cette nana me rend complètement dingue ! Est-ce qu'il lui est arrivé quelque chose ou est-ce qu'elle a oublié mes consignes ? Avec elle, impossible de le savoir !

Elle, c'est Alexandra Marty ! La sœur de ma meilleure amie, Amandine. Alex qui est intouchable pour moi, mais qui est bien trop sexy pour mon bien. Ma queue frétille dans mon boxer chaque fois que je la vois alors que ma tête hurle non.

Pour une fois que ta tête a le dessus sur ta queue en ce qui concerne une femme ! Tu as plutôt tendance à réfléchir avec le cerveau d'entre les cuisses quand il s'agit de la partie de la population qui possède deux seins et une chatte.

Ah, non ! Tu me fous la paix, toi. J'ai déjà bien assez à faire avec Alexandra. Je tente de nouveau de l'appeler et une nouvelle fois, je suis dirigé vers sa boîte vocale au bout de la cinquième sonnerie.

J'ai envie d'exploser mon portable contre le mur. Je ne devrais pas m'inquiéter et pourtant, j'ai un mauvais pressentiment. Un très mauvais pressentiment ! Surtout depuis qu'elle m'a avoué qu'elle pensait être suivie. Elle s'en est rendu compte il y a trois jours alors disons qu'elle doit être suivie depuis une bonne semaine.

Je ferme les yeux et je tente de me calmer. Il y a certainement une explication très simple à son absence d'envoi de texto. Elle est partie sur un reportage et elle est trop absorbée pour me répondre. Ou elle a oublié son portable. Ou je lui prends la tête à lui demander de m'appeler matin et soir.

Je ferme les yeux et essaie de me raisonner. Alexandra Marty combat autant les règles que sa sœur essaie de les faire respecter. Je ne vais quand même pas commencer à me fier à mes mauvais pressentiments. Ce n'est pas une attitude digne d'un flic.

Oui, mais je ne sais pas pour quelle raison j'ai des doutes. Je connais Alexandra depuis quelques mois et elle a tendance à aller au-devant du danger. Je n'oublie pas la fois où elle a été blessée par des casseurs qui fuyaient une manifestation. Son article trop élogieux de la BE 75 n'a pas dû plaire aux rédacteurs du blog.

Ce blog minable qui colporte les pires insanités et conneries sur nous ! Malgré tous nos efforts, ils se moquent de nous depuis trop longtemps. Si seulement le ministère mettait plus de fric sur la table pour les démasquer !

Je regarde une nouvelle fois mon portable et je n'ai toujours pas de nouvelles d'Alex. Ce n'est vraiment pas dans mes habitudes de m'inquiéter pour une nana. Je ne couche pas avec elle. Je n'ai même pas vu sa petite culotte.

N'oublie pas que tu as goûté sa délicieuse bouche pulpeuse ! On se demande d'ailleurs ce que tu attends pour la croquer tout entière. Tu sautes pourtant sur tout ce qui bouge.

Je ne veux pas me rappeler du goût de sa bouche. L'embrasser était une erreur monumentale !

C'est certainement pour oublier cette erreur que tu t'es astiqué la queue toute la soirée en pensant à elle après l'avoir accompagnée à l'aéroport. Drôle de façon de montrer que tu n'es pas intéressé par elle !

Tu connais tous mes vices. Tu sais donc que je ne suis pas un homme pour elle. Tel qu'elle croit me connaître, elle pourrait succomber à mon charme.

Oui c'était lui que j'attendais

Lui le feu qui me consume

Ce même homme qui m'allume

Qui me rend chienne, qui me rend bête

Et qui m'éteint quand ça lui chante

J'suis tombée amoureuse d'un bad boy

Me posez pas de questions

Oh, oui, elle pourrait me tomber dans les bras si je décidais de la faire mienne !

Ce n'est vraiment pas la modestie qui t'étouffe. Et si elle te sauvait de toi-même ?

Personne ne connaît mes vices et rien ne changera cette situation. Je ne veux pas perdre mes amis et ils me tourneraient le dos s'ils connaissaient l'homme qui se cache sous le masque de clown. Ils n'ont aucune idée de mes tares cachées et je compte garder la situation telle qu'elle.

Pourquoi crois-tu qu'ils te tourneraient le dos ? Vous avez tous vos secrets.

Les miens sont inavouables et je les garde profondément enfouis au fond de moi. Il n'y a que mon ami de galère qui connaît une partie de l'histoire.

Un nouveau coup d'œil à mon smartphone me prouve que je n'ai toujours pas reçu le SMS qui me tranquilliserait. Je regarde l'historique de ma conversation avec Alex et le dernier texto date d'hier soir. Elle ne m'a rien envoyé ce matin et j'étais en intervention. Je dois savoir si Amandine a des nouvelles.

Je me précipite dans la cuisine de la BE 75 où ils boivent un verre après les émotions de la journée. Nous avons quand même dû fuir une bombe dans un entrepôt. L'essentiel est qu'aucun de nous ne soit blessé.

— Amandine, j'espère que tu as eu des nouvelles d'Alexandra depuis ce matin.

— Non, aucune nouvelle. Ça lui arrive très souvent quand elle part en reportage.

— Je n'aime pas son silence. Nous avions convenu qu'elle devait m'appeler tous les matins et tous les soirs depuis qu'elle avait noté…

Je m'arrête avant d'en dire trop. J'espère que personne ne remarquera ma bévue. Je devrais apprendre à me la fermer !

— Qu'est-ce qui se passe, Clément ? Pourquoi es-tu aussi inquiet ? Qu'est-ce que vous nous cachez, Alexandra et toi ?

Je vois Adrien se déplacer et se positionner près de sa femme. Ses yeux perçants se posent sur moi. Je n'ai pas intérêt de me débiner.

— Alexandra m'a fait jurer de garder le silence pour ne pas t'affoler.

— Quoi, qu'est-ce qui se passe ? Là, tu m'affoles vraiment.

Si Adrien pouvait me mitrailler sur place, il le ferait. Je m'en veux immédiatement de mon peu de délicatesse envers ma meilleure amie. Cela ne me ressemble pas de m'affoler comme une gonzesse et je fais n'importe quoi.

— Depuis la parution de son article faisant l'éloge de la BE 75, Alexandra est sur ses gardes. Elle m'en a seulement parlé il y a trois jours. Elle avait l'impression d'être suivie, d'être épiée.

Amandine réagit immédiatement et l'éclat de ses yeux me fait mal. Je me sens comme un con.

— Non, ce n'est pas possible. Ils ne peuvent pas s'en être pris à ma petite sœur. Je vous en prie, dites-le-moi.

J'ai été trop loin pour reculer. Je dois leur avouer le fond de ma pensée pour qu'ils puissent m'aider.

— Adrien, j'ai peur qu'Alexandra ait été enlevée par les rédacteurs du blog en représailles de son article.

Je vois le corps de ma meilleure amie se désarticuler comme celui d'une marionnette qu'on range dans une boîte après son spectacle.

— Amandine, qu'est-ce qui t'arrive ?

Adrien me jette un regard mauvais tout en serrant le corps de sa compagne inanimée contre lui.

— Ne crois-tu pas qu'elle a eu suffisamment d'émotions aujourd'hui ? Une bombe a failli tous nous tuer. Toi, tu débarques sans aucune précaution et tu annonces de but en blanc que sa sœur a peut-être été kidnappée par les rédacteurs du blog.

Mon pote et supérieur hiérarchique a totalement raison. J'ai fait preuve d'une insensibilité incroyable alors que je suis le premier à prendre des pincettes avec ma meilleure amie. Qu'est-ce que j'ai fait ? Benji me pousse du coude comme pour me dire que j'ai déconné grave.

— Je suis vraiment désolé, Adrien. Tu as complètement raison. C'est juste que je suis vraiment très inquiet pour cette tête de mule d'Alexandra.

Mon frère d'armes me fixe et je ne baisse pas les yeux. Il sait que je ne suis pas du genre à ameuter tout le quartier pour rien.

— Laisse-moi aller déposer Amandine sur notre lit pour qu'elle récupère un peu. Elle n'est pas habituée à autant d'émotions fortes.

Je hoche la tête tandis qu'il monte les escaliers avec son précieux fardeau dans les bras. Romain et Laura se tournent vers moi.

— Depuis quand Alexandra est-elle suivie ?

— Elle m'en a parlé il y a trois jours. Je pense donc qu'elle est surveillée depuis une bonne semaine. J'avoue ne rien avoir remarqué quand j'étais avec elle.

Je ne rajoute pas que mes instincts sont totalement perturbés quand elle se trouve près de moi. J'aurais dû être plus vigilant.

— Ne commence pas à te faire des reproches inutiles !

C'est Jérémy qui vient de lancer cette phrase. Il s'approche de moi et hoche la tête pour m'en convaincre.

— Jerem a raison. Nous ne pouvons pas être constamment sur le qui-vive. Surtout quand nous sommes avec nos amis !

— J'aurais dû anticiper qu'elle deviendrait une cible après son article élogieux sur notre unité.

— J'aurais dû l'anticiper également. Cesse de te faire des reproches et explique-nous ce qu'Alex t'a dit.

C'est Adrien qui vient de faire cette demande. Il est déjà redescendu alors que je pensais qu'il allait rester auprès de sa chérie. Comme s'il sentait mes interrogations, il rajoute :

— Elle a besoin de repos. Elle a besoin que son mental s'apaise. Retrouvons Alex avant qu'elle se réveille. Ce sera le meilleur des remèdes. Nous t'écoutons, Clément.

— Je n'en sais pas beaucoup plus en réalité et je m'affole certainement pour rien.

— J'ai appris à me fier à ton instinct de flic. Tu ne devrais pas douter de cet instinct.

— Alexandra m'a juste fait part de ses impressions d'être constamment suivie. C'était il y a trois jours et depuis, je lui ai demandé de m'appeler matin et soir pour me dire si elle allait bien. Je voulais qu'elle le fasse toutes les heures, mais elle a refusé.

— Elle a encore plus de caractère qu'Amandine et elle déteste les ordres. Tu n'aurais rien pu faire de plus que ce que tu as fait.

— Notre dernier contact remonte à hier soir. Elle ne m'a pas contacté ce matin, mais je sais qu'elle allait bien. Je l'ai entendue discuter avec sa sœur.

— Il faut donc qu'on essaie de retracer son emploi du temps depuis ce matin.

Laura intervient dans la conversation. La belle militaire n'a pas l'intention de rester de côté pendant les recherches.

— Je peux peut-être appeler son boulot en me faisant passer pour une de ses amies très proches. Je dirai que je la cherche par rapport à un dîner où je ne peux pas me rendre.

— C'est une excellente idée, Laura. Nous saurons alors si elle était sur place aujourd'hui.

Nous la regardons tous rechercher le numéro du journal dans lequel travaille Alexandra puis le composer. Elle demande à lui parler. Nous comprenons que son interlocutrice lui dit qu'elle n'est plus présente dans les locaux.

— Oh, flûte ! J'avais rendez-vous avec elle pour dîner et je n'arrive pas à la joindre sur son portable. Je voulais la prévenir que je ne peux pas venir. Savez-vous depuis combien de temps elle a quitté le journal ?

J'avoue que sa tactique est subtile. Comme une conversation entre amies pour obtenir des confidences précieuses ! Nous n'entendons pas les réponses, nous voyons juste Laura hocher la tête.

— Vous dites qu'elle est partie depuis deux bonnes heures. Je vous remercie de votre aide.

J'observe tous les visages qui se tendent autour de moi.

— Nous savons qu'elle allait encore bien il y a deux heures. Peut-être est-elle partie à la salle de sport !

Je ne crois pas tellement à cette explication. Ce n'est pas le jour où elle s'entraîne. J'ai envie de croire qu'il y a une explication très simple à son mutisme et que mon instinct me trompe.

Au lieu de prier pour avoir tort, mets-toi en mouvement ! Son silence est inhabituel.

Je lui avais scrupuleusement dit de me tenir au courant sur la situation chaque matin et chaque soir. Elle a déjà oublié ce matin. Se pourrait-il qu'elle ait aussi zappé ce soir ?

Je n'y crois pas vraiment. Où es-tu, Alexandra ? Pourquoi es-tu aussi têtue ? Et surtout pourquoi est-ce que je ne parviens pas à te sortir de mon crâne ?

Chapitre 2

Alexandra

Garde ton calme, Alex ! Ce n'est pas le moment de disjoncter. Si je veux m'en sortir, je dois garder la tête froide.

Dans les films, les gentils arrivent toujours à s'en sortir. J'adore les séries policières alors je n'ai plus qu'à chercher dans ma mémoire et essayer de me rappeler un des scénarios pour m'échapper. Oui, les scénarios sont de plus en plus réels.

Crois-tu que ce soit le moment de philosopher sur les scénarios de films de plus en plus réalistes ? Il n'y a vraiment que toi pour partir dans tous les sens alors que tu te trouves ligotée et bâillonnée dans un fourgon conduit par on ne sait qui.

En même temps, si je savais qui c'était, je ne serais certainement ni ligotée ni bâillonnée. Si je cherche du côté des experts ou des NCIS, je devrais trouver la parade pour leur fausser compagnie. La première chose à faire est d'arriver à enlever le scotch sur ma bouche qui me permettra ensuite de déchirer celui des mains avec les dents.

N'as-tu pas oublié un léger détail ?

Je ne vois pas lequel ! Toujours là à jouer les rabat-joie ! Trouve-toi une autre victime, ça me ferait des vacances.

Il me semble que tes mains sont ligotées dans le dos alors que ta bouche se trouve sur ton visage devant. Donc à moins d'avoir des mains élastiques, je ne vois pas comment tu vas pouvoir arracher le sparadrap du bout de tes doigts sur ta bouche.

Oh, ce n'est qu'un léger détail ! Je ne me fais pas de souci pour ça. Les pratiques régulières de la gymnastique et de la pole dance ont rendu mon corps très souple. Comme je ne suis pas attachée à l'habitacle ou à un siège, je peux facilement contourner ce problème.

Étape 1 : faire passer mes mains devant mon corps.

Je commence à me contorsionner dans tous les sens pour faire passer mes mains sous les fesses puis je ramène mes jambes vers mon visage. Mes mains ligotées glissent le long de mon pantalon jusqu'à ce que je déroule de nouveau mes membres inférieurs pour libérer mes mains. Je sais que mes explications peuvent paraître compliquées, l'essentiel est de comprendre que mes mains ne sont plus dans mon dos, mais devant mon ventre.

Étape 2 : tirer d'un coup bref le sparadrap sur ma bouche pour me libérer.

J'approche mes doigts de l'extrémité du sparadrap que j'attrape et je le tire d'un coup très vif. Putain de bordel de merde ! Ne jamais oublier d'aller chez l'esthéticienne avant de rencontrer de mauvais garçons ! La bande de cire froide n'est jamais aussi efficace. Les poils récalcitrants de ma moustache de brune n'ont qu'à bien se tenir. J'en suis débarrassée. Je me mords les lèvres pour ne pas crier.

Étape 3 : utiliser mes dents pour déchirer le scotch qui maintient mes mains prisonnières ensemble.

Je me transforme en petit rongeur et j'essaie de progresser très rapidement. Je ne sais pas combien de temps il me reste avant qu'ils arrivent à destination. Je mords dans ce truc hideux tout en tirant de toutes mes forces pour que chaque morsure permette d'aller plus loin. Je progresse lentement, mais sûrement.

Le goût de ce truc est vraiment dégueulasse. Les fabricants pourraient peut-être mettre des parfums à la fraise pour les rendre plus appétissants.

T'as vraiment un pète au casque ! Tu es en train de mordiller un scotch pour te sauver le plus rapidement possible et tu voudrais que ce soi-disant scotch soit aromatisé.

J'ai toujours tendance à faire de l'humour pourri quand la situation est critique. Cela me permet de rester focalisée.

Je tire un grand coup et le sparadrap cède enfin. Mes mains sont de nouveau libres.

Étape 4 : parvenir à ouvrir la porte du fourgon et à sauter sans qu'ils s'en aperçoivent.

Franchement, l'opération se corse. Oui, elle se corse. Dans les films, l'héroïne, ou plus souvent le héros, ouvre la porte du véhicule en moins de temps qu'il faut pour dire ouf. Déjà, il faut que j'arrive à rester debout sans avoir envie de gerber. Je ne sais pas où il a appris à conduire, mais il n'est pas prêt de gagner un championnat du monde de formule 1.

Concentre-toi, Alex ! Reste focalisée sur ton but. Parvenir à sortir de ce foutu van.

Ils semblent coincés dans le trafic et n'avancent plus aussi vite qu'ils le voudraient. C'est ma chance de me sortir de ce guêpier. Je me relève courageusement et commence à regarder attentivement le mécanisme d'ouverture. Ce n'est pas aussi simple qu'une porte d'entrée, je devrais néanmoins m'en sortir.

Il semblerait que si je tire sur ce câble, la portière pourrait se débloquer. Là, on entend la musique très intense dans les films. Je me la passe dans ma tête pour me dire que je vais réussir.

Pourquoi pas la musique du Professionnel ? Elle est magnifique et tout le monde l'a redécouverte au moment où le cercueil de Bebel s'avançait. Donc je me passe la musique du Professionnel dans la caboche et je commence à tirer le câble.

Je sens que la portière cède et il me suffirait de la pousser pour pouvoir descendre. Seulement le van est en mouvement ! Est-ce que j'attends la prochaine immobilisation ou est-ce que je joue les casse-cou ? Ce serait dommage de se casser un bras ou une jambe et de me retrouver à la case départ. Car, oui, ils n'en auraient pas pour longtemps à me rattraper si je m'enfuis à cloche-pied. Et l'autre con n'hésiterait pas à s'attaquer à mon cul.

Je vais attendre et mettre toutes les chances de mon côté. Je prends tout de même le risque qu'ils arrivent à destination. La décision est cornélienne à prendre.

Le van continue de rouler et je me dis que je ne peux pas laisser passer ma chance. Peut-être qu'il y aura une autre voiture pour me porter secours ! Inconcevable de m'éterniser dans ce véhicule !

Le choix s'impose de lui-même, je dois sortir maintenant. Finies les tergiversations ! Le van semble perdre de la vitesse. Je tire sur le câble tout en poussant la porte. Elle s'entrouvre sous mon poids et je me retrouve projetée en l'avant. Je n'ai pas d'autre alternative que de sauter.

En espérant que la réception sera bonne ! Je fléchis mes jambes au maximum tout en me décalant pour ne pas me prendre un retour de portière et surtout pour rester dans l'angle mort. Éviter des voitures est un prérequis.

J'arrive à me réceptionner sur mes deux pieds par miracle. Merci à toutes ces années où j'ai fait de la gymnastique et du sol ! Le van continue sa route et ils ne se sont pas aperçus de ma désertion. Je cours le plus vite possible pour me faufiler derrière des voitures en stationnement.

J'entends un bruit de frein hallucinant. L'adrénaline me bouffe les veines. Pour leur échapper, je dois courir et trouver une cachette. Je jette un œil autour de moi tout en poussant sur mes jambes. Il y a un parking souterrain un peu plus loin. Le mieux est de m'y rendre avant de sortir par un autre chemin dans une rue adjacente.

Des coups de Klaxon retentissent. Je tourne la tête machinalement et je vois une voiture qui est en travers et empêche le van de passer un peu plus. Je dois profiter de ma chance et disparaître.

Il me faut une musique d'ambiance pour ce moment. Une revenge song, chanson de revanche ? Non ! Il me faut une chanson qui montre à quel point les femmes sont invincibles, une power girl song. Ah, j'ai la chanson parfaite !

I'm unstoppable

(Je suis quelqu'un qu'on ne peut arrêter)

I'm a Porsche with no brakes

(Je suis une Porsche sans freins)

I'm invincible

(Je suis invincible)

Yeah, I win every single game

(Ouais, je gagne à chaque fois)

I'm so powerful

(Je suis si puissante)

I don't need batteries to play

(Je n'ai pas besoin de batterie pour tenir la distance)

I'm so confident, yeah (I'm unstoppable today)

(Je suis tellement sûre de moi, ouais (Personne ne pourra pas m'arrêter aujourd'hui)

Unstoppable today, unstoppable today

(Aujourd'hui personne ne pourra m'arrêter, aujourd'hui personne ne pourra m'arrêter)

Cette chanson est juste parfaite pour me motiver et pour stimuler ma confiance en moi. Oui, je suis invincible et personne ne pourra m'arrêter. Enfin, dans mon cas, les connards ne pourront pas me rattraper.

Je n'ai jamais aimé l'athlétisme au collège et là, je dois faire le sprint de ma vie. Je ne sais même pas combien de temps va durer ce sprint. Qu'est-ce que ces mecs me veulent franchement ?

Pas te faire la causette, c'est certain ! Alors, cours pour sauver tes fesses ! Tu perds du temps à réfléchir.

Je descends dans le parking et me speede comme une malade pour pouvoir me cacher entre deux voitures. J'entends du bruit et je comprends immédiatement qu'un véhicule arrive. Je ne peux même pas vérifier s'il s'agit du van que je viens de quitter.

Je cours en restant accroupie. Ce n'est pourtant pas le moment d'imiter les canards. Je ne peux même pas me risquer à jeter un œil pour voir s'il y a une autre porte qui donnerait sur une sortie.

Le bruit des pneus est de plus en plus strident. La bagnole se rapproche dangereusement. Je ne vois pas d'autre solution que de me coucher entre l'avant de l'une et l'arrière de l'autre. Je serai invisible d'une voiture qui passerait dans l'allée derrière. Je n'ai pas le temps de vérifier s'il y a des taches d'huile et je m'allonge en priant que personne ne me remarque.

J'entends une voiture passer au ralenti. Cherche-t-elle quelqu'un ou seulement une place pour se garer ? Elle s'éloigne avant de revenir de l'autre côté. Elle semble vraiment rouler au ralenti avant de disparaître pour continuer sa recherche.

Mon cœur cogne dans ma poitrine. J'ai l'impression qu'il va en sortir tellement le bruit est intense. Je dois rester calme et respirer lentement. Respire, Alexandra !

Je ne m'étais même pas rendu compte que j'avais plus ou moins bloqué ma respiration. Je respire de grandes bouffées d'air pollué avant de me remettre debout et de courir vers le coin du fond. Il doit bien y avoir une porte. Je regarde plus haut et je vois des indications. Je sprinte dans la direction indiquée et je me retrouve enfin dans une cage d'escalier. Je remonte vers l'air libre en espérant que personne ne m'attende sur le boulevard.

Je croise une mamie à qui je fais peur. Est-ce mes cheveux en désordre ? Car oui, ils sont sûrement dans tous les sens. Ou est-ce mon teint rouge vif à force de courir et de souffler comme un bœuf ? Pourquoi utilise-t-on toujours une expression au masculin ?

Utilise souffler comme une vache et on n'en parle plus ! Je n'ai jamais vu quelqu'un partir dans tous les sens comme toi.

En même temps, tu ne hantes personne d'autre ! Je t'autorise à m'abandonner sans état d'âme. Je me remettrai de ton départ sans te pleurer. Sans façon, non merci ! Je garde souffler comme un bœuf au lieu de souffler comme une vache. L'expression est nettement moins sexy avec une vache.

Une fois arrivée à l'étage désiré, je pousse la porte avec précaution et m'aperçois que je me trouve dans une rue très fréquentée. Je me mêle à la foule en retenant des larmes de soulagement. J'ai réussi à échapper à ces enfoirés.

Où est-ce que je peux aller maintenant ? Ils savent où j'habite. Mon Dieu ! Amandine va être en danger à cause de moi et de mon article. Il faut que je la prévienne avant qu'elle rentre.

Tu sembles oublier qu'elle vit pratiquement avec Adrien. Soit dans votre coloc soit chez lui !

C'est vrai. Mais imaginons qu'elle rentre seule pour je ne sais quelle raison. Je dois la prévenir du danger, mais je n'ai pas mon portable sur moi. Il est resté dans ma voiture quand ils m'ont emmenée de force.

Il faut que je trouve un taxi pour me rendre à la BE 75. Purée ! Je n'ai pas envoyé un seul texto à Clément de la journée. Il va me tuer. Après avoir échappé à un enlèvement, je m'apprête à me faire décapiter par un mec sexy qui n'accepte pas qu'on ne fasse pas ce qu'il souhaite. Je me précipite la tête la première dans la gueule du loup.

J'arriverai bien à l'amadouer. Un petit sourire, je tortille le derrière et je bouge les seins ! Le tour sera joué. Car, même s'il fait tout pour me tenir à distance, je sens qu'il me désire. Je compte le faire craquer.

J'ai échappé à un enlèvement aujourd'hui. Je suis invincible et je vais faire capituler Clément Mattieu. Il ne tardera pas à rejoindre mon lit. Ce que je désire, je l'obtiens.

La vie est trop courte pour attendre pendant des mois.

Chapitre 3

Clément

Deux heures que j'ai donné l'alerte et deux heures que nous piétinons ! Aucune trace d'Alexandra !

Romain et Laura se sont rendus au domicile d'Amandine et Alex, mais là encore, ils ont fait chou blanc. J'espérais qu'elle s'était peut-être endormie, ce n'est pas le cas. Où pouvons-nous la chercher ? Adrien s'inquiète et me lance des regards interrogateurs. Pense-t-il que j'en sais plus que je n'en dis ? Je décide de lui poser carrément la question ?

— Demande-moi ce que tu veux et je te répondrai. Je n'ai pas l'habitude de te mentir.

Enfin, tu oublies certains détails de ta vie privée...

Il n'a pas besoin de connaître mes tares cachées. Aucun de mes frères d'armes n'a besoin d'en apprendre l'existence. Ou je ne pourrai pas les regarder en face et rester dans cette unité qui est ma vie.

— Est-ce que tu couches avec Alexandra ?

La question ne pouvait pas être plus directe.

— Tu ne fais pas dans la dentelle. Non, je ne couche pas avec Alex.

Il continue de me regarder sans rien ajouter. Je connais la méthode Adrien Laval et j'éclate de rire avant de reprendre un masque de sérieux.

— Arrête de me menacer de tes yeux perçants ! Je t'ai déjà vu les utiliser des dizaines de fois pour intimider des suspects. Tu ne me fais pas peur, doudou.

La commissure droite de sa bouche se relève.

— Tu as de la chance que nous devions retrouver Alex. Un jour, je te ferai passer l'envie de m'appeler doudou. Pour mettre les choses au point, je m'en fiche que tu couches avec elle. C'est juste que ma femme va finir par m'en vouloir si tous mes potes couchent avec sa sœur et sa meilleure amie. Et je serai très en colère si ma femme m'en veut.

— Je savais bien que tu avais peur d'Amandine. Crains-tu qu'elle te prive de ton quatre heures préféré ?

L'arrivée de Nico, Jerem et Benji le dispense de me répondre. Ils ont la tête des mauvais jours. L'inquiétude revient au triple galop après cet intermède avec mon pote.

— Qu'est-ce qui se passe, les gars ? Est-ce que Victor a réussi à trouver quelque chose sur les caméras de surveillance ?

Notre informaticien de génie, j'ai nommé le talentueux Victor, a fait une entorse au règlement une nouvelle fois pour accéder le plus rapidement possible à toutes les caméras de surveillance de la capitale. Je ne vous dirai pas qu'il les a hackées, non !

— Victor a réussi à mettre la main sur une image où une jeune femme se fait sortir de force de sa voiture pour être jetée dans un van.

— Est-ce que c'est Alexandra ?

— Nous n'arrivons pas à avoir une image claire de son visage. La jeune femme lui ressemble vraiment.

— Avez-vous pu identifier la voiture ?

C'est au tour d'Adrien de poser la question. Nicolas secoue la tête.

— Là encore, nous ne pouvons pas identifier clairement la voiture. Nous pouvons juste vous dire que c'est une bagnole blanche et que la plaque d'immatriculation est si dégueulasse que c'est impossible de la lire correctement.

— C'est trop mince pour tirer des conclusions. OK, Alex a une voiture blanche et la femme lui ressemble. De plus, nous n'arrivons pas à la localiser. Mais, ce n'est pas assez pour nous dire qu'elle a été enlevée.

— Cela fait beaucoup tout de même. C'est un faisceau d'indices concordants même si nous n'avons pas de preuve flagrante.

— Clément, tu dois réfléchir avec ta tête.

Et non avec ta queue... Ah, il a oublié de le préciser ! Même si tu ne veux pas utiliser ta queue avec la belle journaliste, elle te la retourne.

Le téléphone d'Adrien se met à sonner et interrompt notre conversation. Pourvu qu'on ne nous demande pas de partir en mission ! Normalement non, car notre garde se termine dans deux heures.

— Oui, nous la connaissons, vous pouvez la faire monter.

Mon pote raccroche et un sourire illumine son visage. Il semble soulagé.

— Nous allons en savoir plus. Alexandra vient de se présenter à l'accueil.

Si je ne me retenais pas, je courais à sa rencontre. Pour donner le change, je lui propose d'aller chercher ma meilleure amie.

— Non, laisse Amandine se reposer. Je souhaite entendre ce qui est arrivé à sa sœur sans qu'elle s'affole.

Je hoche la tête et mon cœur se serre quand je vois la brunette indomptable arriver derrière une des assistantes de la BE75. Je dois vraiment me faire violence pour ne pas me précipiter et la prendre dans mes bras.

Pourquoi est-ce que tu te retiens ? C'est la première fois que tu sembles t'attacher à une femme sans avoir envie de lui sauter dessus dans la foulée.

Tu te trompes sur un point. J'ai envie de lui sauter dessus. Je me raisonne juste, car c'est la sœur de ma meilleure amie. Et c'est la belle-sœur de mon pote et responsable. Mes démons ne peuvent pas aller jusqu'à elle.

Alex est blanche comme un linge et semble chercher quelqu'un du regard. Ses yeux s'illuminent quand elle croise les miens. Elle se dirige d'un pas décidé vers moi.

— Clément, je ne pensais pas te le dire, mais tu avais raison. Ça m'arrache le bout de la langue, pourtant !

Toujours ce caractère rebelle ! Elle rajoute en soudant ses yeux aux miens :

— J'aurais dû t'écouter. Cela m'aurait évité cette peur.

Même si je n'ai pas envie de l'incendier, je dois lui faire comprendre qu'elle a eu tort.

— Je t'avais demandé de m'envoyer des textos le matin et le soir. Je voulais même que tu m'en envoies toutes les heures. J'espère que tu comprends maintenant pour quelle raison j'étais prudent.

Elle hoche simplement la tête en me faisant un petit sourire triste. Bordel, je déteste cet air de chien battu ! Je pourrais la prendre dans mes bras immédiatement pour la consoler. Adrien intervient et coupe notre connexion visuelle.

— Alexandra, je suis mécontent. Tu es la sœur de ma femme et tu ne m'avertis pas que tu es suivie depuis plusieurs jours.

— Je n'en étais pas convaincue. Et, même si tu es le mec d'Amandine, je ne vois pas pourquoi j'aurais dû t'avertir plus qu'un autre membre de la BE 75.

La tête d'Adrien vaut le détour. Lui qui a l'habitude de se faire respecter par ses hommes a fort à faire avec une jolie brunette de 1 mètre 70. Le pire est qu'elle ne baisse pas les yeux et semble le défier.

— Tu es priée de ne plus mettre ta vie en danger et de prévenir mon chéri quand tu as un problème. Je suis ta sœur aînée et tu dois m'écouter. Ainsi que mon compagnon !

Adrien bombe le torse comme à chaque fois que sa chérie le défend. Nous allons finir par un crêpage de chignon en règle si on ne détourne pas la conversation.

— L'essentiel est que tu en aies parlé à l'un d'entre nous. Peux-tu nous expliquer ce qui s'est passé ?

— J'étais garée pour parler avec Noa et un mec est venu me sortir de force de ma voiture. Un deuxième lui a prêté main-forte et ils m'ont enfermée dans un van en me ligotant et en me bâillonnant.

J'ai des sueurs froides en l'entendant raconter ce qui s'apparente à un enlèvement. Tout ça, car elle parlait à son Noah. Qui est ce mec ?

Relax, Clément, tu ne peux pas focaliser sur le nom d'un autre homme alors qu'elle vient d'échapper au pire. Tu te comportes en véritable macho même si tu ne la revendiques pas comme ta femelle.

Toi, tu te calmes et tu la fermes.

— Bordel, Alex, tu es inconsciente. Toujours à te foutre en danger !

Ce n'est pas moi qui viens de réprimander Alexandra, mais bel et bien Amandine.

— Peux-tu préciser ta pensée ? En quoi est-ce que je me suis mise en danger ?

— En provoquant les rédacteurs du blog ! C'est certainement eux qui ont essayé de te réduire au silence.

— Amandine, je comprends que tu as peur, mais on ne peut pas laisser les calomnieurs s'en tirer sans rétablir la vérité. C'est mon devoir de journaliste. Renoncerais-tu à défendre un client juste parce que la partie adverse chercherait à t'intimider ?

Elle est forte à ce jeu-là, la journaliste sexy. Rembarrer sa sœur en retournant la situation et en lui demandant ce qu'elle ferait !

— Non, tu as raison, je ne renoncerais pas. J'ai seulement peur pour toi. Tu es ma sœur et je t'aime. Tu ne peux pas retourner dans notre appartement.

— Aucune de vous deux ne peut y retourner.

C'est Adrien qui vient d'intervenir sur un ton qui n'accepte pas de réplique. À mon avis, c'est mal connaître Alexandra.

— Je n'accepterai pas qu'un groupe de rédacteurs minables m'empêchent de rentrer chez moi. Je n'ai rien à me reprocher.

Qu'est-ce que j'avais dit !

— Je comprends, Alex. Accepte au moins de venir avec Amandine et moi le temps qu'on sécurise votre appartement ou que tu en trouves un nouveau.

— Hors de question de tenir la chandelle et de vous entendre vous envoyer en l'air !

— Nous resterons raisonnables, c'est promis.

Mon pote regarde sa nana en lui demandant si elle est sérieuse.

— N'importe quoi ! Vous êtes incapables de ne pas vous toucher.

— Laura peut t'héberger alors.

La meilleure amie d'Amandine hoche la tête tandis que Romain ne semble pas totalement emballé. Priver des mecs de sexe et voilà les limites de leur hospitalité !

— Arrête ! Laura rentre juste de mission alors ils vont célébrer leurs retrouvailles. Je vais demander à Kev de m'héberger.

Quoi ? Kev comme dans Kevin, le pompier et accessoirement son ex ? Hors de question !

— Non, ce ne serait pas prudent !

Ils se tournent tous vers moi pour me regarder et comprendre où je veux en venir. Je dois trouver une explication pour justifier de mon intervention.

— Il n'est pas membre d'une unité d'élite et ne pourra pas te protéger efficacement. Tu emménages chez moi.

Leurs regards restent braqués sur moi au moment où je prends conscience de l'énormité de ma proposition.

— Oui, tu as raison, c'est la meilleure solution. Clément, je te préviens. Si tu mets ma sœur dans ton lit, je te coupe la queue et les couilles. Je ne l'ai pas fait avec Romain, mais le prochain qui passe outre mes directives n'y échappera pas.

Je mets d'instinct mes mains devant mon entrejambe. Le regard d'Alexandra est goguenard.

— Amandine, arrête de menacer la virilité de mes potes ! Je ne te laisserai pas voir leurs queues de toute façon.

J'éclate de rire et Alexandra me fixe d'un air impénétrable. Je suis en train de laisser entrer la louve dans la bergerie. Une louve qui veut me croquer alors que je dois protéger mes secrets. Cette coloc temporaire est risquée, mais je résisterai. Je ne suis pas un agneau.

N'as-tu pas dit que les limites de l'hospitalité d'un mec se situent quand on le prive de sexe ? On va voir à quel point tu es capable de résister ! Cette colocation va être très intéressante. Vas-tu faire abstraction des courbes si sensuelles d'Alex ?

Fous-moi la paix !

Chapitre 4

Alexandra

— Punaise, Alexandra, tu ne peux pas te trimballer en nuisette sexy avec juste un truc riquiqui en dentelle dessous.

Je fixe Clément et je m'amuse de le voir dégoupiller de cette manière. Je loge chez lui depuis deux nuits et une journée et il reste le plus loin possible de moi. Comme s'il risquait de se brûler les ailes ! Sauf que j'ai décidé qu'il finirait dans mon pieu et que les menaces d'Amandine ne nous empêcheraient pas de nous rapprocher !

— Je ne te comprends vraiment pas ? Tu m'as demandé de faire exactement comme si j'étais chez moi. Dans mon appart, je ne m'habille pas avant de prendre mon petit-déj.

— Est-ce que tu prétends que tu te balades de cette manière devant Adrien ?

— Non, car c'est le mec de ma sœur. De toute façon, il ne me verrait même pas. Ses yeux restent sur le corps d'Amandine et ils retournent très souvent au lit en plein milieu du petit-déj. Bizarrement, elle perd toujours sa boucle d'oreille et il l'aide à la chercher. Ça ne m'étonnerait pas que ce soit le code entre eux. Elle lui fait certainement comprendre qu'elle a envie qu'il lui bouffe la chatte.

Je vois ses pupilles se dilater quand il m'entend parler aussi crûment. Oui, je suis loin d'être aussi timide que ma frangine.

— Qu'est-ce que tu viens de dire ? J'ai du mal comprendre.

Ah, s'il veut que j'en rajoute une couche, aucun problème ! Serait-il le genre d'homme qui aime quand une femme parle cochon ?

— Je te disais qu'elle lui fait comprendre qu'elle a envie qu'il lui bouffe la chatte ou qu'il enfouisse sa queue profondément dedans ou dans son cul.

Il semble choqué même si une lueur de désir brille dans ses immenses yeux bleu vert. Notre conversation commence à l'exciter sérieusement. Autant continuer d'enfoncer le clou !

— Comme nous sommes colocs maintenant, tu pourrais peut-être m'expliquer la fascination des hommes pour la sodomie. Pourquoi aimez-vous autant faire entrer et sortir votre queue du trou de balle d'une gonzesse ?

Je ne pensais pas que des mots cochons et des suggestions d'images aussi percutantes pourraient à ce point lui parler. Je le vois déglutir avec beaucoup de difficulté. Je suis avec fascination sa pomme d'Adam qui monte et redescend dans un rythme très lent.

— Je refuse d'avoir ce genre de discussion avec toi, Alex. Surtout quand tu es habillée dans une tenue aussi légère.

Je vais continuer de titiller le loup en lui pour le faire céder. Ce matin, j'ai envie d'un intermède crapuleux et je l'obtiendrai. Il en a autant envie que moi, je le sens.

— Oh, je ne pensais pas que tu étais aussi prude ! Ne compte pas sur moi pour porter des cols roulés à longueur de temps. Tu as de la chance, d'ailleurs. J'ai enfilé une nuisette et un tanga alors que j'ai dormi nue toute la nuit.

Là, je sens le lion en lui s'éveiller et bondir. Il se rapproche dangereusement de moi et vient susurrer à mon oreille.

— Qu'espérais-tu en dormant nue sous le drap ?

— Je n'avais pas de drap sur moi. J'ai toujours chaud et cette nuit, mon corps bouillait.

Cette fois-ci, il se colle à moi et passe un bras derrière ma taille. Mission accomplie ! Il ne sait pas encore qu'il est perdu et qu'il va finir dans mon lit.

— Qu'espérais-tu en dormant nue sans drap pour te cacher alors que je dors dans la chambre à côté de la tienne ?

Je lui réponds dans un souffle sans chercher à m'éloigner.

— Tu oublies de préciser que la porte de ma chambre était restée ouverte. Tu aurais pu me contempler depuis le palier. Imagine si tu m'avais découverte ainsi offerte…

— Alexandra, arrête de me provoquer ou tu vas en subir les conséquences !

— Nous pourrions rendre cette colocation si sensuelle si tu n'étais pas aussi prude. Où est l'animal indomptable en toi ?

Il colle maintenant son corps au mien et je sens la puissance de son érection pousser contre mon ventre. Je l'ai excité à mort et je compte cueillir les fruits de mon dur labeur de ce matin.

— Cet animal est trop dangereux. Tu ne sais pas à quoi tu t'attaques, jeune antilope insouciante.

Il recule d'un pas et il est hors de question que je le laisse s'éloigner de moi pour je ne sais quelle peur. Car, oui, je perçois aussi de la crainte dans sa retenue.

— Je ne suis pas une antilope insouciante. Je suis une panthère capable de se défendre. Je ne suis pas une petite fille, je suis une femme indépendante. Serais-tu homme à craindre les femmes indépendantes ?

— Jamais de la vie ! Tu ne sais pas dans quoi tu t'embarques, Alexandra. Tu devrais te tenir le plus loin possible de moi.

Cette fois-ci, c'est moi qui viens me coller à lui et qui murmure à son oreille.

— Je n'ai pas envie de me tenir éloignée de toi. Je sais que tu me désires autant que je te désire. Je n'ai pas oublié notre baiser et j'y ai pensé toute la nuit. J'imaginais que tu me faisais des trucs de dingue avec cette bouche. Tu parcourais mon corps du bout des lèvres.

— Est-ce que j'utilisais aussi mes doigts ?

Je sens qu'il lutte pour ne pas succomber. Quel secret se cache derrière ses magnifiques émeraudes vertes ? Oui, je compare ses yeux à deux pierres précieuses qui étincellent de mille feux.

— Aimerais-tu les utiliser sur mon corps ? Que voudrais-tu faire ?

Il se décale et me regarde droit dans les yeux. J'y observe un désir qui les assombrit ainsi qu'une profonde douleur qui semble les habiter.

— Tu ne sais pas dans quoi tu t'embarques, panthère.

Pourquoi est-ce que le son de sa voix si rauque me chamboule à ce point ? Pourquoi est-ce que je sens qu'il a besoin d'être rassuré ?

— Tout ce qui se passera entre nous restera entre nous. Je t'en fais la promesse, Clément.

Je pose ma main sur sa bouche puis mes lèvres sur mes doigts. J'exerce une pression jusqu'à ce qu'il retire doucement ma main en tirant sur mon poignet. Ses lèvres s'abattent sur les miennes avec voracité. Le lion en lui est réveillé et j'en suis comblée. Sa bouche ne me laisse aucun répit et sa langue vient s'immiscer entre mes lèvres.

Celles du haut pour le moment, mais j'espère bien qu'elle ira visiter celles du bas très rapidement.

Ne pourrais-tu pas faire preuve d'un peu de retenue ? Tu ne vas tout de même pas céder dès les premières caresses un peu trop appuyées.

Miss moralisatrice, tu la fermes ! Ce mec, je le veux depuis des mois alors je ne compte pas attendre des mois pour qu'il me pilonne comme un fou. J'en ai besoin après la frayeur que j'ai vécue il y a deux jours. Je veux me sentir vivante et je me sens vivante dans ses bras musclés avec son corps d'homme fait dans de l'acier au-dessus de moi.

Je l'entends grogner quand je me dandine d'un pied sur l'autre. Mon bassin bascule de gauche à droite et ce mouvement stimule un peu plus sa queue qui ne cesse de durcir. S'il continue sur cette lancée, il pourra casser des parpaings avec. Bon, il a mieux à faire !

Il va te casser en deux si tu le provoques. N'as-tu pas peur de ne plus pouvoir marcher et de te retrouver courbée en deux ?

Je rêve que ce membre rigide me déchire les chairs jusqu'au plus profond de moi pour me donner un plaisir démentiel. Qu'il bute encore et encore contre mon point G pour me faire monter dans les étoiles.

Il se détache de moi et caresse ma bouche du bout de ses doigts. Ses yeux si limpides sont torturés et je donnerais cher pour savoir ce qui le freine. Mais, ce matin, on envoie valser tous les freins.

— Es-tu certaine de ce que tu souhaites, Alexandra ? Il n'y aura plus de retour en arrière possible ensuite et nous ne pourrons pas prétendre que rien n'est arrivé. Tu te souviendras de mon passage, panthère.

Je frissonne d'excitation en entendant ses mots. Je le veux, je le désire. C'est plus fort que tout ! J'attends depuis trop longtemps l'assouvissement de ce désir et je ne lui permettrai plus de reculer.

— Je suis absolument sûre de moi, Clément. Je te veux et j'ai besoin de toi pour oublier ce qui s'est passé il y a deux jours.

— Quoi ? Est-ce qu'ils t'ont violentée ? Est-ce que tu nous as caché quelque chose par crainte de notre jugement ? S'ils t'ont touchée, je te jure que je les retrouverai et que je les tuerai.

— Stop, mon lion ! Ils ne m'ont pas violée et ils ne m'ont pas touchée. J'ai juste eu la frousse de ma vie et je me suis juré de profiter de chaque instant. Toi, je te désire depuis notre rencontre.

Tu ne vas tout de même pas lui avouer que tu aurais été prête à lui ouvrir les cuisses dès son premier regard. Un peu de décence, Alexandra Marty !

— Je te désire aussi, Alex. Je ne suis pas l'homme que tu crois et je ne veux pas te faire le moindre mal. Tu es audacieuse et j'adore ce trait de caractère.

— Pourquoi une femme ne pourrait-elle pas exprimer haut et fort ses désirs les plus profonds sans risquer de passer pour une fille facile ? Je ne suis pas une fille facile, je dis juste ce que je veux.

Il prend mon visage en coupe et sa langue vient titiller mes lèvres. Puis il frotte son nez contre le mien avant de plonger ses yeux dans les miens.

— Je ne te jugerai jamais, Alex. Pour moi, les hommes et les femmes sont égaux et peuvent exprimer librement leurs désirs.

— Je te veux, Clément. Je te veux lion, tigre pendant que je serai une panthère. Embrasse-moi…

— Tu es bien autoritaire, ma panthère.

— Fais-moi taire alors ou es-tu…

Il ne me laisse pas finir ma phrase et m'embrasse avec une passion qui me laisse sans voix. Je grogne quand je sens qu'il me soulève pour m'asseoir sur l'îlot de sa cuisine. Il fait valser sa corbeille de fruits en acier et j'entends les pommes tomber puis rouler sur le sol. Il se positionne entre mes cuisses tout en poursuivant notre baiser. Je l'encercle avec mes cuisses pour le rapprocher de ma chatte trempée.

Bordel! Sa queue a augmenté de volume et est plus qu'impressionnante. Il a raison, je vais me souvenir de son passage et je m'en délecte d'avance. Est-il possible que mon tanga soit plus trempé? J'ai l'impression qu'il sort de la machine à laver sans être passé par l'étape essorage.

Sa bouche délaisse mes lèvres et vient se nicher dans mon cou. Il attrape un morceau de peau et le tire avec ses dents avant de le relâcher et de parsemer la zone de doux baisers. Il descend tranquillement et la peau au-dessus de mes seins subit la même délicieuse morsure. J'ai hâte qu'il atteigne ma poitrine.

Pour le moment, il me fait languir. Il ne descend plus. Ses mains viennent agripper mes hanches avant de remonter le long de mes côtes puis de bifurquer et de passer entre mes seins. Cette vallée semble le fasciner puisqu'il la dévale avec le bout de sa langue. Je gémis et il me fixe de ses yeux verts comme pour chercher une réponse.

— Qu'est-ce que tu veux, Alexandra la panthère?

— Toi et rien que toi.

Ses lèvres se posent de nouveau sur les miennes et il m'embrasse avec une ferveur qui me submerge. Son torse me fait basculer en arrière. Me voilà allongée sur l'îlot et complètement à sa merci. Il pose ses mains sur mes cuisses tout en dévorant ma bouche. Il remonte et caresse mon ventre avant de poser ses doigts sur mon clitoris à travers la dentelle. Il se décale et déchire mon tanga. Purée, il m'excite encore plus par ce geste! J'ai l'impression que ma chatte suinte.

Je n'ai pas le temps de réfléchir à ce que je ressens. Son pouce s'active sur mon clitoris au moment même où ses dents se referment sur une de mes pointes érigées. Il tire dessus tandis que son pouce s'enfonce dans mon clito. Il va me faire dégoupiller, ce connard! Il semble savoir exactement quoi faire pour me rendre complètement à sa merci.

Il plonge ses yeux bleu vert dans les miens quand ses dents se referment sur mon second téton. Il passe sa langue dessus et je gémis, enfin non, je crie de plaisir. Ses pupilles s'illuminent d'un désir brut. Il tire légèrement avant de relâcher.

— Tu ne sais pas dans quoi tu t'embarques, Alex. Tu n'es pas prête pour ça.

— Clément Mattieu, baise-moi maintenant ou je te jure que je serre si fort tes couilles et ta queue qu'elles vont devenir bleues.

La surprise dans son regard vaut le détour. Puis une autre lueur la remplace. Comme une lueur de luxure ! Il me décoche son sourire qui fait tomber direct les tangas sur mes escarpins ou mes baskets chaque jour. Ce putain de sourire qui fait que je n'ai vu que son visage sur le mec avec qui je me suis envoyée en l'air au Canada.

Il déplie son corps et je me sens soudain orpheline de sa chaleur si intense. Avant d'avoir très chaud quand il s'agenouille entre mes cuisses ouvertes. Les restes du tanga doivent le gêner, car il rabat le bout de dentelle sur mon ventre. Il passe son doigt du clitoris à ma fente inondée. Il grogne en découvrant mon état d'excitation.

— Panthère, tu es trempée. Je vais te bouffer jusqu'à ce que tu sois bien sèche.

OMG ! Comment voulez-vous que je devienne sèche avec un tel apollon entre mes cuisses ? Est-ce qu'il est sérieux, là ? Car s'il l'est, il va me lécher la minette pendant des heures. Rien qu'à cette pensée, je m'humidifie un peu plus sous son regard chargé de luxure.

— Le travail m'attend, panthère. Accroche-toi...

Où veut-il que je m'accroche, bon sang ? Son premier coup de langue me prend au dépourvu. Une langue très aventurière qui se balade de ma fente jusqu'à mon bouton de chair. Il insiste sur le bouton de chair et le lape avant de faire tournoyer le bout de sa langue à plusieurs reprises dessus. C'est très intense et je bouge mes cuisses.

— Je t'interdis de fermer les cuisses, panthère. Tu absorbes le plaisir sans les bouger. Tu as juste le droit de faire des mouvements de bassin.

— Serais-tu un poil autoritaire, Clément ?

— Oui et si tu ne m'écoutes pas, je m'arrête en plein milieu.

Je commence à bouger mes cuisses pour voir sa réaction et je les referme vers son visage. Aussitôt, il ancre ses yeux verts à mes yeux bleus et ne bouge plus d'un iota. Est-il vraiment en train de me jouer la scène « si tu n'écoutes pas l'homme de Néanderthal, tu n'auras pas ta dose aujourd'hui » ?

— T'es sérieux ? Moi aussi, je l'étais quand je t'ai dit que ta queue et tes couilles vireraient au bleu si tu ne me remplissais pas.

Je fais un mouvement de bassin pour atteindre son sexe avec mes pieds. Merci à mes heures d'entraînement intensif qui m'ont rendue très souple et très élastique ! Je commence à faire des va-et-vient sur sa queue avec mes plantes de pied. Il baisse les yeux et il observe mon manège. Il est fasciné par mon geste. Je crois même que voir mes pieds sur sa queue le fait dégoupiller grave.

Il relève la tête vers moi et me contemple, couchée sur son îlot. Puis, il introduit deux doigts dans ma fente avant de se pencher et de donner de grands coups de langue sur mon clitoris.

Il vient d'accepter sa mission de ce matin : me rendre complètement folle en me prenant sur son îlot ! Je suis incapable de réfléchir et des gémissements désarticulés sortent de ma bouche.

Je deviens électrique sous ses coups de langue et du suc s'écoule de ma fente. Je vais inonder sa cuisine s'il continue de combler ma minette avec sa bouche. J'espère qu'il est assuré contre les inondations.

Mes neurones foutent le camp quand il lape ma fente avec avidité. Ses doigts continuent leur va-et-vient intensif. Je suis en transe.

Chapitre 5

Clément

J'avais dit que je ne la toucherais pas et elle va me faire dégoupiller. Ses pieds sont positionnés dans le haut de mon dos. Elle s'y appuie avec force pour faire décoller son bassin de l'îlot. Elle accompagne mes mouvements de langue et me rend fou.

Sans compter ses cris de plaisir qui me vrillent les tympans ! J'ai une envie furieuse de dégainer mon portable pour la prendre en photo et l'enregistrer en vidéo. Je ne peux pas faire une sextape avec Alex. C'est une panthère certes, mais c'est aussi la sœur de ma meilleure amie. Une meilleure amie qui m'a implicitement ordonné de ne pas toucher à sa frangine !

Merde ! Qu'est-ce que je fais le nez dans sa chatte, la bouche sur sa fente et les doigts dans sa fente si accueillante ? Je ne devrais pas et pourtant, je suis incapable de lui résister. Comme si elle sentait mes hésitations, elle accélère la cadence devant mon visage. Son bassin se balance de haut en bas à un rythme d'enfer et je ne peux pas reculer ma langue.

Impossible ! Alex me tient. Je la doigte plus fort et ses gémissements redoublent.

— Clément, oh, Clément ! C'est bon, bordel…

Tandis qu'elle murmure mon prénom, du nectar s'échappe de nouveau de sa fente. Je viens le cueillir sur ma langue et retire mes doigts pour ne pas en perdre une goutte. Elle proteste et je remplace mes phalanges par ma langue. J'essaie de l'enfoncer le plus loin possible en écartant ses cuisses devant mon visage.

L'angle est parfait et je plonge en elle en fermant les yeux pour me souvenir de son odeur et de son goût.

Je bouge ma langue en elle et elle me répond par des gémissements et de nouvelles giclées de son miel si appétissant. Je me décale légèrement pour bloquer sa cuisse droite avec mon épaule. Ma main droite file vers ma queue et je l'empoigne pendant que je la lèche. J'imagine que ce sont ses pieds et non mes doigts qui font des va-et-vient sur mon membre tendu à l'extrême.

— Clément, je vais… Je vais…

Oui, ma panthère, jouis pour que je lèche ton suc qui délecte mes papilles. Vas-y, ne te retiens surtout pas ! Je lui hurle les ordres dans ma tête, car hors de question de me détacher de sa chatte.

Je souffle sur son clitoris avant de le sucer avec avidité. Ses doigts viennent tirer mes cheveux et elle décolle en criant de plaisir. Je lâche son clitoris et la pénètre avec ma langue pour l'emmener encore plus loin. Ma queue continue de durcir à mesure que son miel si appétissant se déverse sur ma langue.

JE N'AI JAMAIS RIEN GOÛTÉ D'AUSSI BON…

Je ne pourrai plus oublier le goût de sa chatte sur ma bouche alors que je voulais précisément ne jamais me souvenir d'une seule chatte. Pour moi, elles n'étaient que de passage et ne devaient ni s'imprimer dans mon esprit ni dans mes sens.

Je lape son suc jusqu'à la dernière goutte avant de me relever et de m'allonger sur elle. Enfin, sur le haut de son corps. Je l'embrasse avec ardeur pour qu'elle retrouve son goût. Nos langues s'emmêlent et dansent un rock où chacun des partenaires veut prendre le dessus sur l'autre. Alexandra n'est pas femme à attendre, elle vient chercher ce qu'elle désire. Elle a tout fait pour me provoquer, elle a tout fait pour que je ne puisse pas lui résister.

Ne me dis pas que tu regrettes son initiative ! Je ne te croirais pas.

Je ne regrette absolument pas ce qui vient de se passer. Je vais simplement devoir me montrer vigilant et m'éloigner suffisamment pour que ce dérapage reste unique.

Je passe mes mains sous les fesses d'Alexandra pour la soulever. Elle noue ses bras autour de mon cou et ses cuisses autour de mon bassin. Je la porte jusqu'à sa chambre et la dépose sur son lit.

As-tu tellement peur d'Amandine que tu ne veuilles pas conduire sa sœur dans ton lit ?

Je ne crains pas la colère d'Amandine, mais je ne saute jamais une femme dans mon lit. Je ne veux pas qu'une odeur féminine imprègne mes draps.

Crois-tu que tu vas oublier si facilement tes ébats torrides avec Alexandra ? Vu votre caractère à tous les deux, ça va déménager !

Je vais assouvir mon fantasme et après, ce sera terminé. Il n'y aura pas de second round. C'est la limite que je me fixe avec elle. Je profite un maximum de ce moment, car il ne se reproduira pas.

Je m'allonge sur le corps d'Alexandre et commence à caresser de nouveau ses courbes ensorcelantes. Des courbes dont je rêve régulièrement depuis notre rencontre !

J'ai envie d'enfoncer ma queue au plus profond de sa chatte. Elle doit être accueillante, étroite, brûlante et elle va me serrer entre ses chairs. Il est temps d'assouvir mon fantasme. Je me relève pour aller chercher un préservatif et ma partenaire ouvre les yeux en protestant.

— Qu'est-ce que tu fais, Clément ? Ne me dis pas que tu as changé d'avis ! Si c'est le cas, je n'hésiterai pas à mettre ma menace à exécution.

J'éclate de rire et me baisse pour déposer un baiser sur ses lèvres.

— Du calme, panthère ! Je vais juste dans ma chambre chercher un préservatif.

— Pas la peine d'aller dans ta chambre ! Donne-moi la trousse qui se trouve sur la table de nuit.

Je m'exécute et elle l'ouvre pour en tirer plusieurs étuis.

— Aujourd'hui, les femmes ne comptent plus sur les hommes pour assurer leur sécurité. Prends celui qui te convient.

Je ne sais pas pourquoi, mais je n'aime pas qu'elle me rappelle qu'elle a une vie sexuelle active. A-t-elle couché avec un autre homme depuis que je l'ai embrassée ? Je ne peux pas lui poser la question même si je crève de connaître la réponse.

J'attrape un des préservatifs qu'elle me tend et l'ouvre avec mes dents. Je retire le bout de latex fragile et le déplie sur mon membre dur. Les yeux d'Alexandra ne me quittent pas et elle observe avec attention mes gestes.

— As-tu besoin d'aide ? Tu ne sembles pas très doué.

J'étouffe un sourire avant de dérouler tranquillement le plastique sur ma queue. Je suis un expert dans l'habillage de mon sexe.

— Tu es trop bavarde et bien trop impertinente pour ton bien. Il est temps de te faire taire.

Je me rallonge sur elle et je saisis ses lèvres pour un baiser avide, violent. Ma main droite descend vers sa chatte pour tester son niveau d'excitation. A-t-il baissé depuis tout à l'heure ? Son premier orgasme a-t-il déjà assouvi tout son désir ? Je passe mes doigts sur sa fente et un sourire se dessine sur mon visage tandis que je l'embrasse. Elle n'attend plus que moi et est toujours aussi prête.

Je positionne mon gland à l'entrée de sa grotte trempée et je n'ai pas besoin de préliminaires supplémentaires. Je donne un coup de reins surpuissant et je m'enfonce en elle jusqu'à la garde. Je m'immobilise au fond pour garder le contrôle de mon corps. Et surtout celui de mon sexe !

Sa chatte serre ma queue si fort que je pourrais jouir comme un puceau avant même d'entamer une seule série de va-et-vient. Je reprends le dessus sur mes sens et je commence à mouvoir doucement mon bassin. Je rentre, je me retire à la vitesse d'un escargot.

— C'est tout ce que tu as en réserve ? Moi qui te prenais pour un lion, je me retrouve avec un lapin qui n'a jamais vu de lapine.

Pourquoi me compare-t-elle à un lapin ? A-t-elle remarqué que je risque d'envoyer la sauce plus rapidement que prévu ?

Je me relève et m'appuie sur mes avant-bras. Je la regarde et je continue de bouger avec lenteur. Ma queue s'enfonce comme dans du beurre, mais je n'ai pas envie d'accélérer la cadence pour le moment. Je veux la baiser très lentement même si ce n'est pas à son goût.

— Tu n'es pas trop fougueux, Clément.

J'attrape ses poignets et les plaque de chaque côté de son visage en les maintenant avec mes mains. Je plonge mes yeux dans les siens tout en introduisant ma queue le plus lentement possible en elle.

— Panthère, je te prépare. Quand je te pilonnerai comme un fou, tu halèteras si fort que tu auras l'impression d'accoucher. Tais-toi et profite de cette accalmie avant le feu d'artifice.

Elle ne peut pas savoir et elle ne doit surtout pas savoir que je fais des efforts considérables pour me contenir. Je ne veux pas tomber le masque avec elle. Surtout pas avec elle !

Pour une fois que tu te comportes comme un gentleman avec une femme ! On devrait mettre une croix sur le calendrier.

J'observe les traits d'Alexandra qui sont déformés par le plaisir que ma queue procure à sa petite chatte si serrée. Elle ouvre ses beaux yeux bleus et j'ai l'impression de plonger dans une mer aux eaux cristallines.

J'entends sa prière muette et j'accélère la cadence pour la combler. Elle ferme de nouveau les paupières et se cambre en gémissant. Je baisse les yeux et je contemple mon sexe qui entre et sort du sien.

Comme j'aimerais la défoncer ! Comme j'aimerais filmer cette scène pour me la repasser encore et encore ! Je dois en finir, je dois me tirer de cette chambre avant qu'il ne soit trop tard.

Pourquoi est-ce que j'ai cédé ? Les doutes m'envahissent. Il me suffit de porter le regard sur ma queue pour qu'ils disparaissent.

Je sors de son écrin si étroit et je la retourne. Je passe ma main sous son ventre pour la relever et la mettre à quatre pattes. Je la positionne sur le côté du lit et m'installe derrière elle. Debout, je l'admire avant de placer ma queue devant sa fente dégoulinante de miel. Je ne résiste pas à l'envie de bouger mon membre dur de son clitoris jusqu'à son anus. Une fois, deux fois, trois fois.

— Clément, c'est non pour mon derrière.

Elle va me faire dégoupiller en m'avouant que son trou de balle est vierge de toute intrusion. Je ne vais penser qu'à ça quand je dormirai dans ma chambre située juste à côté de la sienne.

— Je n'aime pas qu'on me réponde non, panthère.

— Au lieu de fantasmer sur mon cul, occupe-toi de mon sexe.

Je souris en l'entendant me donner des ordres. Même à quatre pattes devant moi, elle reste une impertinente qui ne veut pas lâcher. Je me baisse et passe ma main devant sa cuisse pour titiller son clitoris.

— Est-ce que tu parlais de mes doigts sur ton petit clito ?

— Non, même si tu peux les laisser ! Je parlais de ta queue au plus profond de ma minette.

— Il ne faudrait pas faire attendre une si belle minette alors.

— Arrête tes beaux discours et agis ! Waouh...

Je viens de m'enfoncer en elle d'un coup de reins surpuissant. J'agrippe ses hanches et les serre de toutes mes forces. Elle va garder la marque de mes doigts dans sa chair. Cette fois-ci, je ne cherche pas à me contrôler et j'enchaîne les va-et-vient très puissants. En un mot, je la défonce. Ma queue touche à peine son point G qu'elle est déjà repartie en arrière pour mieux l'atteindre encore. Mes cris d'animal en rut se mêlent à ses gémissements de plaisir.

Elle ne s'effondre pas sur le lit comme la plupart des femmes. Non, son bassin vient à ma rencontre et me rend fou. Je vois son dos et la cambrure de sa colonne vertébrale. Je contemple son beau derrière et surtout ma queue qui entre et sort à une vitesse effrénée.

Je sens sa chatte se serrer autour de mon membre qui est sur le point d'exploser dans le plastique. Tel un rapace, mes doigts s'accrochent plus fort à ses hanches pour la pilonner sans ménagement.

Je la sens partir avant même son hurlement de plaisir. Moi, je poursuis le labourage de sa chatte jusqu'à ce que je me délivre. Mes yeux s'agrandissent sous l'effet de ce cataclysme et je me crispe de la tête aux pieds.

Purée ! C'est le meilleur orgasme de ma vie. Comment vais-je oublier ?

Je me baisse doucement pour embrasser son dos avant de me retirer de sa chaleur. Je me sens glacé dans la seconde. Nous reprenons tranquillement notre souffle tandis qu'Alexandra s'effondre sur le matelas.

Je quitte sa chambre pour me rendre dans la salle de bains et retirer le préservatif usagé. Je mets mon front sur la faïence froide pour tenter de retrouver mes esprits. Qu'est-ce que j'ai fait ? Pourquoi est-ce que j'ai cédé à la tentation ?

Je suis complètement fou. Ils ne doivent pas savoir la noirceur de mon âme et de mes démons. Il faut que je sorte d'ici. Je jette le préservatif dans la poubelle et j'attrape un gant pour nettoyer l'objet de mes vices. C'est décidé, j'arrête de penser avec ce deuxième cerveau.

Je repars vers ma chambre et en passant devant celle d'Alexandra, je ne peux m'empêcher de la contempler. Elle est toujours allongée et se remet doucement de nos ébats torrides. Je ne peux absolument pas me comporter comme le connard habituel que je suis. J'avance jusqu'au lit, le contourne et viens m'y asseoir. Je dépose un baiser sur sa bouche puis son front avant de chuchoter :

— Repose-toi. Je dois y aller, j'ai rendez-vous avec un de mes amis ce matin.

Menteur ! Tu fuis juste la scène de crime.

— Nous sommes censés retrouver les gars en fin de matinée pour continuer l'enquête sur le blog. Tu as le temps. Nous avons le temps pour un deuxième round.

Avant de céder à l'appel de cette déesse ou plus exactement de cette tentatrice, je secoue la tête.

— J'ai rendez-vous avec un de mes amis qui n'appartient pas à la BE 75.

— Je comprends. On se retrouve plus tard alors.

Elle se relève doucement et vient m'embrasser. Ses seins si pleins viennent percuter ma poitrine. J'ai envie de les cajoler, de les caresser. Je ne peux pas céder une seconde fois. Au prix d'un immense effort, je me relève et me détache d'elle. J'ai froid, je dois quitter cette chambre sur le champ.

Déserteur !

Je m'en fous. Je lui étreins longuement les doigts avant de tourner les talons et de me diriger vers ma chambre. Je m'habille à la vitesse de l'éclair pour ne pas retourner dans son lit. Je pars vers ma cuisine, attrape une brioche et cours presque jusqu'à la porte. J'attrape ma sacoche, mes clés et j'ouvre le battant avant de le refermer. Je dévale les escaliers et respire une fois que je suis à l'extérieur.

Ma moto attend à son emplacement. J'ouvre le coffre et en sors mon casque. Je l'enfile puis démarre mon engin. Je tourne la poignée pour accélérer et me voilà parti. Je savoure la liberté et la vitesse. Les kilomètres défilent et mon esprit s'apaise. J'arrive à destination et entre dans la cour de la maison de mon ami d'enfance. Simon, mon compagnon de galère et le seul qui connaisse toute ma vie.

Comme d'habitude, je le retrouve dans son atelier de menuiserie. Il est tellement doué de ses mains et fabrique des objets très design. Il lève la tête en me voyant et sourit.

— Bonjour, mon pote. Quel bon vent t'amène ?

— Bonjour, Simon. J'avais envie de voir mon pote.

Il m'observe en silence avant de venir m'offrir une accolade.

— Tu es toujours le bienvenu ici, Clément. Tu as une tête d'enterrement alors raconte-moi ce qui t'arrive. On va prendre un café et tu vas tout me dire.

J'ai l'impression d'aller me confesser à chaque fois que nous avons une discussion. Il est l'unique personne à qui je peux confier mes doutes et mes tourments.

Une fois installés dans sa cuisine avec une tasse de mon breuvage favori dans la main, il m'invite à parler d'un signe de tête.

— J'ai déconné, Simon. Vraiment déconné ! Est-ce que tu te souviens d'Alexandra ?

Il éclate de rire avant de porter la tasse à sa bouche.

— Comment pourrais-je oublier ? Tu me parles constamment d'elle.

La situation est donc plus grave que ce que je pensais. Je ne me rends même pas compte que je parle constamment d'elle.

— J'ai cédé à la tentation. Je n'ai pas pu m'en empêcher.

— Et alors ! Il n'y a rien de mal à se retrouver dans le lit d'une belle femme.

— C'est la sœur d'Amandine et elle ne doit pas connaître le véritable Clément.

— Arrête tes conneries ! Ils connaissent tous le véritable Clément. Le reste, c'est dans ta tête.

— Non, ils ne connaissent pas mon passé et le mal qui me ronge. Je ne veux pas qu'ils l'apprennent.

— Tu es un homme bien, mon ami. Il est temps que tu acceptes celui que tu es.

Je secoue violemment la tête.

— Non, je n'accepterai jamais. Je n'ai rien à offrir à une femme. Je dois me tenir éloigné d'Alex.

— Et si elle était là pour te guérir de tes insécurités ? Regarde depuis combien de temps tu résistes avec elle pour ne pas la traiter d'une façon que tu ne voudrais pas.

— Chassez le naturel, il reviendra au galop.

— Arrête de te rendre responsable pour quelque chose que tu n'as pas commis ! Pour le reste, tu n'es qu'un homme avec des désirs.

— Non, ce n'est pas normal d'avoir une libido aussi destructrice.

— Nous en avons déjà discuté à de nombreuses reprises, Clément. Ne sois pas aussi dur avec toi-même ! Promets-moi d'y réfléchir.

Je hoche la tête plus pour lui faire plaisir que pour m'en convaincre. Il me connaît trop bien et sourit.

— Ne fais pas semblant ! Je sais lire en toi. Donne une chance à ton Alexandra.

Je ne veux pas repartir dans cette discussion et je vide ma tasse.

— Et si tu me montrais tes dernières nouveautés...

Nous nous dirigeons vers son atelier tandis que des flashs torrides viennent me hanter. Je les muselle pour profiter de la présence rassurante de mon ami. Pendant deux heures, il m'explique ses dernières créations, la préparation de sa future exposition et il me confie son bonheur de se marier bientôt.

Si seulement ma vie pouvait ressembler à la sienne ! Je me plais à espérer d'oublier mon passé comme lui. Ou au moins le surmonter sans démon !

Chapitre 6

Alexandra

Je m'étire dans mon lit après mon second réveil de la matinée. De délicieuses courbatures viennent me rappeler les ébats torrides avec Clément. Pour une première fois, c'était une réussite !

On est bien d'accord que les premières fois avec un mec ne sont pas les plus marquantes. On ne se connaît pas trop et on n'ose pas vraiment. Avec le fougueux policier, pas de problème de ce côté-là ! Il a assuré comme un Dieu du sexe.

J'ai pourtant senti qu'il se retenait et j'ai vraiment dû le pousser dans ses retranchements. Je ne regrette absolument pas mon initiative. Je n'ai qu'une envie : recommencer le plus vite possible.

Je ne sais pas pour quelle raison il s'est enfui. Oui, il s'est enfui. Il n'avait aucun rendez-vous avec un de ses amis. Il a inventé ce pseudo-rendez-vous pour sortir de mon lit le plus vite possible. Je pourrais en prendre ombrage, mais je le prends comme un défi.

Celui de le ramener le plus vite possible dans mon pieu ! Je sens qu'il ne va pas me faciliter la tâche. Une panthère n'abdique jamais et elle va bouffer le lion tout cru.

Pourquoi n'acceptes-tu pas simplement sa décision de rester éloigné de toi ? Tu pourrais peut-être te calmer et rester loin de lui aussi.

Hors de question ! On ne laisse pas un tel Apollon dans un coin. Ce n'est pas Bébé qu'on ne laisse pas dans un coin, mais Clément.

Tu as vraiment un grain, ma pauvre. Tout ça pour du sexe !

Le sexe, c'est ce qui pimente la vie et la rend attrayante. Le défi de remettre Clément dans mon lit va être très stimulant. À moi de le faire craquer en me montrant très inventive !

Mon téléphone sonne et m'interrompt dans mes plans. Je jette un œil sur l'écran et y découvre le nom de ma meilleure amie.

— As-tu enfin fini tes gardes à rallonge, ma Noa ?

— Oui, hier soir, ma poulette et je me suis effondrée dans mon lit. Comment vas-tu depuis ton agression ?

— Tu me connais, je vais toujours de l'avant et je ne me focalise jamais sur le négatif.

— Tu devrais quand même faire attention pour ta sécurité.

— Ne t'inquiète pas, j'ai le meilleur des gardes du corps. Le mec de ma sœur a refusé que je réintègre mon appartement et comme je ne voulais pas tenir la chandelle chez Amandine et lui, Clément m'a invitée à occuper sa deuxième chambre.

Un grand silence me répond comme si l'information se frayait un chemin dans le cerveau de mon amie.

— Attends ! Es-tu en train de me dire que tu es en collocation avec le gars sexy dont tu n'arrêtes pas de me parler depuis plusieurs mois ?

— Oui, je suis en colocation avec lui. Ce n'est pas mon choix, mais je compte bien en profiter à fond.

— Qu'est-ce que tu as derrière la tête, Alex ? Que comptes-tu faire à ce pauvre garçon ?

Je ne peux pas m'empêcher d'éclater de rire quand elle compare Clément à un pauvre garçon.

— Je te jure que je ne lui veux que du bien. Uniquement du bien !

— Il ne sait pas dans quoi il s'est embarqué en acceptant de t'héberger.

— Je n'y crois pas. Est-ce que tu es en train de le plaindre alors que je veux lui apporter toute mon attention ?

— Ne m'as-tu pas dit qu'il est le meilleur ami d'Amandine et qu'elle lui a interdit de t'approcher ?

Je fais un geste de la main comme pour chasser ce qu'elle vient de dire.

— Ma poulette, je ne laisserai jamais ma sœur dicter ma vie sexuelle. Elle est beaucoup trop romantique et fleur bleue.

— Peut-être que toutes les femmes qu'elle défend face à des pervers lui ont montré ce que des hommes sont capables de faire. Ce n'est pas la première fois qu'elle te demande de faire attention à toi.

— Oui, je sais qu'elle voit des choses affreuses. Mais il s'agit de Clément, celui qui est devenu son meilleur ami depuis plusieurs mois. Elle s'inquiète juste, car il a la réputation d'être très volage.

— Et toi, cela te convient parfaitement !

— Tu as tout compris ! Depuis Kevin, je ne veux plus de relation sérieuse. La passion s'essouffle au bout d'un moment et moi, je veux de la passion. Sans compter que...

Je ne finis pas ma phrase et je la laisse en suspens.

— Sans compter que quoi ?

— Je suis en colocation avec cette splendeur de mec pour une durée indéterminée. Tu penses bien que je ne vais pas me passer de sexe pour une durée indéterminée. Je ne me vois pas ramener un mec chez lui.

La voilà qui part dans un éclat de rire tonitruant !

— C'est vrai que ça ferait désordre ! Imagine-toi t'envoyer en l'air avec un coup d'un soir pendant que Monsieur écouterait de l'autre côté du mur.

Cela serait d'autant plus bizarre après ce qui s'est passé ce matin. Je n'imagine pas une pouffe dans son pieu.

— Alors, tu comprends pour quelle raison je n'ai pas le choix.

— Oh, tu es vraiment à plaindre ! Devoir convaincre ton sexy colocataire de te rejoindre dans ton lit. Quelle délicate mission ! Tu peux peut-être lui dire que tu as besoin de protection très rapprochée.

— C'est une idée intéressante. Je pourrai toujours sortir cet argument s'il refuse d'y revenir.

J'ai à peine fini ma phrase que je sais qu'elle va capter dans la seconde.

— Revenir ? Que s'est-il passé entre ma dernière garde et ce matin ? Aux dernières nouvelles, vous n'aviez pas encore consommé le fruit défendu.

J'ai très envie de partager avec Noa l'expérience inoubliable de mon étreinte avec Clément. Bien entendu, je ne vais pas lui livrer les détails les plus intimes, mais juste mes impressions. Peut-être qu'elle pourra me donner un conseil par rapport à la fuite de mon lion.

— Disons que je me suis promenée dans une nuisette sexy et transparente avec uniquement un tanga. Je l'ai allumé pour qu'il cède à la tentation.

— Bien joué, ma poulette ! Tu es diabolique. Tu l'as mis à terre et il t'a suivie dans la seconde.

Je ne veux pas trahir Clément et je reste évasive.

— Disons qu'il a fallu un peu de persuasion. Les menaces d'Amandine ont laissé des traces.

— L'essentiel est que tu sois parvenue à tes fins. Envie de renouveler l'expérience ou pas ?

— Plus que jamais, ma poulette ! C'était le meilleur coup de ma vie. Intense, passionné, animal.

— Stop, stop, stop ! Dois-je te rappeler que ma vie sexuelle est un néant total depuis six mois ?

— Ton ex te prend toujours la tête ?

— Ce connard jaloux empêche tous les mecs de m'approcher malgré notre rupture. Tout cela sera bientôt derrière moi. Encore une semaine et je serai libre !

Je me souviens soudain qu'elle voulait me confier quelque chose d'important avant mon agression. De quoi s'agit-il ?

— Qu'est-ce qui se passe, Noa ?

— Je ne t'en ai pas parlé, je ne voulais pas te donner de faux espoirs. Maintenant, c'est officiel. J'ai trouvé un travail dans un hôpital de Paris et j'arrive la semaine prochaine.

Mon cri de joie doit lui percer les tympans.

— Je suis tellement heureuse que tu viennes t'installer à Paris. Tu m'as tellement manqué depuis ton départ. Six ans que tu étais repartie à la Martinique.

— Je voulais me rapprocher de mes parents, mais je ne peux plus rester sur mon île.

— Est-ce que tu n'es pas trop triste de quitter tes parents ?

— Nous nous sommes promis de nous voir au moins trois fois par an. Et j'ai hâte de faire la connaissance du beau Clément et de suivre vos aventures.

— Tu peux y compter, ma belle. Ce n'est pas avec Amandine que je discuterai des performances de son meilleur ami au lit.

Nous éclatons de rire avant de papoter de son installation prochaine dans la capitale. Je raccroche uniquement quand je vois qu'il est l'heure d'aller retrouver les garçons pour poursuivre l'enquête sur le blog.

***

— Comment se fait-il que tu sois toute seule, Alexandra ?

— Clément va arriver. Il devait juste voir un de ses amis.

Adrien commence à s'énerver en face de moi.

— Il ne devait pas te quitter d'une semelle. Pourquoi est-il parti sans nous informer ? L'un d'entre nous serait allé te chercher.

Est-ce qu'il blague ou est-ce qu'il est sérieux ? Vu son regard et sa colère, j'opte pour la seconde solution. Je me plante devant lui, les poings sur les hanches et les yeux qui lancent des éclairs.

— Ne crois pas que tu vas me maintenir prisonnière à cause de ces foutus rédacteurs du blog !

Il ne se démonte pas et me répond avec le plus grand des sang-froid.

— Tu es en danger et il te faut un garde du corps permanent.

— Je ne suis absolument pas d'accord. Je serai prudente, mais ces dégénérés ne m'empêcheront pas de vivre.

— Ce n'était pas vraiment un sujet de conversation, Alex.

J'affronte le regard noir du lieutenant Adrien Laval. S'il pense m'impressionner, il se trompe.

— Je ne m'appelle pas Amandine Marty et je ne t'obéirai pas au doigt et à l'œil.

Est-ce un sourire que je vois se dessiner sur son visage ?

— Si tu crois que ta sœur m'obéit au doigt et à l'œil, tu te trompes lourdement. Vous allez me rendre chèvre toutes les deux.

Je lui décoche un clin d'œil.

— Je dirais plutôt qu'on va te rendre bouc. Fais gaffe, ça pue, les boucs !

Son équipe éclate de rire pendant qu'il lève les yeux au ciel.

— Dites-moi ce que j'ai fait pour mériter de subir cette impertinente !

— Tu es tombé amoureux du joli petit derrière de ma sœur. Donc, tu as hérité d'une deuxième Marty dans la foulée.

— Quel mec ne rêverait pas d'avoir ces deux beautés dans sa famille ?

Je me tourne vers Jerem et lève la main pour lui faire un high five. Je m'apprête à répliquer quand mon amant de ce matin fait son apparition. Je ne peux m'empêcher de lorgner discrètement vers son entrejambe qui m'a donné tant de plaisir ce matin.

Tu pourrais avoir une attitude décente au moins. Il est à peine arrivé que tes yeux sont déjà braqués sur son intimité.

Comment veux-tu que j'ignore sa queue qui m'a offert deux beaux orgasmes ? Ce serait un affront pour elle !

— Peux-tu m'expliquer la raison pour laquelle Alexandra est arrivée sans protection ?

Adrien s'adresse à Clément et lui refait le même cinéma qu'à moi. Je vais lui clouer le bec et très vite.

— Qui te dit que je n'ai pas de protection ?

Tout en lui parlant, je farfouille dans mon sac à main et je balance cinq préservatifs sur la table. Ses yeux passent de mon visage aux étuis. Les gars ne tardent pas à le chambrer.

— Eh bien, Adrien, la jeune Marty semble plus coriace que l'aînée. Tu ne pourras pas utiliser le sexe pour la faire filer droit.

Je n'écoute pas vraiment la réponse du lieutenant. Mon attention est focalisée sur Clément qui ne quitte pas des yeux les préservatifs. Se souvient-il que je lui en ai fourni un ce matin ?

— Alexandra, as-tu compilé toutes les informations comme je te l'avais demandé ?

Je sursaute à la question d'Adrien. La récréation semble terminée et il se focalise de nouveau sur l'enquête du blog. Je secoue la tête.

— J'ai beau essayer, je ne me souviens pas de ce qui s'est passé entre le moment où ils m'ont extirpée de ma voiture et ma fuite. J'ai des bribes, mais je ne revois pas leurs visages. Ça m'énerve.

— Sois patiente, Alexandra ! Ton mental a subi un choc et il se protège. Les souvenirs vont revenir petit à petit.

— La patience n'est pas mon fort !

— Oh, non, tu n'es pas patiente !

C'est Clément qui vient de prononcer cette phrase de sa voix rauque. Je suis convaincu qu'il n'a pas oublié que je l'ai traité d'escargot. À moins que ce soit tortue ou limace ! Je ne me souviens pas lequel de ces trois animaux j'ai utilisé.

— Nous avons besoin de ces éléments le plus rapidement possible et moi, je ne suis pas capable de vous les donner.

— Ne sois pas trop injuste avec toi !

Je frappe un coup dans le tableau blanc pour exprimer ma frustration.

— Nous avons cruellement besoin de savoir s'ils ont commis une erreur lors de ma tentative d'enlèvement.

Romain s'avance vers moi et pose ses mains sur mes épaules. Il me regarde droit dans les yeux avant de parler avec calme.

— Nous pouvons reconstituer la scène si tu le souhaites. Peut-être que cela t'aidera à débloquer ta mémoire. Mais cela peut être à double tranchant également. Tu pourrais te souvenir d'éléments que ton cerveau a choisi d'occulter.

Instinctivement, je me tourne vers Clément et je cherche une réponse au plus profond de ses yeux bleu vert. Le vert domine, mais il y a aussi des éclats de bleu. Je suis perdue. Dois-je prendre ce risque ?

Chapitre 7

Clément

Les magnifiques yeux bleus d'Alexandra se plantent dans les miens. Ses yeux de biche semblent aux abois. Elle ne sait pas ce qu'elle doit faire et elle me demande de l'aider à prendre une décision.

Pourquoi s'est-elle tournée vers moi ? Nous ne partageons pas une relation. Oui, Amandine peut s'appuyer sur Adrien. Oui, Laura peut demander le soutien de Romain. Ils sont en couple. Alexandra et moi avons échangé un baiser il y a quelques mois et nous avons baisé ensemble cette nuit. Cela ne fait pas de nous un couple.

Crois-tu réellement que tu as juste baisé Alexandra ? N'as-tu ressenti aucune émotion comme lorsque tu sautes tes pouffes ? Est-ce pour cette raison que tu t'es enfui de sa chambre ?

Je n'ai éprouvé aucune putain d'émotion. Je ne veux ressentir aucune putain d'émotion. Alexandra est la petite sœur de ma meilleure amie. Une meilleure amie qui s'éloignerait aussitôt de moi si elle connaissait mes vices les plus inavouables.

N'importe quoi ! Tu n'en sais absolument rien. Arrête de te traiter comme un criminel ! Tu as droit à une vie heureuse.

Les prunelles topaze d'Alex continuent de m'interroger. Le silence s'est fait dans la pièce et je pense que tout le monde entend les battements affolés de mon cœur. Je me perds dans le reflet de ses yeux. Inconsciemment je bouge ma mâchoire et mon front se plisse. Je lui parle d'une petite voix pour ne pas l'effrayer.

— Qu'est-ce que tu en penses, Alexandra ? Crois-tu que tu es prête à affronter ce que tu as peut-être enfoui dans ta mémoire ?

Qu'est-ce que c'est que cette voix de gamin qui est sortie de mon corps ? Est-ce que mes potes, mes frères d'armes me regardent avec une expression interloquée sur leur visage ?

— Je ne suis pas du genre à fuir quand une situation me met mal à l'aise.

Et vlan ! Je viens de me prendre une gifle monumentale au sens figuré. Je fais semblant de ne pas comprendre.

Un rôle que tu interprètes à merveille si tu veux mon avis !

Justement, ton avis, je m'en passe ! Je réponds d'une voix neutre à ma colocataire improvisée.

— Très bien, Alexandra ! Où allons-nous faire cette reconstitution ?

Adrian s'avance d'un pas et nous observe de ses yeux perçants. Se doute-t-il de quelque chose ?

— Le meilleur endroit pour cette reconstitution improvisée est le garage de la BE 75. Nous pouvons filmer la scène et nous la repasser.

— Je suis prête. Nous devons avancer et les empêcher de nuire à la BE 75. Est-ce que Laura et Amandine vont se joindre à nous ou sommes-nous juste entre nous ?

— En ce qui concerne Amandine, nous ne la verrons pas de la journée. Elle est à son bureau ce matin et elle plaide cette après-midi.

J'adore voir mon pote qui connaît le planning de sa chérie sur le bout des doigts. Je suis même surpris qu'il ne l'accompagne pas partout pour la protéger.

— Quant à Laura, elle est au ministère des armées pour une partie de la journée.

Je sens le dépit dans la voix de Romain. Il a du mal à se passer de sa militaire quand elle est à Paris. Il faut dire qu'ils rattrapent le temps perdu. Je ne peux pas me retrouver un jour dans cette situation de dépendance à une femme.

L'amour n'est pas une dépendance, mais un chemin de vie en équipe.

Te voilà bien philosophe !

— Allez, on bouge, on va à l'entrepôt. Ces guignols se moquent de nous depuis trop longtemps.

Nous nous tournons vers Benjamin et hochons la tête. Il est temps de se mettre en mouvement. Alexandra part en voiture avec Nico, Benji et Jerem. Ils vivent tous les trois dans un énorme duplex et je ne veux pas savoir ce qu'ils y font. Adrien, Romain et moi mettons les gaz sur nos motos.

J'ai besoin d'action alors je pousse sur ma bécane, bientôt imité par mes frères d'armes. Rouler dans Paris est frustrant. Impossible de garder un rythme d'enfer très longtemps !

Nous arrivons en peu de temps et commençons à préparer l'entrepôt en attendant les jeunes. Pas que je me considère vieux ! Je n'ai que vingt-neuf ans.

— Je n'aime pas que nous bousculions Alexandra de la sorte.

— Adrien, arrête de la considérer comme la sœur d'Amandine ! Elle est un témoin et nous avons besoin de toutes les informations possibles. Elle est forte et déterminée. Elle s'en sortira très bien.

— J'espère que tu as raison, Romain. Clément, pour une raison que j'ignore, elle a plus confiance en toi qu'en aucun autre de nous. C'est toi qui joueras le rôle de l'agresseur principal pour la tranquilliser.

J'acquiesce à la demande d'Adrien. Même si nous ne sommes pas en service, il dégage cette autorité naturelle et prend en charge la reconstitution.

La voiture des retardataires arrive et j'ai un pincement au cœur en les entendant rire comme des amis de longue date. Je m'étrangle même quand Nico descend et lance à la cantonade :

— J'espère que vous ne nous attendiez pas. Alex a insisté pour me faire une gâterie sur la route.

— Nico, si je t'avais fait une pipe, nous ne serions pas encore à l'entrepôt. Je ne bâcle jamais.

Pourquoi est-ce que ma queue tressaute dans mon boxer ? Pourquoi ai-je envie de fusiller les cinq autres paires d'yeux qui l'observent ?

— Relax, les gars ! Pourquoi les femmes ne pourraient-elles pas parler comme vous sans que vous preniez un air choqué ? Nous sommes aussi libérées que vous.

— Ne t'inquiète pas ! Je suis parfaitement au courant avec Laura.

— Allez, au boulot ! On arrête de bavasser comme des gonzesses. Je ne savais pas que j'étais à la tête d'une équipe de pies.

Bordel ! Je passe par tous les surnoms animaliers aujourd'hui. Pas le temps de m'y attarder ! Adrien explique déjà le déroulé de la reconstitution à Alex. Une Alexandra qui ne semble pas si à l'aise qu'elle veut bien le dire.

Dès que les autres ont le dos tourné, je ne peux pas m'empêcher de saisir ses mains dans les miennes et de les serrer avec force. Adrien intercepte mon geste du coin de l'œil. Notre lieutenant a des radars.

— Tout va bien se passer. Tu peux dire stop à tout moment.

— Je l'ai déjà dit. Je ne suis pas le genre de filles à fuir mes responsabilités.

Je retire immédiatement mes mains et évite son regard limpide.

— En place ! La voiture de Nico sera la tienne pendant la reconstitution et le van non aménagé leur van. On utilisera une voiture banalisée pour jouer le rôle du troisième véhicule de la scène. On y va.

Alexandra panique, je le vois dans ses magnifiques yeux bleus qui se voilent quand je lève les miens. Elle n'est pas aussi forte qu'elle veut bien le laisser transparaître. J'ai une envie furieuse de la prendre dans mes bras pour la réconforter. Je m'abstiens. Je ne fais aucun pas vers elle, je n'ai pas envie d'être rejeté ou qu'elle m'envoie une réplique cinglante. Au contraire, je me détourne d'elle et m'éloigne pour prendre ma place.

Je rejoins mes frères d'armes qui discutent de la tactique à adopter. Nous reculons le van à l'entrée de l'entrepôt et attendons le signal d'Adrien qui se charge de filmer l'intégralité de la scène. Il demande à Alexandra de positionner la voiture de Nico comme elle avait garé la sienne pour papoter avec ce Noa. Encore ce Noa de malheur ! Elle a été enlevée à cause de lui.

— C'est bon, nous sommes prêts de ce côté-là !

Jerem et moi levons les pouces en l'air et allons nous installer dans le van. Romain conduit la deuxième voiture. À partir de maintenant, nous exécutons le scénario comme Alex nous l'a raconté. En espérant que nous ne lui fassions pas subir cette reconstitution pour rien !

Tu pourras toujours jouer le preux chevalier et la consoler.

Jerem démarre le van et nous venons nous positionner derrière la voiture de Nico tandis que Romain se gare devant. Je m'en extrais immédiatement et marche vers elle. J'ouvre la portière avec force et la brune aux yeux bleus envoûtants me regarde d'un air apeuré. Je ne dois laisser transparaître aucune émotion.

Je la saisis par les épaules et la tire violemment vers moi. Elle se débat tout en criant.

— Qu'est-ce que vous me voulez ?

— Tu n'as qu'à arrêter de fouiner dans les affaires des autres.

Elle continue de se débattre et Romain arrive à son tour pour m'aider à la transporter. Il la prend par les pieds. Nous l'emmenons rapidement vers le van dont Jerem a déjà ouvert la porte. Nous la balançons sans ménagement à l'intérieur.

Romain et moi rejoignons notre lieutenant derrière les moniteurs de l'entrepot. Je remarque qu'elle est terrorisée. Elle revit la scène. Je ne peux pas la rassurer et je ne veux pas. Je jette un œil à Adrien et je vois tout de suite qu'il est inquiet. Romain, lui, reste plus concentré. Je ferme les yeux une fraction de seconde pour remettre mon masque d'agresseur.

Alexandra reste muette et je suis surpris qu'elle n'ait pas crié après ses agresseurs. La voilà qui se met à taper contre l'habitacle du fourgon ! Elle se débat dans tous les sens tandis que je remonte dans le van et m'approche d'elle de nouveau. Elle commence à marteler mon torse de ses poings. Fidèle à ses déclarations, j'attrape ses poignets et les attache l'arrière de son dos. Elle hurle et je lui colle un sparadrap sur la bouche.

Je lève enfin les yeux vers son visage et son expression me glace le sang. Des larmes s'échappent de ses beaux yeux bleus qui ont viré à l'orage. La terreur que j'y lis me met à terre.

Qu'est-ce que tu attends pour la prendre dans tes bras, bon sang ? Regarde à quel point elle est vulnérable !

Je ne peux pas. Si je fais le moindre geste de tendresse ou d'amitié, cela fout en l'air la reconstitution totale. Ce n'est absolument pas le but après ce qu'elle vient d'endurer.

Je ne prononce pas un seul mot, je cesse de la regarder et je tourne les talons. Je descends du van et je ferme la porte. Dès que je suis à terre, j'inspire de grandes bouffées d'air pour retrouver mon calme. C'est vraiment difficile de la voir dans cet état de faiblesse.

Je pars retrouver mes potes qui visualisent la vidéo en instantané qui provient du van. Il n'y a que Benji qui ne soit pas avec nous puisqu'il fait rouler le van dans notre entrepôt pour recréer une scène la plus réaliste possible.

J'observe mes frères d'armes et je vois qu'ils sont vraiment soucieux en scrutant l'écran. C'est Adrien qui parle le premier.

— Elle n'a pas bougé depuis que tu es sorti du van. J'espère que nous ne sommes pas allés trop loin.

— Laisse-lui le temps de retrouver ses esprits et elle va se mettre en action ! C'est une femme forte et dynamique.

— J'espère que tu dis vrai.

Je ne peux pas m'empêcher de charrier mon pote pour détendre l'atmosphère et enlever la boule qui me compresse l'abdomen.

— Aurais-tu peur de la réaction d'Amandine si elle apprend que tu as malmené sa sœur, doudou ?

Il me décoche un regard noir qui en figerait plus d'un sur place. Pour l'amadouer, je lui adresse un énorme sourire. Nous retrouvons très vite notre sérieux quand nous voyons Alexandra bouger dans le van. Je la regarde, complètement fasciné.

Elle se met debout et se contorsionne dans tous les sens. Puis elle se rassoit et avec l'agilité et la souplesse d'une athlète, elle parvient à dégager ses mains. Par quel tour de passe-passe a-t-elle réussi à les faire passer de son dos à son ventre ?

C'est clair que ce n'est pas toi qui arriverais à faire preuve d'autant de souplesse. Imagine ce que tu pourrais expérimenter avec elle !

J'ai besoin de me concentrer et de l'observer avec attention. Elle porte ses mains devant son visage et arrache le sparadrap devant sa bouche. Elle fait une immense grimace. Qu'est-ce qui lui arrive ?

Puis, elle porte ses poignets à sa bouche et commence à déchirer le lien avec ses dents. Elle est appliquée et se libère en cinq minutes. Elle se dirige ensuite vers la porte du van et observe le mécanisme. Là encore, il lui faut un peu de temps pour ouvrir la portière et sauter.

Elle court se mettre à couvert tandis que Jerem poursuit son chemin. Il ne s'est même pas aperçu qu'elle a réussi à s'enfuir.

Adrien se lève et siffle la fin de la reconstitution. Il se dirige à grands pas vers elle et la félicite.

— Comment vas-tu, Alexandra ? C'est extraordinaire que tu aies réussi à aller jusqu'au bout. Est-ce que des détails te sont revenus ?

— Oui, de petites choses insignifiantes.

— Rien n'est insignifiant !

— Le mec qui m'a sortie de la voiture était plus grand que Clément, mais il n'était pas aussi musclé. Il avait une odeur bizarre sur lui. Je n'arrive pas à vous décrire cette odeur, mais je vais travailler.

— Et quand tu t'es retrouvée seule dans le van avec l'un d'eux, as-tu remarqué autre chose ?

— Oui, le gars portait une cicatrice sous l'œil gauche et il avait un tatouage sur l'avant-bras. Une sorte de lézard.

Elle s'interrompt et semble réfléchir. Romain veut parler et elle le stoppe d'un geste. Nous restons suspendus à ses lèvres.

— Le deuxième gars avait aussi un tatouage. Sur son épaule cette fois-ci. C'était un serpent qui sortait sa langue.

— Pourrais-tu donner des indications à notre dessinateur pour qu'il en fasse une réplique ?

— Oui, bien entendu. C'est tout ce dont je me souviens.

— C'est déjà super. Ce sont des détails qui ont leur importance pour identifier des suspects.

Elle nous adresse un sourire avant de pousser un énorme soupir de soulagement. Nico émet un long sifflement.

— Tu m'as vraiment bluffé avec cette souplesse pour te libérer. Comment as-tu réussi à passer tes mains aussi vite de derrière ton dos à devant ?

Elle lui répond par un clin d'œil.

— Les femmes gardent leurs secrets.

— Tu peux nous mettre dans la confidence quand même. Adrien, est-ce qu'Amandine est aussi souple ?

Il se gratte la mâchoire et fusille Benjamin du regard. Nous avons notre réponse. Sujet tabou !

— Je peux répondre pour lui. Amandine a beaucoup de talent, mais elle n'a jamais aimé la gymnastique.

— C'est donc la pratique de la gymnastique qui t'a rendue aussi souple ?

Elle se penche vers Benjamin comme si elle voulait lui avouer un secret.

— La gymnastique et surtout la pole dance.

— La pole dance, c'est quand tu danses autour d'une barre ?

Pour toute réponse, elle hoche la tête avec un sourire en coin. Moi, je l'imagine s'enrouler autour de cette barre ou y faire des acrobaties. Je commence à avoir une putain d'érection que je ne vais pas réussir à cacher très longtemps.

— On pourrait peut-être repartir dans l'appartement d'Alexandra et Amandine pour y continuer l'analyse des données.

Mes frères d'armes se lèvent tous ainsi que la panthère qui vrille tous les sens. Nous commençons à marcher vers la voiture et les motos quand Alex vient se placer à côté de moi. Elle scrute mon entrejambe et un sourire se dessine sur son visage. Elle souffle doucement pour que je sois le seul à entendre :

— Aurais-tu un problème, Clément ? As-tu besoin de mon aide ?

Je l'imagine s'enrouler autour de mon corps telle une liane. Je ferme les yeux pour reprendre contenance. Il va me falloir tout mon self-control pour lutter contre la vague de désir que je ressens pour elle.

Une vague si puissante qu'elle menace de tout emporter sur son passage ! Même moi !

Chapitre 8

Alexandra

Deux jours que je fais la fière devant tout le monde et deux jours que je ne vais pas bien en fait. Cette reconstitution m'a fait revivre mon agression et j'y pense sans arrêt. Pourquoi ne pas envahir la chambre de Clément pour oublier ?

Encore faudrait-il qu'il soit présent ! Je ne l'ai pratiquement pas vu depuis que nous avons quitté les locaux de la BE 75. Apparemment, il voulait tester une piste, mais je suis persuadée qu'il me fuit à tout prix. Se perd-il dans d'autres bras depuis notre unique expérience ? Je sais qu'il a un appétit sexuel féroce. Je donnerais tout pour l'aider à le soulager. Il faudrait simplement qu'il rentre à son appartement !

Il ne cesse de m'envoyer des textos pour savoir si je vais bien. Je ne lui ai pas dit que j'éprouvais des difficultés à dormir depuis la scène de la reconstitution. À quoi bon le mentionner ? Il me poserait plein de questions sans être réellement présent. Je ne suis pas du genre à confier mes états d'âme.

Mon téléphone vibre sur l'îlot et m'arrache à mes réflexions. J'esquisse un sourire. Quand on parle du loup…

N'as-tu pas fini de lui trouver des surnoms ridicules ? Pourquoi n'as-tu pas dit tout simplement « quand on parle de Clément » ?

Ce que j'en ai marre de cette voix rabat-joie ! Fume un pétard pour te détendre ! Il est en vente libre en Crète.

Clément : [Comment vas-tu ? Prévois-tu de sortir aujourd'hui ?]

Ce qu'il peut-être curieux ! Il n'est pas là. Qu'est-ce que ça peut lui faire si je sors ? Il n'est pas mon père ! Je n'ai jamais dit à mes parents où j'allais, je ne vais pas commencer avec un mec qui n'est même pas mon mec. Je vais m'amuser un petit peu avec lui.

Alexandra : [J'ai rendez-vous pour me faire ramoner la chatte. Je n'ai pas besoin d'une protection rapprochée.]

Comment va-t-il réagir ?

Clément : [Punaise, arrête de jouer avec ta sécurité ! L'un de nous va t'accompagner.]

Il me tend une perche ou je ne m'y connais pas !

Alexandra : [Sans façon ! Je ne suis pas une adepte des trios.]

Ça devrait le faire cogiter un peu !

Et si tu arrêtais un peu ! Il va finir par te prendre pour une dépravée.

Avoir une sexualité libre ne signifie pas être une dépravée. J'ai testé des trios plusieurs fois à l'université et c'était agréable sur le coup. Il faut le faire pour le fun et quand aucun sentiment n'intervient. Je ne l'aurais jamais fait avec Kevin. J'étais amoureuse de lui et je n'aurais pas accepté qu'il pose ses lèvres sur le corps d'une autre ou je ne me serais pas vue engloutir la queue d'un mec pendant qu'il observait. Chacun fait ce qu'il veut de son derrière. C'est ma limite.

Clément : [Arrête de m'énerver ! Ta sécurité est plus importante que ta vie sexuelle. Tu restes à l'appart ou l'un de nous t'accompagne. Ce n'est pas négociable.]

J'ai horreur qu'on me donne des ordres. Vraiment horreur ! Je saute sur mes pieds et je décide de sortir de cette prison qui respire la testostérone. Pour qui se prend-il ?

Clément : [Pourquoi ai-je l'impression que tu t'apprêtes à désobéir ?]

Je ne réponds pas à son message. Je sais que mon attitude est puérile, mais je ne peux pas m'en empêcher. Aucun homme ne me dira comment me comporter.

Tu sais qu'il agit de cette manière pour ta sécurité alors écoute-le au lieu de te braquer.

Je suis capable de me défendre. Je me suis sortie seule de cette situation de merde. Et, si ma sécurité était aussi importante, il resterait à l'appartement au lieu de le déserter.

Je n'ai toujours pas récupéré ma voiture qui est au laboratoire scientifique pour récupérer les empreintes et les cheveux. Je soupçonne même les gars d'avoir demandé qu'on la garde plus longtemps pour limiter mes actes de rébellion. Ils pensent seulement me connaître.

Je marche très rapidement jusqu'à la prochaine station de métro. Limite si je n'y cours pas ! Je m'engouffre dans le premier qui arrive et m'assois sur une banquette libre. Je sors mon smartphone de mon sac et ne suis pas surprise d'y découvrir plusieurs SMS non lus.

Clément : [Alexandra, réponds-moi.]

Clément : [Alexandra Marty, si tu es sortie de mon appartement sans protection, je te jure que tu vas t'en souvenir.]

Clément : [Bordel, est-ce que tu vas me répondre ? Je vais te foutre une sacrée fessée quand je rentrerai.]

Une fessée ? Ah, enfin une bonne initiative ! Je me vois parfaitement le cul en l'air sur ses genoux.

Adrien : [Où es-tu, Alexandra ? Tu n'es vraiment pas raisonnable.]

Ah, Clément a cafté à son chef qui a dû avertir Amandine à son tour. Je ne devrais pas tarder à recevoir un message de ma sœur. Qu'est-ce que je disais ?

Amandine : [Pourrais-tu écouter les garçons ? Tu devrais faire attention à ta sécurité. Pourquoi es-tu aussi bornée ?]

Alexandra : [Je n'ai jamais écouté papa et maman. Je ne compte pas commencer avec les BG de la BE 75.]

Amandine : [Tu es incorrigible. Où es-tu ?]

Voyons voir si elle va informer tout le monde.

Alexandra : [J'ai rendez-vous avec un des potes de Kev. Je suis entre de bonnes mains. C'est un pompier.]

Ce n'est pas vrai, mais je souhaite connaître la réaction de celui qui me fuit depuis l'épisode torride. Je prends la direction de mon ancien appartement, celui que j'ai partagé avec mon ex. J'arrive à la résidence et la grand-mère du premier étage me reconnaît.

— Bonjour, Mademoiselle Alexandra. Comme c'est agréable de vous revoir ! Vous êtes-vous reconciliée avec votre beau pompier ?

Elle est sourde comme un pot alors il est préférable de hocher la tête pour abréger la conversation.

— Oh, c'est très bien. Je vous laisse le rejoindre.

Je monte les trois étages en pressant le pas. C'est excellent pour sculpter mes cuisses de panthère. Aussitôt des flashs torrides me reviennent. Clément en pleine action pour me donner un maximum de plaisir !

Je frappe à la porte au moment où Kevin ouvre le battant. Il sourit en me voyant et me prend aussitôt dans ses bras.

— Coucou la miss. Comment va ma journaliste préférée ?

— Super bien. Madame Berton pense que nous sommes de nouveau en couple.

— Tu exagères, Alex. Elle va croire que je suis le pire coup vu le nombre incalculable de fois où tu me quittes.

— Ou alors un excellent coup comme je reviens toujours.

Nous éclatons de rire et il prépare un café, un thé et sort des brioches. Incroyable comme les habitudes sont tenaces ! Avec lui, je peux rester naturelle. Il n'y a plus aucun jeu de séduction entre nous, juste une profonde amitié. Nous nous sommes séparés en bons termes et sommes devenus très amis.

— Tu n'as pas l'air dans ton assiette, Alexandra. Tu sembles soucieuse. Qu'est-ce qui t'arrive ?

Je ne veux pas l'inquiéter et lui parler de cet enlèvement avorté. Je choisis mes mots avec soin.

— Je dois faire très attention depuis la rédaction de cet article sur la brigade d'élite 75. Mon article n'a pas été du goût de tout le monde et ma sécurité pourrait être menacée.

Il fronce les sourcils comme s'il se doutait que je lui cache quelque chose.

— Est-ce pour cette raison que tu n'étais pas à ton appartement quand j'y suis passé il y a deux jours ? Ta voisine m'a dit qu'elle ne t'avait pas vue depuis plusieurs jours.

— Je ne vis plus dans mon appartement pour le moment, car Adrien pense que ce n'est pas assez sécurisé.

— Je sens que tu ne me dis pas toute la vérité, Alex. Je respecte ton besoin d'intimité, je sais à quel point tu es indépendante.

C'était un trait de caractère que j'ai toujours apprécié chez Kevin. Il ne cherche pas en savoir plus à tout prix. Il sait que je ne lui dis pas tout et pourtant, il ne pose pas de questions indiscrètes.

— Sache juste que je suis là si tu as besoin de moi. Où habites-tu alors ? Avec Amandine et Adrien ?

Je manque de m'étouffer avec une bouchée de brioche.

— Impossible ! Ils sont incapables de rester loin l'un de l'autre et je n'ai pas envie de les entendre toute la nuit. Savoir ma sœur heureuse et parfaitement épanouie me suffit. Je n'ai pas besoin de l'entendre de mes propres oreilles !

— Tu as raison, mais tu n'as pas répondu à ma question. Où habites-tu ?

Je lui réponds du ton le plus détaché possible.

— Clément a accepté de m'héberger quelques jours ou quelques semaines.

Kev ne prononce plus un mot et me regarde attentivement. Comme s'il cherchait à lire en moi !

— As-tu déjà emménagé dans sa chambre ?

J'aurais dû me douter qu'il ne mettrait pas de filtre pour me poser la question. Je lui ai déjà parlé du flic sexy à plusieurs reprises et il a déjà compris que Clément m'intéresse. Pour je ne sais quelle raison, je ne veux pas partager les détails de notre nuit torride.

— Nous avons chacun notre chambre.

— Comment se fait-il que tu ne sois pas passé à l'attaque alors qu'il t'intéresse ?

Je ne sais pas vraiment quoi lui répondre et mon silence parle pour moi.

— OK, j'ai compris. Il a certainement dû déjà visiter la grotte, mais tu ne souhaites pas en dire plus. Alors, je ne t'en dirai pas plus non plus sur la petite sapeur-pompier qui est arrivé à la caserne.

Je me mets debout et je me plante devant cette montagne de muscles.

— Tu as intérêt de m'en dire plus.

— Donnant-donnant ! Si tu veux savoir les détails avec Flora, tu devras me donner du croustillant avec Clément.

— Tu n'es qu'un enfoiré ! Tu auras droit à une unique phrase. Meilleure première fois de ma vie avec un mec !

Il me regarde avec son air de cocker.

— Tu as vraiment de la chance que je t'aime, toi. Je pourrais vraiment me vexer. Je pensais que ta meilleure première fois avec un mec, c'était moi.

— Oui, toi... Après Clément !

— Espèce de petite peste ! Que fais-tu avec moi alors au lieu de profiter de ton policier ? Même si je dois te dire que tu vas être déçue. On ne passe pas à d'un pompier à un policier sans perdre au change.

J'éclate de rire avant de déposer un bisou sur sa joue.

— Tu ne perds pas le nord, toi. Je ne passerai jamais d'un pompier à un policier puisque tu seras toujours présent dans ma vie, Kev. Tu es mon meilleur ami. Pour répondre à ta question, je ne sais pas vraiment où nous en sommes avec Clément. Il me fuit depuis notre unique étreinte.

— Vraiment bizarre ! Peut-être n'a-t-il pas aimé !

— Oh, je peux te jurer qu'il a aimé ! Tu vas me vexer si tu penses le contraire. Il y a quelque chose qui le retient, mais je ne sais pas quoi. Je ne pense pas que ce sont les menaces d'Amandine.

— As-tu essayé d'en discuter avec lui ?

— Tu es bien placé pour savoir que je n'ai jamais été très douée pour discuter.

Contrairement à beaucoup d'hommes, Kevin n'a jamais fui la moindre discussion. C'est plutôt moi qui préfère le mode action au mode discussion. Il secoue la tête tout en me regardant avant de sourire.

— Je lui souhaite bon courage. Il ne connaît pas encore la méthode bulldozer façon Alexandra Marty.

— Une méthode que tu n'as jamais vraiment appréciée !

— Les femmes rêvent de douceur alors que toi, tu rêves plutôt d'un mec qui te fasse vibrer et qui te surprenne tous les jours. Je ne sais même pas si un tel spécimen existe. Au bout d'un moment, la routine s'installe.

— Regarde-moi ce petit vieux qui parle.

— Je te jure que Flora ne pense pas que je suis un petit vieux.

Je le regarde avec attention, mais il ne m'en dit pas plus. Je continue de le dévisager, il ne se laisse pas influencer. C'est moi qui craque la première et qui lui pose une question.

— Est-ce que tu veux m'en dire plus ?

— Pas pour le moment, Alex. J'ai besoin de garder la fraîcheur de cette relation pour moi.

Je hoche la tête et je me mets debout. Je m'approche de lui et l'enlace avec affection.

— Elle a de la chance, tu sais. Je dois partir, j'ai un nouvel article à rédiger.

Je m'éclipse et redescends vers la station de métro la plus proche. Parler avec mon ami m'a vraiment fait du bien. J'ai de nombreux messages en attente, je ne veux pas les regarder. On me demande certainement des comptes sur ma disparition soudaine. J'arrive enfin à l'appartement de Clément qui me sert de résidence secondaire pour le moment.

J'ai à peine poussé la porte que je sais déjà qu'il est là. Son parfum me vrille les narines. Il surgit dans l'entrée et sa haute stature m'impressionnerait presque.

— Qu'est-ce que tu n'as pas compris dans ne pas bouger de l'appartement sans protection, Alexandra ?

— Je ne veux pas être prisonnière ni être suivie dès que je mets un pied dehors.

— Nous n'avons pas le choix. Ta vie est en danger.

Je me rapproche de lui et lui souffle en le regardant droit dans les yeux :

— Je ne suis pas une criminelle et je n'accepterai jamais d'être toujours sous surveillance. La discussion est close.

Il s'approche à son tour et nos visages se touchent presque.

— La discussion sera close quand je l'aurai décidé. Où étais-tu passée ?

— Si ma sécurité t'importe autant, tu ne serais pas absent de l'appartement depuis deux jours. Je te l'ai dit, je me suis fait ramoner la chatte par un pompier.

Ses yeux deviennent deux grands trous béants qui lancent des éclairs.

— Est-ce un mensonge ou la vérité, Alexandra ?

— Qu'est-ce que ça peut te foutre ? Fuis de nouveau le désir que tu ressens comme un lâche !

Pour toute réponse, il me saisit par la taille et me plaque contre lui. Ses lèvres s'abattent sur les miennes et son baiser est fiévreux. Il n'y a rien de doux, il n'y a que l'expression d'un désir incontrôlable.

Je me presse contre lui en gémissant. Nos langues s'enroulent l'une dans l'autre sans pouvoir se détacher. Je saute contre lui et noue mes jambes autour de son bassin. J'ai juste envie de revivre la folie sexuelle que nous avons partagée.

Chapitre 9

Clément

Mes mains remontent le long de ses flancs et viennent se poser sur son caraco. Il ne me faut que quelques secondes pour l'en débarrasser. Je passe mes doigts dans son dos et je dégrafe son soutien-gorge en dentelle. Je baisse les yeux et je contemple ses deux globes avec une pointe érigée au milieu.

Je me penche et je gobe une première pointe dans ma bouche. Ma panthère indomptable se cambre comme si elle voulait enfoncer son sein encore plus profondément dans ma bouche. Un peu comme un mec qui veut enfoncer sa queue dans la bouche et la gorge d'une gonzesse !

Elle gémit quand mes dents se referment sur cette pointe et que ma langue la tourmente. Ses doigts viennent tirer mes cheveux et je ne lâche pas le bout de son téton. Ou juste le temps de passer au deuxième !

Tout en mordillant sa poitrine, je plaque son bassin contre le mien et je remue le bas de mon corps pour qu'elle prenne conscience de mon érection. Ma queue est douloureuse dans mon boxer et sous la couture de mon jean qu'elle menace de faire exploser.

Je grogne quand je sens les mains d'Alexandra descendre jusqu'à mes boutons de pantalon. Elle écarte brusquement les pans pour faire sauter les boutons puis elle descend jean et boxer d'un seul mouvement. Ma queue se dresse fièrement entre elle et moi. Elle empoigne mon membre pendant que je continue à sucer ses seins avec avidité.

Je m'attends à ce qu'elle entame une série de va-et-vient, mais elle se contente d'effleurer la bête gorgée de sève. N'a-t-elle pas compris que j'ai hâte que ses doigts me délivrent ? Qu'est-ce qu'elle fout, bordel ? Elle ne bouge toujours pas et je relève la tête. Je l'interroge du regard et elle me fait un putain de sourire.

— Qu'est-ce que tu attends pour astiquer ma queue ? Tu ne peux pas m'exciter et arrêter en plein milieu.

— Je réfléchis pour savoir si je préfère le faire avec ma main ou avec ma bouche.

Elle a décidé de me tuer. C'est la seule explication logique ! Imaginer sa bouche sur ma queue me fait perdre un peu plus pied.

— Et si tu commençais par ta main pour finir avec ta bouche ?

— Je t'ai déjà dit que je déteste qu'on me donne des ordres.

— Ce n'était pas un ordre, panthère. C'était une simple suggestion. Dépêche-toi de choisir entre ta bouche et ta main. Ma queue attend sa délivrance.

Tout en parlant, j'ondule contre sa main et mon membre ne cesse de durcir.

— Je ne sais pas, j'ai vraiment du mal à choisir.

Je sais qu'elle fait exprès de me faire languir. Cet échange dure depuis une minute et je suis déjà à l'agonie. Je la retourne d'un coup et je viens placer ma queue entre ses fesses. Qu'est-ce que j'aimerais enlever ses vêtements ! Et appuyer mon impressionnante érection contre la peau si fragile de ses fesses !

Je me souviens de la promesse que je lui ai faite, je murmure contre son oreille :

— Te souviens-tu de ce que je t'ai promis ?

Tout en parlant, mes doigts viennent détacher le bouton de son jean. À mon tour de le descendre en entraînant son bout de dentelle avec... Elle ne m'a toujours pas répondu. Je caresse ses fesses et je lui redemande d'une voix rauque :

— As-tu un trou de mémoire, Alexandra ?

— Je ne vois pas du tout ce que tu veux dire, Clément.

Toujours cette façon de me défier ! Même à ma merci, elle continue de jouer l'insolente.

— Je t'avais promis une fessée si tu quittais cet appartement sans protection.

— Tu parles beaucoup, tu n'agis pas vraiment.

Je ferme les yeux pour contrôler le flot de sang qui se déverse dans l'extrémité de ma queue. Je ne pensais pas pouvoir bander encore plus. Comme si son insolence m'excitait !

Je lève la main et mes doigts s'abattent sur ses belles fesses sculpturales. Une première fois puis une seconde fois. Sa peau frissonne à mon contact.

— C'est tout ce que tu as en réserve ! C'est vraiment peu pour un lion.

Je n'y tiens plus. J'embrasse la cambrure de son dos du bout de la langue et la penche en avant. Je viens positionner mon gland à l'entrée de sa chatte avant de saisir ses hanches avec fermeté. Je donne un grand coup de reins et me voilà entré en elle.

Au moment où elle gémit de plaisir, un bruit violent dans la chambre d'à côté me tire de mon sommeil. Je ne réalise pas immédiatement que je viens d'être tiré de mon rêve érotique.

Trois nuits que je me réveille en sueur ! Trois nuits que je revis nos ébats torrides encore et encore ! Trois nuits que j'ai une trique d'enfer à cause d'elle !

Attends... Ça me rappelle une chanson.

Mais trois nuits par semaine

C'est sa peau contre ma peau et je suis avec elle

Mais trois nuits par semaine mon Dieu, qu'elle est belle

À bout de souffle comme une sirène

Elle voit son corps qui se réveille

Elle arrachait tous ses vêtements

Par quelques gestes élégants

Arrête de me provoquer ! La panthère insoumise s'en charge à merveille. À cause d'elle, je passe mon temps la main sur la queue à me masturber jusqu'à ce que j'envoie la sauce. Je ne peux pas continuer. Alexandra Marty doit cesser de me tourmenter.

Je suis en sueur dans ce lit et je vais devoir une nouvelle fois changer les draps trempés par mon excitation. Oui, je l'ai possédée une nouvelle fois.

Souviens-toi que tu as baptisé toutes les pièces de ton appartement avec elle avant de prendre ta nouvelle garde.

J'avais dit que je ne céderais plus, que je ne la toucherais plus. Il a suffi qu'elle écrive qu'un autre allait lui ramoner la chatte pour que je disjoncte complètement. J'étais tellement en colère après elle que je suis rentré direct à l'appartement. Elle se foutait bien de ma gueule. Elle ne répondait à aucun de mes textos et elle était sortie sans surveillance au mépris de sa sécurité.

Sois franc et avoue que tu t'en fiches qu'elle soit sortie sans protection ! Tu n'as pas supporté qu'elle te dise qu'elle allait s'envoyer en l'air avec un pompier.

Arrête de me tourmenter, bordel !

C'est toi qui te tourmentes tout seul. Si tu ne résistais pas autant à l'attraction entre vous, tu ne souffrirais pas inutilement. Que veux-tu ? Tu aimes souffrir alors ne viens pas te plaindre !

Je suis fatigué, je suis épuisé. Je ne dors plus depuis au moins deux semaines. Avant les rêves érotiques, j'étais en proie au démon de la tentation. Sur celui-là, je peux proclamer que j'ai lamentablement échoué. Je n'ai pas réussi à me tenir loin d'elle, je ne suis pas parvenu à ne pas enfoncer ma queue profondément dans sa chatte si accueillante. Qu'est-ce que je vais faire ?

La raison me hurle de m'éloigner de cette panthère le plus rapidement possible. Mon corps ne désire qu'une seule chose : la posséder une nouvelle fois. À ce jeu-là, mon corps prend le dessus.

Je ferme les yeux. C'est comme si elle était de nouveau devant moi, nue et tentatrice. Elle écarte les cuisses et se mord la lèvre inférieure. Dans son regard, je lis une nouvelle provocation. Bordel, je ne peux pas m'empêcher de penser à elle !

Je m'aperçois soudain que ma main a empoigné ma queue et effectue des va-et-vient rapides. Je suis incapable de me contrôler et j'accélère la cadence sur mon membre dur.

Une sonnerie stridente retentit dans la brigade. C'est le moment d'y aller alors que mon sexe atteint son point de non-retour. J'imagine que je hume sa petite chatte à la senteur si féminine et je dégoupille. Mon sperme se répand sur mes doigts et mon T-shirt.

Punaise ! Même lorsqu'elle est loin de moi, elle me rend dingue. Je me lève pour me laver et enfiler des vêtements propres. L'adrénaline d'une mission va peut-être réussir à me faire oublier cette diablesse en jupe courte…

Tu peux toujours rêver ! N'as-tu pas déjà rêvé de ses courbes dans le van à plusieurs reprises alors que tu te rendais sur des missions ?

Elle réussit même à me perturber pendant qu'Adrien nous donne ses consignes. Je dois vraiment réussir à me concentrer et à me l'ôter de la tête ou je vais finir par commettre une connerie sur le terrain. Hors de question de mettre un de mes frères d'armes en danger à cause d'une femme !

J'arrive en trottinant à la salle de commandement et Adrien me scrute comme s'il voulait lire dans mes pensées. Apparemment, je suis le dernier arrivé.

C'est normal vu que tu as pris le temps de finir ta petite affaire. Je ne te conseille pas de t'en vanter auprès de ton chef. Même si c'est ton ami, je ne suis pas certaine qu'il apprécierait.

— Notre clown de service vient nous rejoindre. Qu'est-ce que tu foutais ? Tu t'es habillé pour ton mariage ou quoi ? Tu es plutôt distrait depuis le début de la garde.

Adrien ne me loupe pas et je ne peux même pas me défendre. Il a raison sur toute la ligne, je le reconnais. Je déconne complètement depuis qu'elle a emménagé dans mon appartement.

— Est-ce que c'est la belle Alexandra qui te met dans cet état ?

Romain s'est penché pour que je sois le seul à entendre. Il me fait un clin d'œil avant de reporter son attention sur son meilleur ami.

— On se reconcentre, les gars. Nous avons une situation d'urgence absolue à gérer. Nous avons une prise d'otages dans un entrepôt où sont entreposées des batteries lithium ion. Le preneur d'otages prétend qu'il a une ceinture bourrée d'explosifs à la taille.

Nous nous regardons et secouons la tête. Encore une situation merdique à gérer ! Nico pousse un énorme soupir de frustration. Même si c'est notre métier, nous ne pouvons que constater l'accélération des violences envers les citoyens lambda.

— Qu'est-ce que tu sais de plus ?

— Je viens de raccrocher avec le ministère qui a été mis au courant immédiatement et nous n'avons malheureusement pas beaucoup d'indices. Il s'agit d'un groupe et non d'un individu isolé.

Notre capitaine Daniel Krueger vient d'entrer dans la salle de commandement et il a sa tête des très mauvais jours. Depuis que ces enfoirés de rédacteurs de blog nous calomnient à longueur de temps, il est sous pression constante du Ministère.

— Qu'est-ce qui se passe exactement ? Comment le ministère peut-il en savoir plus que nous à ce stade ?

Adrien s'est tourné vers Daniel et fronce les sourcils. Il n'aime pas la tournure que prend cette affaire.

— Les preneurs d'otages ont contacté directement le Ministère. Le ministre de l'Intérieur demande notre intervention immédiate et sans délai. Je ne fais que reprendre ses mots.

— A-t-il d'autres exigences pour nous apprendre notre métier ?

Adrien ne peut pas sentir les politiciens. Surtout quand ils marchent sur nos plates-bandes ! Ce qui arrive très souvent depuis le début de cette histoire de blog. Encore ce foutu blog de malheur ! Vivement qu'on mette la main sur les rédacteurs invisibles !

— Oui et je sens que tu ne vas pas l'aimer, cette exigence. Je dois prendre la tête des opérations.

— En quoi est-ce différent de notre fonctionnement habituel ? Nous sommes toujours en contact permanent avec les oreillettes.

— Je dois vous accompagner sur place.

Adrien semble se figer sur place et assimile l'ultime exigence du ministre. Je sais qu'il se contient pour ne pas exploser et qu'il a l'impression qu'on remet en doute ses compétences de leader. Le regard doux d'Amandine se pose sur son homme et lui parle un langage connu d'eux seuls.

— Adrien, tu as mon entière confiance pour t'occuper de ton équipe et mener à bien cette mission. Je me déplace uniquement, car j'en ai reçu l'ordre express du ministre. Je te laisse donner les directives.

Mon frère d'armes hoche la tête en direction de notre supérieur qui a réussi à arrondir les angles malgré cette situation plus que pourrie.

— Messieurs, nous devons y aller. On s'équipe en lourd dans l'armurerie et on se retrouve au van dans cinq minutes.

Sa façon de nous dire que nous nous munissons d'armes blanches, de grenades, d'armes de poing et d'armes à visée plus lointaine. La totale ! L'adrénaline commence à se répandre dans mon organisme avant même que nous arrivions sur place. C'est pour ce genre de mission casse-cou que je suis entré dans la BE 75.

Dix minutes plus tard, nous roulons à tombeau ouvert vers l'entrepôt où se déroule la prise d'otages. Le silence est assourdissant dans le van. Adrien est muré dans le silence alors qu'il nous donne des consignes en temps normal.

J'ai envie d'envoyer une vanne pour détendre l'atmosphère. Si je l'appelle doudou, il devrait sortir de ses gonds et quitter ce silence qui lui ressemble si peu en opérations. Comme s'il avait deviné mes intentions, il plante son regard dans le mien et m'en dissuade. Je lui réponds par un sourire qui signifie « crois-tu que j'ai réellement peur de toi, doudou ». Il se contente de me fusiller du regard.

— As-tu réfléchi à la meilleure option pour rentrer dans l'entrepôt, Adrien ?

Romain vient de lui poser cette question l'air de rien. Il espère sortir son meilleur ami de son mutisme.

— Non, pas pour le moment ! J'attends de voir si ces messieurs du ministère ont de nouvelles instructions à nous communiquer. On ne sait jamais. Peut-être qu'ils ont trouvé le meilleur moyen de neutraliser le groupe de preneurs d'otages. Je ne vais pas me bousiller les neurones s'ils me fournissent une solution clé en main.

Daniel Krueger dissimule un sourire derrière sa main. Il comprend très certainement la colère de notre lieutenant envers les politiciens qui ne maîtrisent rien du tout et qui veulent pourtant donner le change.

— Désolé, capitaine. Si nous laissons le ministre décider de la tactique, je ne suis pas certain de rentrer dans l'arène. Ils ne vont pas évaluer correctement les dangers.

Jerem vient d'apporter son soutien indéfectible à Adrien. Comme si ce vote de confiance le sortait de sa torpeur, il nous regarde tous avant de lâcher un juron.

— Bordel, qu'est-ce que je déteste quand ils essaient de faire notre boulot à notre place ! J'attends d'être sur place pour avoir des données sur l'entrepôt et voir ce qu'ils ont sur ce groupe. Nous avisons ensuite de la tactique. Contrairement à ce que pense le ministre, il faut agir avec doigté et non avec précipitation.

Je suis d'accord avec mon frère d'armes. Nous nous concentrons au maximum jusqu'à notre arrivée sur place. Le dispositif de sécurité est impressionnant tout comme la couverture médiatique.

Vingt minutes que je n'ai pas pensé à Alexandra Marty ! Quand je vois tous ces journalistes sur place, je ne me fais aucune illusion. Elle est bien présente sur les lieux. Pourquoi ne peut-elle pas rester loin des situations dangereuses ?

Chapitre 10

Alexandra

— Alexandra, Gabriel, Théo et Anna, vous vous rendez immédiatement à l'entrepôt Dureau qui stocke des batteries lithium ion. Une prise d'otages est en cours et il semble y avoir du très lourd. Je veux un récit détaillé minute par minute.

Les ordres de notre rédacteur en chef sont très clairs. Nous devons cesser séance tenante ce que nous sommes en train de rédiger pour nous rendre sur le terrain.

C'est super excitant ! J'adore faire des commentaires en direct sur l'actualité. C'est tellement plus dynamique, mélodramatique et rempli de suspense. Mes collègues et moi nous préparons à la hâte pour rejoindre le lieu où l'action se passe. Oui, pour nous, c'est un lieu d'action.

J'avoue que j'ai besoin de ces bouffées d'adrénaline. J'ai besoin d'oublier que je n'ai aucune nouvelle de Clément malgré la nuit de folie que nous avons passée une nouvelle fois. On dirait qu'il s'en veut à chaque fois qu'il me cède. Car oui, c'est vraiment l'impression que j'ai ! Il me cède avant de tourner les talons.

Si tu le laissais tranquille au lieu de le tenter ! Accepte qu'un homme ne veuille pas finir dans ton lit !

Justement tu te trompes. Il veut finir dans mon lit. Je connais suffisamment les hommes pour le ressentir sous mon épiderme. Il a juste peur de la réaction de ma sœur à cause de ses menaces puériles.

C'est difficile de le voir s'échapper de mes bras comme si un démon le poursuivait. C'est compliqué de comprendre qu'il s'en veut alors que nous avons partagé des moments inoubliables.

Inoubliable pour toi peut-être, mais pas pour lui ! Imagine qu'il ne veuille pas te faire de peine en t'avouant qui n'apprécie pas vos ébats...

Arrête tes conneries et ta morale de bas étage ! Je sais reconnaître un mec qui apprécie une partie de jambes en l'air et une chatte. Je peux te jurer qu'il kiffe ma chatte.

Tu n'as vraiment aucun problème d'estime de toi. Un mec peut ne pas apprécier ta minette et ne pas savoir comment faire pour te le dire. Ou il n'aime pas tes petites rondeurs.

Qu'est-ce que tu es mauvaise à la fin ! Clément adore ma chatte et mes rondeurs. Il suffit de voir ses réactions quand nous sommes dans une pièce tous les deux. Nous sommes attirés comme des aimants l'un par l'autre. Quant à mes rondeurs, tu sais ce qu'elles te disent ? Ferme-la pour rester polie !

La plupart des gens ont une petite voix qui les booste. Moi, il a fallu que je tombe sur une moralisatrice qui n'a de cesse de m'abaisser.

— J'ai l'impression qu'on arrive sur une zone de guerre.

La voix de mon collègue me tire de mes pensées. Je me contorsionne à l'arrière de la voiture pour vérifier les dires de Gabriel. Il me jette un œil dans le rétroviseur en me voyant bouger dans tous les sens et il m'adresse un clin d'œil. J'étouffe un soupir de dépit.

Pourquoi a-t-il fallu que je couche avec lui quand nous nous trouvions au Canada ? J'aurais dû consommer local au lieu de me jeter dans les bras de mon collègue. Maintenant, il me presse pour remettre le couvert alors qu'il faut bien avouer que son meilleur atout est sa belle gueule. Le reste laisse à désirer et il ne sait pas vraiment s'en servir.

J'ignore ses appels du pied et me concentre sur la scène d'apocalypse devant moi. Franchement, est-ce que nous nous trouvons encore en banlieue parisienne ou avons-nous migré dans un pays en guerre ?

Devant nous se trouve un nombre impressionnant de voitures de police, de camions de pompiers, de bus de CRS et autres unités spéciales. À ce stade, il ne manque que les véhicules blindés de l'armée.

Je me fige sur place. Est-ce que la BE 75 est déjà arrivée ? Est-ce que Clément se trouve dans cette zone d'apocalypse ? Est-il en danger ?

Je suis sotte. Bien sûr qu'il se trouve à proximité de cet entrepôt et bien sûr que sa vie est en danger ! Son métier est périlleux. Chaque fois que leur van sort des locaux de la brigade, les six policiers d'élite sont en danger. Et ma sœur également !

Oh, mon Dieu ! Faites qu'il n'arrive rien à ma grande sœur !

Mes réflexions sont interrompues par un coup frappé à la vitre de Gabriel. Il la baisse et un policier secoue la tête pour nous empêcher de continuer notre avancée. Nous lui montrons notre accréditation presse. Il secoue la tête une nouvelle fois.

— Je comprends que vous êtes une équipe de journalistes, mais vous ne pouvez pas aller plus loin avec la voiture. Vous devez stationner dans les rues adjacentes.

— Comment voulez-vous que nous trouvions une place pour faire notre travail ?

— Nous devons établir un périmètre de sécurité. Les véhicules de secours doivent pouvoir partir sans délai.

Je m'énerve un peu à l'arrière. Il est nécessaire que nous passions pour faire notre travail. Nous n'allons tout de même pas tourner en rond pendant des heures pour trouver une place.

— Nous connaissons les règles et nous n'allons pas laisser la voiture n'importe où. Nous devons informer les gens le plus rapidement possible.

— Et moi, j'ai reçu des ordres stricts du ministère.

Ce n'est pas la peine de discuter avec lui ! Il faut trouver un plan B pour nous rendre le plus rapidement sur place.

— Gabriel, nous allons descendre ici pendant que tu cherches une place. Nous n'avons pas le choix. Le chef attend notre live pour hier.

Mon collègue hoche la tête pendant que nous nous dépêchons de descendre de la voiture en emportant le matériel avec nous. Tout cela sous l'œil aiguisé du policier un peu trop zélé ! C'est bien notre veine d'être tombés sur le seul spécimen qui respecte les ordres du ministère. On aura tout vu. Depuis quand respecte-t-on à la lettre les ordres venant de la hiérarchie ?

Nous essayons de nous rapprocher le plus près possible, mais nous sommes stoppés par des policiers. Comme je suis têtue, je passe outre l'ordre du premier puis du second avant qu'il ne me rattrape.

— Mademoiselle, s'il vous plaît, reculez. La situation est suffisamment tendue sans que je perde de temps à vous courir après.

— Je fais uniquement mon métier qui est d'informer le public.

— Et le mien est aussi d'empêcher les journalistes de nous mettre tous en danger en voulant informer le public.

Je n'aime pas le ton condescendant qu'il prend en me parlant. Comme si je lui faisais perdre son temps !

Si tu étais raisonnable et que tu écoutais ce qu'il te dit, tu n'aurais pas l'impression de perdre ton temps. Si tu suivais les ordres pour une fois !

Je n'ai jamais fait bon ménage avec les ordres. Je n'aurais pas pu travailler dans l'armée comme Laura. J'aurais déglingué mes supérieurs à tout bout de champ. D'ailleurs, je ne sais pas comment elle parvient à se contenir vu qu'elle n'est pas du genre à suivre aveuglément les ordres.

En dépit de mes intentions d'avancer au plus près de la prise d'otages, je dois me résigner à rester à l'endroit que le policier m'indique. Je le regarde et je lui fais comprendre que je ne reculerai pas d'un poil de cul supplémentaire.

Je me mets en mode espionne pour tenter de surprendre les conversations et d'en savoir plus sur les tactiques que les policiers vont adopter.

— Est-ce que tu es sur la fréquence interdite ?

Je souffle cette question à Théo pour que personne ne puisse entendre mon interrogation. Nous ne sommes pas censés avoir accès à cette fréquence interdite. C'est mon collègue, un crack de l'informatique, qui a réussi à choper la fréquence.

Il me fait un signe de tête et me montre de connecter mon oreillette. Nous allons pouvoir écouter les commandants ou les capitaines débattre entre eux sur les exigences des preneurs d'otages et sur les possibilités d'intervention sans faire de victimes.

— Il ne faut pas attendre ! Il faut agir rapidement avant qu'ils ne décident d'éliminer un otage.

J'écarquille les yeux de surprise. Cette voix me dit vraiment quelque chose. Elle ressemble à celle du ministre de l'Intérieur. Scande-t-il réellement des ordres alors qu'il se trouve dans son confortable fauteuil à Beauvau ? Car, j'en suis convaincue, il ne s'est certainement pas aventuré sur le terrain.

— Nous devons d'abord avoir des certitudes sur le positionnement des otages et la configuration des lieux. Monsieur le ministre, je comprends que vous vouliez que nous agissions rapidement, mais nous risquons de lourds dégâts si nous ne prenons pas un minimum de précautions.

— Je vous préviens que s'il y a un carnage, vous en serez tenu pour responsable.

J'hallucine. Comment le ministre peut-il parler de cette manière ? C'est à lui d'avoir des couilles et d'assumer son statut de premier policier de France. Il mériterait que ces propos fuitent sur la toile. Je déteste ces hommes politiques qui veulent avoir le prestige de l'emploi, mais qui n'assument pas réellement le job. C'est facile de dire ce qu'il faut faire quand on n'est pas celui qui prend les risques !

Ma mère dirait encore un qui est le roi du « Y'a qu'à faut qu'on » ! C'est sa maxime préférée et elle la sort au moins deux fois par jour. Quand mon père lui explique qu'elle n'en a pas pour longtemps à faire quelque chose, il se le prend systématiquement dans les dents en réponse. Ma mère ne s'est jamais laissé marcher sur les pieds. Je crois que c'est d'elle que je tiens mon aversion de l'autorité.

Je me concentre pour écouter la suite. Les débats font rage et le commandement sur place explique que les conditions ne sont absolument pas réunies pour une intervention dans les minutes qui viennent. Je tire mon chapeau à ces hommes de rester aussi calmes face à un ministre plutôt ingérable et surtout cette situation si dangereuse. Il ne faut absolument pas agir avec émotion et précipitation, mais avec doigté.

— C'est la BE 75 qui prendra la direction des opérations dès que nous estimons avoir le minimum d'informations nécessaires pour une intervention avec des risques limités.

Je reconnais la voix de Daniel Krueger que j'ai rencontré une fois-ci après la parution de mon article sur cette unité d'élite. Je comprends également que ceux qui sont devenus mes amis vont risquer leur vie pour aller libérer les otages et arrêter le preneur d'otages.

Bien sûr, je savais que leur métier était très difficile. Bien sûr, ils sont formés pour affronter ces situations. Il n'en demeure pas moins que ce sont des êtres humains qui vont risquer leurs vies à cause de la folie d'autres hommes. Comment Amandine arrive-t-elle à rester aussi calme dans le van sécurisé en sachant que son mec et ses amis peuvent recevoir une balle ?

Oh, mon Dieu ! Clément ! Il peut lui arriver n'importe quoi et je n'aurai plus l'incroyable bonheur de me retrouver dans ses bras. Clément ! Faites qu'il ne lui arrive rien ! Je ne veux pas qu'il arrive quelque chose à Clément.

— Alexandra, est-ce que tout va bien ? Tu es devenue toute pâle.

Je n'étais même pas rendu compte que j'avais titubé. Je prends une grande inspiration et je me ressaisis sur le champ.

— Tout va bien, j'ai juste oublié de prendre une petite barre de céréales avant de partir. Au travail !

Je commence à rédiger les données pour le live. Comment faire transparaître l'immense tension qui règne aux alentours de l'entrepôt ? Comment montrer que ces hommes risquent leur vie pour aller en sauver d'autres ? Comment leur rendre un hommage digne de ce qu'ils apportent ?

— Alex, prépare-toi à ouvrir les yeux. L'assaut va être donné. Ils ont récolté suffisamment d'informations sur la configuration des lieux pour donner l'assaut. Tu peux le mettre dans le live.

Je suspends mon geste. Je ne peux absolument pas informer les agresseurs que l'assaut va être lancé. Nous ne sommes pas censés être au courant et surtout, nous ne pouvons pas être une menace pour la réussite de l'opération.

À la place, je reste plutôt évasive. Dans le live, j'écris qu'ils prennent les informations et les analysent. J'expliquerai mon point de vue à mon collègue et mon rédacteur en chef s'il le faut. Hors de question de mettre en danger ces héros !

Hors de question de mettre en danger mon flic sexy cagoulé ! Je tremble pour lui au moment où je comprends que l'opération démarre. Je serre ma tablette de transmission comme si je voulais m'y accrocher.

Je suis en apnée, je suis incapable de respirer quand j'entends les premières rafales de tirs. Par pitié, faites qu'il n'arrive rien à Clément et à toute l'équipe ! Par pitié...

Je devrais être focalisée sur mon job et pourtant, j'ai l'impression d'être avec lui et de voir l'assaut à travers ses yeux. Quelle horreur !

Chapitre 11

Clément

En cinq mots, nous sommes dans la merde. Oui, je sais, c'est vulgaire, mais c'est la vérité. Nous sommes dans la merde. Je regarde mes frères d'armes et je peux dire qu'ils pensent la même chose que moi. Même à travers nos cagoules, je suis capable de distinguer l'expression de leurs visages et les éclats dans leurs pupilles.

Cette mission pue et je le dis depuis le départ. Les données que nous avons reçues sont à peine suffisantes pour nous orienter dans l'entrepôt. Bien entendu, le commandement suprême n'écoute pas les conseils du terrain. Par contre, si la mission tourne mal, ce sera la faute du terrain.

Adrien s'approche de nous et nous fait signe de nous éloigner un peu. Nous nous regroupons comme nous savons si bien le faire quand il faut communiquer sans que personne ne puisse nous entendre.

— Comme vous l'avez compris, nous devons intervenir même si nous n'avons pas analysé correctement les informations.

— Adrien, j'en ai ras le bol de ces missions suicide. Ils nous obligent à mettre la vie des otages en danger.

— Romain a totalement raison. Ils veulent donner l'impression qu'ils agissent vite et ils le font au mépris des règles élémentaires de sécurité pour la vie des otages.

Nico vient d'exprimer à voix haute ce que nous pensons tous dans notre tête.

— Je sais, les gars. Seulement nous ne pouvons pas laisser les otages aux mains de ces forcenés. Nous devons tenter de les sauver. Non, nous devons les sauver.

— Quel est ton plan, chef ?

Adrien secoue la tête doucement. Il a vraiment son expression des mauvais jours.

— Plusieurs équipes vont entrer en simultané avec nous. Une équipe passera par le toit, une autre par l'arrière, deux autres se chargeront de chaque côté de l'entrepôt et nous passerons par l'avant.

Nous attendons la suite en vain. Notre lieutenant reste désespérément muet.

— C'est tout ?

Je n'ai pas pu m'empêcher de lâcher ces trois petits mots. Tout est une question de mots et plus ça va, moins il y en a !

— Adrien, parle, nom d'un chien ! Ce n'est pas possible. Tu as forcément des instructions à rajouter.

Jerem essaie de sortir Adrien de son mutisme. Notre ami hausse les épaules.

— Comme vous l'avez deviné, je n'ai rien de plus à ajouter.

— Ce n'est pas sérieux d'intervenir dans ces conditions.

— Nous le savons tous, Benji. Nous n'avons pas le choix, les ordres viennent du ministère.

— Heureusement que nous avons nos fusils d'assaut ! Vont-ils nous les enlever aussi ?

Oui, mon humour est pourri à l'image de la situation que nous affrontons. Non, mais sérieusement ! Juste cinq équipes et débrouillez-vous sur le terrain !

— Les gars, on se remobilise. Comme à nos entraînements, on rentre en file indienne dans le même ordre et on se couvre les uns les autres. Je vais parlementer avec les autres pour tenter de raisonner le commandement.

Adrien tente de nous insuffler le calme nécessaire pour la réussite de l'opération. Il a raison. La situation n'est pas idéale, alors nous ne pouvons nous permettre aucun à peu près. Nous nous séparons et il part vers les unités qui vont intervenir avec nous. Je le vois discuter avec les autres responsables d'équipe. Ils pensent tous la même chose que lui. Seulement nous n'avons pas le droit de ne pas exécuter des ordres qui viennent directement du ministère de l'Intérieur.

Non, nous ne sommes pas en dictature. La hiérarchie est simplement très à cheval sur le respect des ordres donnés. Et oui, même si policiers et militaires ne s'apprécient pas outre mesure, ils ont les mêmes obligations de respect de l'autorité.

— Ça m'énerve de voir que nous ne sommes que des marionnettes entre leurs mains !

Je n'ai pas pu m'empêcher de souffler cette phrase à voix basse. Romain a entendu et m'adresse un signe de tête.

— Je sais, je ressens exactement la même chose que toi.

— Putain, il faudrait qu'on ait le droit juste une fois de les traîner avec nous sur le terrain pour qu'ils prennent conscience des risques insensés qu'ils nous font courir avec leurs décisions à la va-vite.

J'ai de plus en plus de mal avec ces politiciens dont la plupart sont véreux. Je suis bien placé pour savoir que les personnes sont bien différentes une fois que les masques tombent. Pour toute la brigade, je suis le clown de service qui n'a pas vraiment de problème dans sa vie et qui rigole tout le temps. La vérité est on ne peut plus éloignée.

Si tu leur faisais confiance, tu pourrais leur parler de tes tourments. Ce sont tes frères, ils ne te jugeraient pas !

Stop ! Je ne veux pas penser au fiasco de ma vie. Derrière ma cagoule, je ferme les yeux. Je ne peux absolument pas faire preuve de fragilité alors qu'une opération de sauvetage va démarrer d'ici quelques minutes. Je chasse donc mes tourments loin de moi.

Adrien revient vers nous et je peux voir à sa démarche qu'il parvient difficilement à maîtriser sa colère. Romain s'en aperçoit également et je distingue qu'il fronce les sourcils sous la laine de sa cagoule. C'est lui qui décide d'interroger son meilleur ami et supérieur sur le terrain.

— Qu'est-ce qu'ils ont encore dit pour te mettre dans cet état ?

— Malgré ce qu'ils prétendent, ils n'en ont rien à foutre de la vie des otages. S'ils y accordaient de l'importance, ils attendraient que nous ayons travaillé sur une stratégie. Les cinq chefs d'équipe ont essayé de leur démontrer que nous avons besoin de temps. Ils ont rétorqué que justement, du temps, nous n'en avions pas.

Adrien est remonté comme un coucou. Il rajoute en ponctuant sa phrase d'un geste rageur.

— Ils n'ont pas voulu nous écouter. Ils se croient supérieurs à nous. Non seulement ils nous font prendre des risques pour les otages, mais ils nous en font prendre également pour nos équipes. Je déteste ces enfoirés de politiciens.

Je suis bien d'accord avec mon frère d'armes sur ce point. Nous allons ni plus ni moins que nous jeter dans la gueule du loup.

— Heureusement que je vous ai dit de prendre l'équipement total ! On y va au fusil d'assaut avec le maximum de balles possibles. Pas besoin de vous rappeler qu'il n'y aura aucune tergiversation possible !

L'air grave, nous hochons tous la tête. Nous allons encore faire les choux gras du blog, nous nous en foutons. Ils vont dire que nous avons tiré sans même laisser une chance aux preneurs d'otage de se rendre. Ne pas tirer, c'est leur donner une chance de tuer un innocent ou un policier. Hors de question de prendre ce risque !

— Nous partons à six, nous revenons à six. Les négociateurs ont échoué dans leurs tentatives de ramener les ravisseurs à la raison.

— Est-ce que tu as déjà vu des ravisseurs avoir une raison ?

Nico vient de m'enlever les mots de la bouche. Je lève mon pouce pour lui montrer que je suis entièrement d'accord avec lui.

— Les Tangos, silence radio à partir de maintenant jusqu'à ce que nous entrions dans l'entrepôt.

L'opération commence. Nous suivons Adrien et passons le poste de commandement avant de prendre nos places respectives dans la file.

Nous attendons patiemment que les autres unités se mettent en place. Notre lieutenant lève enfin le bras. C'est le signal. Nous commençons à courir très rapidement vers l'avant de l'entrepôt. Nous plaçons les détonateurs sur la porte pour la faire exploser puis courons nous mettre à couvert.

Dès le moment où Adrien va donner le GO pour faire exploser tous les détonateurs sur les différentes portes, il n'y aura plus de retour en arrière possible.

— GO !

Mon rythme cardiaque s'accélère quand j'entends le signal. La porte se désagrège en petits morceaux dès que Benji appuie sur le bouton.

Un peu comme les ponts qui sautaient au passage des armées ennemies dans les films de guerre ! Je les regardais quand j'étais enfant avec mon père adoptif.

Je me secoue et je refoule toutes mes pensées dès que je vois Romain décoller. Je suis sur ses talons et moins de dix secondes après l'explosion de la porte, nous sommes déjà dans l'entrepôt. Fusils d'assaut en avant, masques à gaz sur les cagoules, gilets pare-balles sur nos tenues intégrales noires, nous avançons en vue de libérer les otages.

Malheureusement les premiers coups de feu du côté des preneurs d'otage retentissent. Si nous avions eu plus de temps pour préparer cette mission, nous aurions pu éviter ces premiers tirs. Il faut juste prier pour qu'ils n'aient pas visé des innocents.

— Tango 8, Tango 12, attention...

Nous échangeons des instructions brèves et nous progressons très rapidement malgré les tirs adverses. Nous ne faisons pas dans la dentelle et limitons au maximum les tirs quand nous en avons l'occasion. Nous ne savons pas où sont positionnés les otages.

Les autres équipes progressent également et nous allons pouvoir les prendre en sandwich. Les tirs redoublent. Les hurlements me glacent le sang. Les otages sont terrorisés. Ils ne devraient pas se retrouver au milieu de ces tirs mortels. Ils étaient juste venus travailler.

D'après ce que je vois, ils sont six agresseurs qui sont disséminés un peu partout dans l'entrepôt.

— Un enfoiré neutralisé, cinq toujours debout.

Punaise ! Malgré nos salves de tir, ils n'abdiquent pas et n'envisagent pas une seule seconde de se rendre. Nous poursuivons notre progression et un deuxième tombe sous la précision de nos tirs. Un troisième est neutralisé par l'équipe du toit.

Bordel ! Qu'est-ce que j'ai mal ! Je suis sonné et ma poitrine me brûle. Je baisse brièvement les yeux et je m'aperçois que deux missiles sont venus se loger dans mon gilet pare-balle. Ça fait un mal de chien, mais je n'ai pas le temps de ruminer sur cette douleur.

Nous avançons et dégommons un nouvel assaillant. Un autre est également tué par plusieurs tirs croisés. Il n'en reste plus qu'un et il est acculé.

Loin de se rendre, il essaie d'attraper un otage pour s'en servir comme bouclier humain. Comprenant ses intentions, nous armons tous nos bras et tirons au moment où il est le plus vulnérable. Il s'écroule avant d'atteindre l'otage. Des cris se font entendre dans tout l'entrepôt.

Les nuages liés aux bombes lacrymogènes et aux tirs se dissipent doucement. Une scène d'horreur apparaît devant nos yeux. Outre ceux des ravisseurs, plusieurs corps gisent au sol. Des otages ont perdu la vie dans cet assaut précipité.

Nous nous regardons tous et nous avons du mal à poursuivre.

— Il faut évacuer le reste des otages. On comptera les victimes ensuite.

La colère transparaît dans la voix d'Adrien. Si je le pouvais, j'irais direct dans le bureau des politiciens pour leur dire ce que je pense de leur imprudence.

***

Leur folie a coûté la vie à trois otages. Trois otages sont morts à cause de l'irresponsabilité de nos politiques qui nous ont envoyés au charbon sans qu'on prenne le temps d'établir une stratégie vraiment efficace.

Trois otages : un père de famille de quarante ans, une femme à la veille de sa retraite et une jeune fille de vingt ans qui venait de commencer à travailler dans l'entreprise de logistique. Trois destins brisés, trois vies sacrifiées et trois familles en deuil. Bien sûr, les preneurs d'otage sont les premiers responsables à cause de leur idéologie de fou. Mais ces foutus politiciens sont également responsables.

Je tape comme un malade dans ce punching-ball. J'ai besoin d'évacuer la pression et ce n'est pas ce sac qui va me permettre de décompresser. Il faut que je m'enfonce dans une chatte accueillante.

Arrête ton baratin ! Tu sais très bien que n'importe quelle chatte ne fera pas l'affaire. Il te faut la chatte d'Alexandra.

Non, je peux me passer de la chatte d'Alexandra Marty ! Il suffit que j'aille dans une boîte de nuit et la première gonzesse potable que je trouve, je lui propose de me suivre dans un recoin sombre et je la culbute. Pas besoin d'attendre d'être chez elle !

Qu'est-ce que tu peux être naïf ! Ou de mauvaise foi. Tu peux trouver n'importe quelle fille potable, tu ne banderas pas. Même tes petits délires habituels ne te font plus bander comme avant ! Tu es obligé de penser à Alex pour envoyer la sauce.

Je tape de rage. Je n'ai vraiment pas besoin que cette peste me tourmente. Qu'est-ce que j'ai fait pour mériter ça ? Enfin, si, je sais ! Je ne suis pas né sous une bonne étoile, je ne suis pas né dans la bonne famille.

Des images de ma génitrice viennent me perturber et je frappe si fort dans le punching-ball que je manque de le défoncer. Je ne souhaite plus jamais penser à elle. Elle a gâché ma vie. À cause d'elle, j'ai des penchants malsains. À cause d'elle, je suis incapable d'envisager une relation sur du long terme avec une femme.

Car, soyons honnêtes ! Qui voudrait d'un homme complètement meurtri par la vie dès son plus jeune âge ? Qui voudrait d'un homme qui a des pulsions dont il est incapable de se débarrasser ?

Qui voudrait d'un homme qui pense plus avec sa queue qu'avec sa tête ?

Je ne veux pas te couper dans ton délire, mais la plupart des hommes pensent avec leur queue et non avec leur tête.

C'est différent pour moi ! Les femmes pensent que j'ai de l'humour. Une fois que je fais tomber le masque, elle découvre une bête féroce qui ne se maîtrise pas. Me voilà en train de m'acharner sur ce bout de tissu et de mousses comme s'il avait le pouvoir de me permettre d'exterminer toute ma rage, tous mes péchés et toute cette enfance qui m'a rendu si malheureux.

— Qu'est-ce qui t'arrive, Clément ? Je ne voudrais pas être à la place de ce punching-ball.

Je ne me tourne même pas vers Adrien et je continue de taper. Je n'ai pas envie de parler, j'ai envie de libérer tout ce mal être qui se trouve en moi. À défaut d'une chatte accueillante, je frappe de toutes mes forces dans cette mousse.

— Clément, arrête immédiatement ! Clément, je te parle.

Je continue d'ignorer mon frère d'armes et d'enchaîner les droites gauches. Tout à coup, je sens deux bras puissants qui me ceinturent au niveau des épaules et immobilisent mes bras.

— Calme-toi, Clément ! Calme-toi et dis-moi ce qui se passe.

— Je ne savais pas que tu étais reconverti en psy. Ou as-tu besoin de tendresse ? Amandine ne te serre plus dans ses bras et tu as besoin de moi.

Oui, je sais, je reprends mon masque de clown pour masquer mes fêlures. C'est ce que je fais de mieux.

— Arrête ton délire, Clément ! Si tu me disais ce qui ne va pas...

— Trois personnes sont mortes à cause d'eux. Cette gamine avait toute la vie devant elle. Ce père de famille ne verra pas grandir ses enfants. Cette femme ne profitera pas de sa retraite.

— Je sais. N'oublie pas que comme les médecins, nous ne pouvons malheureusement pas tous les sauver.

— Si le ministre n'avait pas donné l'ordre d'entrer dans ce fichu entrepôt, ces trois otages seraient peut-être encore en vie.

— Ou d'autres seraient partis à leur place ! Nous ne pouvons malheureusement pas tous les sauver. As-tu besoin d'aller voir le psychiatre de la brigade ?

Hors de question que je me coltine ce guignol ! Je dois absolument donner le change à mon frère d'armes.

— Non, j'ai juste besoin d'évacuer la pression. Ne pourrais-tu pas inviter quelques femmes ce soir pour que nous nous amusions ?

— Non, mais ça ne va pas ! Arrêtez de traiter les femmes comme de vulgaires morceaux de viande !

Mon pote et moi n'avions pas entendu Amandine nous rejoindre. Nous nous tournons vers elle et son air scandalisé nous fait rire.

— Tu sais que certaines femmes ne se gênent pas pour traiter les hommes comme de vulgaires morceaux de viande.

Je reprends ses mots et elle s'avance pour me donner un coup de poing dans l'épaule.

— Aïe ! Pourquoi autant de violence ?

— Tu racontes trop de conneries ! Le commandant souhaite vous voir, car un nouvel article est paru sur le blog.

J'ai envie de nouveau de taper sur ce punching-ball. Qu'est-ce que ces enfoirés ont encore publié ?

Chapitre 12

Alexandra

— Je ne sais pas comment les flics se sont débrouillés pour que trois otages perdent la vie.

J'opère une volte-face à la vitesse de l'éclair quand j'entends ma collègue Marina se permettre ce genre de remarque.

— Est-ce que tu crois sérieusement qu'ils ont fait exprès de ne pas réussir à sauver tous les otages ?

Cette salope persiste et signe. Au lieu de se taire, elle continue de s'enfoncer.

— C'est tout de même leur métier d'intervenir dans des situations dangereuses. Ils sont plus doués pour mettre des PV que sauver des innocents.

J'hallucine. Est-elle à ce point débile pour comparer des agents de la route et des brigades spéciales ? Il y a un fossé entre ces deux activités.

— C'est comme si tu comparais un joueur de foot de ligue 1 et un joueur amateur. Ce n'est absolument pas le même métier.

— Bah, ils tapent tous les deux dans le ballon.

Oh, purée, elle en tient une couche bien épaisse ! Incurable !

Ne sois pas aussi vindicative avec une de tes collègues. Elle a simplement les pieds sur terre.

— Marina, atterris de ta planète ! Est-ce qu'il ne t'est pas venu à l'idée qu'on leur a demandé d'intervenir avant même d'avoir toutes les informations ? Ce n'est pas eux qui ont mis la vie des otages en danger, mais les personnes qui leur ont demandé d'intervenir.

— Ma pauvre Alexandra, que vas-tu encore chercher ? Qui aurait pu leur demander de se dépêcher d'intervenir sans préparation ? Non, ils ont voulu faire du zèle en pensant qu'ils étaient les plus forts.

Elle est vraiment débile. J'ai envie de me la faire. Une bécasse qui a été recrutée pour bosser au service mode, car elle est la nièce d'un grand couturier. Ils espèrent bénéficier du carnet d'adresses de l'oncle. En attendant, nous devons nous la coltiner jour après jour.

Je ne prends même pas la peine de lui répondre, car elle n'en vaut pas la peine. Sauf qu'une bécasse reste une bécasse !

— Tu ne veux pas avouer que j'ai raison alors princesse Alexandra préfère s'en aller.

Vient-elle vraiment de me qualifier de princesse alors que c'est elle qui joue les divas ? Mes collègues ont cessé leur conversation en attendant ma réaction. J'ai envie de rentrer dans le lard de cette bécasse. Je respire doucement pour ne pas y aller trop fort. Il ne faudrait pas que je la fasse pleurer en lui disant ses quatre vérités.

Reste calme, Alexandra !

— Tu te trompes, Marina. Je ne fuis pas, je vais écrire mon article pour qu'il paraisse demain. Je compte démontrer qu'on a demandé aux brigades spéciales d'intervenir sans un minimum de préparation.

— On va finir par croire que tu es payée par la police pour les défendre. C'est ridicule.

Elle me cherche, elle me trouve. Je m'approche d'elle et mes yeux lancent des éclairs.

— Personne ne m'achètera jamais et je dois ma place dans ce journal uniquement à mon travail. Pour ce qui est des brigades spécialisées, ces hommes sont ultra entraînés. Ils n'auraient jamais mis la vie des otages en danger s'ils n'avaient pas reçu les ordres stricts venant du ministère.

Voilà que la morue part dans un énorme rire ! Un rire qui rappelle le cri d'un phoque.

— À qui veux-tu faire croire ça ? Un ministre qui mettrait en danger la vie de ses concitoyens ! Tu ne sais vraiment plus quoi inventer pour faire ton intéressante.

Je vais me la faire, cette bécasse. Je vais écraser contre le mur comme un vulgaire moustique.

— Tu devrais retourner jouer à la marelle et laisser les grandes personnes travailler.

— Mais…

— Marina, s'il te plaît, j'ai besoin de revoir certains détails de ton article. Je t'attends dans mon bureau immédiatement.

Mon rédacteur en chef a senti le danger et a éloigné ma collègue. Je me rends compte que les gens vont faire des raccourcis et que la police va être tenue pour responsable de ce carnage. À moins de rédiger un nouvel article très orienté !

Pourquoi est-ce que je ne suis pas surprise ? Madame veut de nouveau sauver le monde. Arrête de mentir et de vouloir me faire croire que tu as de nobles intentions !

Tu ne vas pas t'y mettre toi aussi ! Qu'est-ce qui ne te convient pas cette fois-ci ?

À moi, tu ne peux pas mentir ! Je sais très bien que tu veux faire un article élogieux sur la BE 75 pour que Clément vienne te remercier dans ton lit. Tu vois uniquement ton intérêt. Comme d'habitude !

Je vais commettre un meurtre. Je ne sais pas comment m'y prendre, mais je vais t'exterminer. Casse-toi de ma cervelle ! Les hommes de la BE 75 méritent tout notre respect. Je n'utiliserai certainement pas mon métier pour mettre un homme dans mon lit. Je n'en ai pas besoin.

Encore en train de te vanter !

Je me dirige d'un pas rageur vers mon bureau. J'entends le bip de mon portable qui retentit et je le sors par réflexe.

Amandine : [Un nouvel article est paru sur le blog. Je n'ai jamais vu les gars dans un tel état. Ils sont si en colère qu'ils ne vont plus jamais dormir avant de les avoir retrouvés.]

Alexandra : [Je n'ai pas encore vu ce ramassis de conneries. Je regarde et ensuite, je rédige un article à mon tour.]

Amandine : [Sois prudente. Ne prends pas de risques inutiles.]

Alexandra : [Ne t'inquiète pas pour moi. Personne ne m'empêchera d'écrire ce que je souhaite.]

Amandine : [Les gars sont capables de se défendre sans l'aide de personne.]

J'adore ma grande sœur, mais sa naïveté est parfois impressionnante.

Alexandra : [L'opinion publique ne leur fera pas de cadeau. Toi comme moi savons qu'Adrien n'a pas décidé d'intervenir sans préparation. Il est nécessaire de rétablir la vérité. Ils le méritent.]

Amandine : [Je n'aime pas que tu prennes des risques inutiles.]

Alexandra : [Ce ne sont pas des risques inutiles. Leur réputation en vaut la peine. Tu ne recules jamais pour défendre une femme victime de harcèlement même si le mec est un gros bonnet. Moi non plus, je ne recule pas. Ni devant un ministre ni devant les auteurs du blog.]

Amandine : [N'oublie pas que je t'aime, ma tête de lard préférée ! Sois prudente !]

Alexandra : [Moi aussi, je t'aime, ma petite fée.]

C'était le surnom que je lui donnais quand j'étais petite. Ma grande sœur avait de super pouvoirs. Allez, on cesse de rêvasser et au boulot !

***

J'arrive à l'appartement et je perçois déjà l'odeur de son parfum si animal. Il me vrille les narines et m'empêche de penser clairement. Ce mec causera ma perte si je ne prends pas un minimum de précaution. Je m'avance vers lui et je vois qu'il tient une feuille de papier entre ses doigts. Il lève ses yeux vers moi.

— Alexandra, je ne sais pas si je dois te remercier ou si je dois t'engueuler. Te rends-tu compte des risques que tu as pris en écrivant cet article ?

J'élude volontairement sa question.

— Je ne pensais pas que tu avais déjà fini ta garde. D'habitude, tu la termines vers 20 heures.

— Disons qu'Adrien m'a demandé d'assurer ta protection après la parution de cet article. Même si nous te remercions, qu'est-ce qui t'est passé par la tête, bordel ?

Je n'en reviens pas. Est-ce qu'il est vraiment en colère, car j'ai écrit un article où je prends la défense de la police ? Non, ce n'est pas croyable !

— Dis-moi que je rêve ! Es-tu vraiment en pétard après moi à cause de cet article ?

Il me tend la feuille que je refuse de prendre et elle tombe à terre.

— Je ne suis pas en pétard, Alexandra. Je suis fou furieux. Tu ne te préoccupes absolument pas de ta sécurité.

Je ne rêve pas, je suis en plein cauchemar. Là, tout de suite, j'ai envie de lui taper dessus. Franchement ! Je ne suis pas violente, mais me prendre une soufflante alors que j'essaie de les défendre, je ne comprends pas.

— Je ne pige pas ton attitude, Clément. Je tente de préserver votre réputation et tu piques une crise.

— Ton article ne changera rien dans l'opinion des gens.

— Comment oses-tu prétendre qu'un travail minutieux ne peut pas avoir des répercussions positives sur l'opinion des lecteurs ?

Je suis plantée devant lui, les mains sur les hanches et les yeux qui lancent des éclairs. Comme si un orage éclatait après une canicule de plusieurs jours !

— Tu t'es mise en danger et je ne l'accepte pas.

— Tu n'es pas mon père alors tu n'as pas à me faire de leçon de morale sur ce que je peux faire ou pas.

Il se lève et vient se positionner devant moi. Il me dépasse d'une bonne tête et demie et sa carrure athlétique est impressionnante. Je ne me démonte pas, je ne baisse pas les yeux.

— Purée, Alex ! Bien sûr que je ne suis pas ton père ! Ça n'empêche que j'ai envie de te foutre une sacrée fessée.

Mon corps s'émoustille dès qu'il prononce le mot fessée. J'ai de nouveau envie de me perdre dans ses bras, c'est indéniable. Mais je dois d'abord clarifier la situation.

— Qu'est-ce qui vous gêne dans cet article ? Je suppose que tu n'es pas le seul à trouver que j'ai pris de gros risques.

— Toute l'équipe a envie de te foutre une sacrée fessée.

Je ne sais pas pourquoi, mais penser que tous ces mecs musclés et sexy au diable ont envie de me foutre une fessée m'émoustille au plus haut point. Limite si mon tanga ne tomberait pas sur mes compensés ! Adrien est bien entendu hors course. Je n'ai pas ce genre de pensées avec celui qui est devenu mon beau-frère.

— Alexandra, est-ce que tu m'écoutes ? Tu vas me foutre encore plus en colère si tu rêves à cette fessée en groupe.

— Je t'ai déjà dit que je ne suis pas une partisane des trios.

— Punaise, Alexandra ! Pourquoi parles-tu d'un trio alors que je suis énervé après tes fesses ?

— Clément Mattieu, je te signale que c'est toi qui parles de fessée et de fesses. Je ne fais que répondre à tes suggestions.

Tel un lion sur le point de bondir sur une proie, il marche dangereusement vers moi. Déjà qu'il n'était pas loin... Là, son torse touche presque ma poitrine. Je regrette ce presque.

— Tu sais très bien que mes suggestions n'avaient rien de sexuel. Je voulais te faire passer l'envie de te mettre en danger en écrivant des articles de presse trop orientés.

— Je ne vous comprends vraiment pas. Ils ne sont pas orientés, ils énoncent simplement la vérité. Depuis quand la vérité est-elle dérangeante ?

— Depuis que des terroristes t'ont enlevée une première fois.

— Ils ne m'empêcheront pas de parler. Ni eux, ni le ministre de l'Intérieur, ni Adrien, ni toi. Je suis une femme libre et je m'exprime comme je le souhaite.

— Pourquoi ne veux-tu pas comprendre que ta sécurité est plus importante que tout ?

— Personne ne me fera taire.

— C'est ce que nous allons voir !

Avant même que je puisse réagir, il se jette sur moi et prend possession de mes lèvres. Il part à la conquête de ma langue et son bassin vient percuter le mien. Je saute sur lui et entoure ses hanches de mes jambes.

Il grogne et me plaque contre le mur. Il n'y a rien de doux dans ses gestes et j'adore cette pulsion animale. Il ne parvient pas à se maîtriser et je kiffe de voir l'état dans lequel il se trouve. Il se détache néanmoins de moi. Je peux voir le combat qu'il s'impose dans ses yeux bleus.

— Je sais que tu veux nous aider. Écrire que nous n'avons fait que suivre les instructions de fonctionnaires haut placés était très courageux de ta part. Tu t'es mise en danger et je refuse qu'il t'arrive quoi que ce soit.

Poussons-le dans ses retranchements !

— Pourquoi refuses-tu que je me mette en danger ?

— Tu es la sœur d'Amandine, tu es une des nôtres.

— Arrête de mentir, Clément ! Assume ton désir pour moi. Regarde comme tu bandes ! Tu as envie de moi comme j'ai envie de toi. Alors, assume et dis-moi pour quelle raison tu es aussi en colère que je me sois mise en danger.

— Ce serait la même chose s'il s'agissait de Laura ou d'Amandine.

— Menteur ! Tu ne menacerais pas de leur foutre une fessée.

— Qu'est-ce que tu veux, Alexandra ? Bon sang, tu vas me tuer. Je ne peux pas, tu m'entends, je ne peux pas.

— Et pourquoi ne pourrais-tu pas ? Ne viens pas me dire que c'est à cause de ma sœur !

— Amandine va me tuer si elle comprend que je veux te mettre dans mon lit.

— Techniquement, c'est déjà fait même si c'était mon lit ! Mais, comme nous sommes en coloc chez toi, mon lit est aussi ton lit.

Je sais, c'est de la psychologie de bas étage, mais il a besoin que je le bouscule. Je ne peux pas vraiment penser quand son entrejambe pèse sur moi.

Arrête de le chercher et de te comporter comme une femme facile avide de sexe !

Toi, tu la fermes avec ta morale à deux balles ! Ce mec, je le veux et je l'aurai. Surtout qu'il me veut aussi !

— Je ne peux pas, Alexandra. Arrête de me tenter !

— Tu ne m'as donné aucune raison valable. Tu vois, j'ai plus de courage que toi et j'assume mon désir.

Tout en parlant, je le regarde dans les yeux et je saisis sa queue entre mes doigts. Même à travers son jean, son membre est bandé à l'extrême. Il se crispe instantanément.

— Nous ne pouvons pas, panthère.

— Empêche-moi de continuer alors.

Je déboutonne son jean pour libérer son érection. Il grogne quand j'empoigne sa queue.

— Est-ce que c'est vraiment ce que tu veux ? Tu ne me connais pas aussi bien que tu le crois, tu ne sais pas ce dont je suis capable. Il n'y aura pas de retour en arrière possible.

— Prends-moi contre ce mur, Clément. Maintenant ! Remplis-moi de toi. Je te veux étalon sanguin.

La plupart des femmes veulent de la tendresse. À cet instant, je ne veux que sa queue au plus profond de ma chatte. Il ne me quitte pas du regard et soulève ma robe. Avec sa grosse main, il arrache mon tanga sans difficulté. Puis il attrape mes fesses et me positionne contre le mur.

Je le ceinture avec mes cuisses. Il donne un grand coup de reins et se retrouve en moi en une fraction de seconde. Je suis tellement trempée qui n'a aucun mal à s'enfoncer jusqu'à la garde. Son visage se niche dans mon cou et il débute une série de va-et-vient à un rythme infernal. Ses dents mordent la peau fragile de mon cou.

Je crie de plaisir sous ses mouvements percutants et ses morsures. Je m'en fous s'il me marque. Je veux tout de lui.

— Plus fort, Clément ! Je veux te sentir encore demain.

— Ne t'inquiète pas ! Tu te souviendras de tous mes passages demain.

Il continue son pilonnage et j'arrache les boutons de sa chemise pour dénuder son torse. Je griffe son dos tandis que sa queue coulisse en moi et me rapproche toujours plus du précipice.

Il soulève mes cuisses un peu plus haut et parvient à s'enfoncer plus loin. Mon point G se désagrège et j'explose en une constellation d'étoiles.

Que vient-il de se passer contre ce mur ? C'était bien plus qu'un coup rapide entre deux adultes consentants et consumés de désir.

Chapitre 13

Clément

Je m'étire paresseusement dans le lit de ma panthère. Oui, j'ai renoncé à lutter contre mon désir pour elle. Depuis l'épisode contre le mur il y a déjà trois semaines, je ne fuis plus son lit.

J'ai appris à mettre des barrières encore plus fortes entre les différents aspects de ma vie. Je n'ai pas le choix. Adrien ne doit pas savoir que je couche avec sa belle-sœur. Amandine ne doit pas se douter que je baise sa sœur. Je ne veux pas perdre ma meilleure amie, mais je veux continuer de pilonner ma panthère à outrance.

Je l'entends grogner près de moi et c'est le signal qu'elle commence à émerger de son sommeil. Je souris en me tournant pour la prendre dans mes bras dans la position de la grande cuillère.

Seulement je n'ai aucune intention de m'arrêter à ce geste de tendresse ! Oh, non ! Ce serait mal me connaître et ce serait la décevoir. Car elle est aussi gourmande que moi ! Oui, je n'ai jamais rencontré une femme aussi gourmande en matière d'acrobaties sexuelles.

Comme toute bonne grande cuillère, je l'enveloppe de mes grands bras musclés. Pour ne pas la décevoir, je commence à mouvoir mon bassin contre ses fesses pulpeuses. Des fesses qui me rendent littéralement fou !

— Quel est ce petit truc qui tente de me chatouiller le derrière ?

Je lui mords l'épaule. Un autre truc complètement dingue ! J'adore la mordre, j'adore voir la marque de mes dents sur sa peau l'espace d'un instant ou plus. Ouais, je sais, c'est un geste de mec possessif ou obsédé. Je penche pour la deuxième solution en ce qui me concerne.

— Qu'est-ce que tu dis ?

Tout en lui parlant, j'attrape ses hanches et les maintiens en place tandis que mes mouvements de bassin sont beaucoup plus proches de son derrière. Je l'entends soupirer longuement et elle agrippe son oreiller avec sa main droite.

— J'ai l'impression qu'un têtard s'agite derrière moi.

Je pousse un oh de surprise avant de me décaler et de lui claquer la fesse. Un têtard ?

— Comment peux-tu surnommer têtard ma queue qui donne tout ce qu'elle a pour toi ?

— Tu m'excuseras, mais je ne me souviens plus de rien.

— Si tu as besoin que je te rafraîchisse la mémoire, tu n'as qu'à le demander. Ce n'est pas ma faute si tu oublies ce qui te fait du bien.

— Y avait-il quelque chose de mémorable à se rappeler ?

Je la bascule sur le ventre avant de relever son derrière. Je me positionne derrière elle et je m'enfonce en elle d'un coup sec en tenant fermement ses hanches. Ce que j'aime m'enfoncer en elle sans préservatif !

Depuis l'épisode du mur où nous avons oublié le préservatif dans la précipitation, nous avons décidé de nous en passer, car nous sommes clean tous les deux. Cela peut paraître précipité, nous avons confiance l'un dans l'autre. La règle est de ne pas aller voir ailleurs ou d'en informer l'autre au préalable. Pourquoi irais-je voir ailleurs alors que l'appétit sexuel de ma panthère me comble ?

— Te serais-tu endormi au fond ? C'est plus agréable quand le partenaire bouge. OK, j'ai senti quelque chose me transperce les chairs, mais depuis, c'est le calme plat. Je pourrais même faire des mots croisés ou jouer au sudoku.

Sa répartie me surprendra toujours. Sa sœur et elles sont si différentes. Amandine est plutôt pudique alors qu'Alexandra assume tous ses désirs. Se retrouver nue devant la fenêtre ouverte et s'envoyer en l'air alors que le voisin d'en face pourrait nous surprendre ne la gêne absolument pas. J'avoue que son côté exhibitionniste me fait encore plus bander. Si c'est possible !

Pourquoi ne lui parles-tu pas de tes penchants ? Elle comprendrait.

Hors de question de lui parler de mes tourments ! Ils ne concernent que moi.

— C'est pour aujourd'hui ou c'est pour demain ? C'est une position plutôt inconfortable pour dormir.

Sa voix toute guillerette me tire de mes réflexions et je la punis en me retirant puis en m'enfonçant jusqu'à la garde d'un seul coup. Je m'immobilise à nouveau et baisse mon torse pour pouvoir embrasser sa nuque puis son dos.

— Clément, je ne suis pas contre les démonstrations de tendresse le matin. À toutes fins utiles, je te rappelle que je dois partir dans trente minutes exactement et que je dois encore prendre ma douche et grignoter une biscotte. Donc, si tu pouvais accélérer la cadence, ma chatte et moi t'en serions reconnaissantes.

Je me retiens de rire en reculant et en avançant de nouveau. Cette fois-ci, je ne m'immobilise pas au plus profond d'elle et je continue une série de va-et-vient intense. J'ai l'impression de m'enfoncer dans du beurre tant elle est trempée.

Ses parois commencent à me serrer. Je ne veux pas qu'elle jouisse déjà. Je me retire sous ses plaintes avant de la retourner comme une crêpe. Je saisis ses lèvres pour un baiser. Elle proteste de nouveau quand je me détache de ses lèvres.

C'est à son tour de me faire basculer sur le dos et de monter à califourchon sur moi. Elle ne perd pas de temps pour s'empaler sur ma queue et reprendre là où je me suis arrêté. Elle danse littéralement sur moi et mon pieu coulisse en elle. Elle va me tuer si elle continue de se mouvoir à cette cadence infernale.

Elle est tellement belle. Ses seins pointent, se soulèvent et redescendent de manière complètement désarticulée. Cette image est si érotique que je ne résiste pas à la tentation. J'attrape mon portable qui se trouve sur la table de nuit et je les déverrouille. Sans lui demander son autorisation, je la photographie en train de nous donner du plaisir.

Je voudrais appuyer sur le bouton vidéo, mais je me retiens. Je ne sais pas comment elle interpréterait ce geste. Ses paupières sont closes et le plaisir se lit sur son visage quand elle se cambre. Je saisis cet instantané au vol. Je cache mon téléphone sous l'oreiller avant qu'elle ne se rende compte que je lui ai volé les images de son plaisir.

— Clément, oh, Clément !

— Oui, ma panthère ! Donne-toi du plaisir. Pilonne-moi et fais-moi jouir. Maintenant, fais-moi jouir, maintenant !

En entendant cet ordre que je lui assène, elle intensifie ses mouvements de bassin. Elle me serre si fort entre ses chairs que je manque d'envoyer la sauce. Je ne veux pas jouir avant elle.

— Jouis pour moi, Alexandra ! Maintenant.

Elle m'entend et son orgasme se déclenche. Sa chatte compresse ma queue, je ne peux plus lutter. J'explose peu de temps après elle.

— Alexandra, Alexandra, tu es si bonne, si bandante.

Oui, mon langage peut paraître familier, mais ce sont les seuls mots que je suis capable de prononcer tant je suis perturbé.

Elle tombe sur mon torse, complètement hors d'haleine. J'entoure son corps de mes bras et je savoure l'odeur de ses cheveux. Elle reste ainsi, ma queue toujours profondément enfouie dans sa chatte. J'aime l'idée d'être au chaud dans son antre.

Elle dépose un baiser sur mes lèvres avant de bouger légèrement pour se lever. Au moment où elle se relève, ma semence coule entre ses cuisses et vient atterrir sur les miennes. J'ai envie d'étaler mon sperme partout sur ses cuisses pour qu'elle se souvienne de son réveil toute la journée.

— Je pars prendre une douche rapidement et on se revoit après ta garde.

— Je vais aller prendre ma douche avec toi. Je suis tout sale.

Espiègle, elle secoue la tête.

— Non, je suis déjà en retard. Je passerai t'embrasser avant de partir. Repose-toi un peu, car les prochains jours risquent d'être difficiles et tu n'as pas beaucoup dormi ces dernières nuits.

Elle s'éclipse et je renfonce ma tête dans son oreiller. Je respire l'odeur de ses cheveux à pleins poumons avant de me ressaisir. C'est vraiment un truc de gonzesse de respirer l'oreiller de son mec. Je ne suis pas son mec, je suis juste son colocataire avec avantages en nature.

Bah, tu peux dire que tu es son plan cul !

Non, je ne suis pas son plan cul. Nous nous donnons juste du plaisir jusqu'à ce que nous ne puissions pas faire autrement que d'arrêter. Mes vieux démons ne tarderont pas à resurgir.

***

Cette nouvelle mission est un vrai carnage. Mes frères d'armes et moi ne savons même pas où donner de la tête. C'est carrément flippant ! Et nous ne devons jamais avoir peur.

Cependant, la peur est venue s'immiscer dans notre quotidien depuis que les gens deviennent de plus en plus fous. Est-ce les mois d'isolement à cause de la Covid qui les a rendus aussi instables ? Il n'y a jamais eu autant de violence que depuis l'apparition de ce satané virus.

Je ne devrais même pas penser alors que je me trouve en plein milieu de l'Apocalypse. Nous avons été appelés en renfort par des brigades spécialisées qui intervenaient pour une manifestation d'écologistes supposés pacifistes.

— Reculez immédiatement les Tangos. Ils sont complètement barges.

La voix d'Adrien résonne dans nos oreillettes. Il a tout à fait raison, ils sont incontrôlables. Parfois, il est préférable de reculer pour prendre de la distance avant de donner un nouvel assaut.

— Ces enfoirés de flics cagoulés reculent. Il faut les saigner comme des cochons qu'ils sont.

J'ai envie de repartir les affronter pour leur montrer que nous ne sommes pas de vulgaires cochons, mais juste des hommes qui accomplissent leur devoir.

— On reste calme et vous reculez. Je ne peux pas perdre l'un d'entre vous.

Notre lieutenant nous connaît trop bien et est conscient qu'il nous demande un gros effort. Il fait de grands signes à une équipe de CRS qui se reposait après un assaut cauchemardesque. Nous passons derrière les camions pour nous abriter un peu et discuter stratégie. Je me retourne quelques secondes et je me demande si nous sommes encore sur le territoire français.

Au nom de quelle idéologie se permettent-ils de détruire et d'essayer de tuer du flic ? Car, au-delà du message politique - ou pas - qu'ils veulent passer, ils souhaitent surtout en découdre avec la police et tuer du flic. Après on se demande pour quelle raison les policiers utilisent plus souvent leurs armes.

— Nous avons affaire à des fous furieux. Depuis que je travaille à la brigade d'élite, je n'ai jamais vu ça.

— Je suis arrivé depuis plus longtemps que toi et cette violence gratuite me rappelle toutes les manifestations qui ont dégénéré au moment des gilets jaunes quand les groupes opuscules et politisés s'en sont mêlés.

— Là, on a l'impression qu'ils sont plus nombreux que les organisateurs initiaux de la manif.

— Victor est en train de faire des recherches. Nous pensons qu'ils se sont regroupés derrière une manifestation pacifiste en s'en servant comme un prête-nom.

— Cela expliquerait la raison pour laquelle ils sont si nombreux et aussi bien organisés. Ils avaient prémédité leur coup et nous ont tendu un piège.

— Maintenant il faut réussir à les arrêter sans qu'il y ait de dégâts supplémentaires. Tout à l'heure, j'ai réussi à en déséquilibrer un avant qu'il ne mette en marche la tronçonneuse qu'il tenait à la main.

Je ne peux m'empêcher de crier en entendant ce que Romain vient de nous confier.

— Une tronçonneuse ? Es-tu sûr que tu as bien vu ? Comment le mec aurait-il réussi à la passer lors du contrôle de sécurité ?

— Ils avaient dû la cacher avant le début de la manifestation. Ils utilisent des armes de guerre. Impossible qu'ils aient pu les passer !

Nico intervient à son tour et sa frustration est palpable. Il est déjà prêt à y retourner pour les mettre KO.

— Qu'est-ce qu'on attend ? Nous sommes en train de discuter comme des fillettes alors qu'ils massacrent nos collègues.

— Je sais, mais je refuse que nous y retournions sans un plan d'action. Ça ne sert strictement à rien si nous ne pouvons pas les faire reculer.

Des cris retentissent et nous voyons passer des projectiles enflammés au-dessus de nos têtes. Deux d'entre eux touchent des camions de CRS. Ils commencent à s'enflammer sous les hourras des manifestants extrémistes.

Comment peuvent-ils être aussi insensibles ? Avant d'être des policiers, nous sommes des hommes.

— Venez vite nous aider ! La porte est bloquée et nos collègues n'arrivent pas à sortir.

Nous levons les yeux. Les fenêtres se sont embrasées et il est impossible d'en utiliser certaines pour s'extraire de l'habitacle. Ils vont brûler vifs si nous n'intervenons pas.

Nous sommes dans un putain de cauchemar bien trop réel. Comment allons pouvoir les arrêter et sauver nos collègues ? Comment puis-je retrouver foi dans la vie avec les atrocités que je vois ?

— Il faut les empêcher de les sauver. On veut du poulet grillé ou du cochon grillé. On veut qu'ils grillent, ces enfoirés de flics.

— Oui, allons aussi bloquer les routes pour que les pompiers n'interviennent pas. Ils sont faits comme des rats.

— Les Tangos, on tire les gaz lacrymo ainsi que les balles antiémeute. On se répartit les tâches. Trois avec les gaz et trois avec les balles. Nous ne pouvons pas vous aider à extraire vos collègues, mais nous allons vous donner du temps pour intervenir.

Les extrémistes sont assoiffés de sang et ce sont eux qui courent vers nous avec les armes en avant. Nous nous positionnons deux par deux et nous arrosons cette foule de dégénérés de gaz et de balles.

Nous ne reculons pas et nous les entendons crier de douleur. Nous n'avons pas le choix, nous devons nous défendre ou nous allons tous périr.

Chapitre 14

Alexandra

Je serre les poings de rage quand je découvre qu'un nouvel article a été publié sur ce blog de malheur. Malgré les investigations de Victor et des informaticiens de l'armée, les cracks des données Internet n'arrivent pas à remonter jusqu'à la source. Depuis leur erreur à la suite de laquelle ils ont fait exploser l'entrepôt avec tous les ordinateurs, ils sont extrêmement prudents.

Je continue d'aider les garçons pour résoudre cette enquête prioritaire, mais nous faisons chou blanc pour le moment. Impossible d'avancer ne serait-ce que d'un chouïa ! Adrien est très perplexe et se demande comment ils peuvent avoir accès à toutes les données pratiquement en temps réel.

Victor a vérifié tous les pare-feu des ordinateurs de la BE 75 et a même installé un nouveau système de défense numérique hyper performant. Le must du must dans la défense des cyberattaques !

Tant que nous ne les aurons pas retrouvés, ils continueront d'écrire des insanités sur la BE 75, l'armée et la gendarmerie. Quand on y repense, pourquoi s'attaquent-ils uniquement à la BE 75 et non à l'ensemble de la police ? Il me semble que nous n'avons jamais travaillé sur cet angle précis. Je pianote sur mon portable pour envoyer tout de suite ma suggestion à Clément.

Alexandra : [*Petite idée qui me vient. Pourquoi le blog s'attaque-t-il à la gendarmerie, à l'armée et pas à l'ensemble de la police ? Il vise uniquement la BE 75. Cela vaudrait peut-être le coup de creuser.*]

Je recommence la lecture de ce torchon avec un œil d'enquêtrice. Il faut trouver la faille dans leurs mots. Il semblerait qu'ils étaient présents sur place une nouvelle fois.

Je m'adresse à tous ceux qui détestent la police et plus particulièrement les unités d'élite. La BE 75 a encore montré le peu d'intérêt qu'elle accorde aux citoyens.

Lors d'une manifestation, ils ont fait preuve de violence gratuite pour disperser ceux qui exprimaient leur mécontentement. Ils ont sorti les balles anti-émeute qu'ils n'ont pas hésité à balancer sur la foule. Ils ont mitraillé les manifestants.

Dites-moi comment ils ont pu utiliser des armes presque chimiques sur des pacifistes ? Ils ne reculent devant rien.

J'ai vraiment envie de vomir quand je parcours ce torchon. Des pacifistes ? Depuis quand les pacifistes attaquent-ils la police ? Et qu'on ne vienne pas me dire qu'ils ne font que se défendre.

Pour tenter de rester en vie, les manifestants ont fait bloc. Ces idiots de flics se sont alors regroupés dans leurs camions et en ont enflammé deux en voulant lancer des torches sur les citoyens lambda.

Oui, vous avez bien lu. Ils ont voulu enflammer les personnes qui leur faisaient face et leur tentative s'est retournée contre eux. N'écoutant que leur courage, les manifestants ont aidé les pompiers à arriver sur les lieux.

Quand Clément et les autres vont lire ce nouvel article, ils vont disjoncter. Ils ont dû batailler pendant de longues minutes pour que les pompiers puissent approcher et éteindre l'incendie. Les extrémistes les empêchaient de passer en criant « on veut du poulet grillé » ou « laissez rôtir ces enfoirés de flics. »

Comment ont-ils été remerciés ? De nouveaux renforts sont arrivés et ont arrêté tous les manifestants. Aujourd'hui, ces pauvres gens se trouvent en prison ou

dans des commissariats en train d'être interrogés ou dans des tribunaux en attendant d'être jugés.

Ils auraient dû laisser cramer ces fonctionnaires qui ne respectent aucune loi.

N'hésitez pas à nous contacter via le formulaire si vous êtes témoin d'exactions de policiers. Nous allons tous les afficher. Les vidéos sont les bienvenues.

Bande d'enfoirés ! Ils sont en train de demander au public et surtout aux haters de fournir des munitions contre la police. Il n'y a vraiment plus de limites à leurs conneries et à leur propagande haineuse. Je ne peux pas les laisser traîner les héros de la BE 75 dans la boue. Ils ne le méritent pas.

Je sais pertinemment pour quelle raison tu veux les défendre. Si tu ne couchais pas avec Clément, tu ne te sentirais pas aussi concernée pour les défendre.

Quelle langue de vipère ! OK, je couche avec Clément, mais je les défendrais bec et ongles même si je n'avais pas vu sa queue. Leur travail mérite tout notre respect.

Je te connais et je lis au plus profond de toi. Tu couches avec lui et forcément, ton jugement n'est plus impartial.

Toi, tu te tais ! Je vais rédiger un article qui répondra à tout ce qu'ils ont dit. Oui, je sais que je prends un énorme risque et que Clément et compagnie vont me ruer dans les brancards, mais je ne peux pas laisser les rédacteurs du blog s'en tirer à si bon compte. Ce n'est pas juste pour leur travail !

J'ouvre un nouveau document et je commence à rédiger un article que je veux percutant. Un article qui les mettra en rogne !

Est-ce que ton enlèvement ne t'a pas suffi ? Pourquoi veux-tu les provoquer inutilement ?

Je ne les provoque pas inutilement. C'est mon rôle de journaliste de rétablir la vérité et de leur couper l'herbe sous le pied. Leurs mensonges ne doivent pas rester impunis. S'ils pouvaient faire une erreur à la suite de mon article et sortir de leur tanière, nous aurions de nouveaux indices pour les trouver.

Tu te mets en danger !

Je ne suis pas une femme à reculer devant le danger. Je suis une femme qui cherche à ouvrir les yeux du public sur la vérité. La vérité aujourd'hui est que ces hommes sont des héros et qu'ils auraient pu être blessés grièvement lors de cette manifestation d'extrémistes. On peut ne pas être d'accord avec les moyens, mais on n'a pas le droit d'oublier que sous l'uniforme se cachent des hommes et des femmes qui ne font que leur métier.

Je ne veux pas qu'il arrive quelque chose à mes nouveaux amis uniquement, car ils ont défendu la veuve et l'orphelin face à des pratiques et des individus de plus en plus violents.

Comment vais-je pouvoir rédiger cet article ? Est-ce que je repars du blog pour démonter leurs arguments un à un ou est-ce que je fais un article global qui n'est pas forcément une réponse directe à ces rédacteurs ?

J'ai envie de leur répondre directement. Je dois pourtant me contenir. Il y a de nombreuses personnes qui ne connaissent pas l'existence de ce blog de malheur alors il ne faudrait pas leur donner l'occasion de le découvrir. Je vais donc rédiger une réponse plus globale qui sera un article passionné.

On en revient à la passion ! Si tu ne partageais pas le lit de Clément, tu ne parlerais pas de passion. Tu es infernale !

Je préfère ne pas répondre à cette sorcière moralisatrice. Sous quel angle vais-je aborder cet article ? Je réfléchis quelques secondes avant de me lancer et de laisser parler mon cœur. C'est ce que j'ai de mieux à faire. Les mots filent sur le clavier.

Le monde est-il devenu fou ?

Le droit de manifester est un droit fondamental dans notre pays. Tout comme le respect de l'être humain !

Pouvons-nous encore parler de respect de l'être humain quand on voit ce qui se passe dans les dernières manifestations ? Le raccourci pourrait être jugé trop court alors je ne le ferai pas.

Oui, il y a des personnes, la grande majorité des personnes qui manifestent leur mécontentement de manière pacifique. Je ne parlerai pas de ces personnes, mais bel et bien de celles qui utilisent la violence pour transmettre un message.

Est-ce que ces individus pensent réellement que nous entendons leur message, que le gouvernement entend leur message ? Absolument pas ! Personne n'entend leur message ! Personne ne peut porter attention à leur message ! Nous ne voyons que la violence et leur comportement inadmissible.

Si certains les défendent, c'est qu'ils n'ont absolument rien compris à la démocratie. Les images de violence et de destruction sont tout simplement inadmissibles.

Aujourd'hui, les brigades spéciales de la police ou de la gendarmerie ou de l'armée qui nous défendent sont composées de héros. Oui, il faut être des héros pour accepter de recevoir les coups de ceux qui n'ont plus aucune limite ni aucune décence. Comment peut-on se comporter comme des animaux face à d'autres hommes ? Ils leur donnent des noms de mammifères ou de volatiles alors que ce sont eux qui se comportent comme des moins que rien.

Nous devrions ériger des statues à l'intention de ces hommes pour les remercier de risquer leurs vies pour sauver les nôtres. Car, si ces extrémistes gouvernaient, nous perdrions une partie de notre liberté chérie.

Alors, oui, merci à ces hommes qui ont affronté les flammes pour délivrer leurs collègues. Merci à ces hommes qui ne faiblissent pas et repartent au combat chaque fois que notre pays et notre démocratie sont en danger. Merci à ces hommes qui aident les pompiers à intervenir quand on veut les empêcher de venir secourir ceux qui souffrent.

Ne nous trompons pas de héros ! Ils sont certes cagoulés, mais portent l'inscription police sur eux.

J'espère que nous ne reverrons plus jamais les images du chaos qui sont parvenues pendant cette manifestation. Je sais que vous êtes tous conscients du nom des véritables héros. Ne nous laissons pas manipuler par des blogs, des images ou des messages sur les réseaux sociaux !

Je mets un point final à mon article avant de le relire et de corriger les éventuelles fautes. Est-ce que je reformule ou est-ce que je le laisse dans son premier jus ? J'ai laissé parler mon cœur et ma raison. Cet article est le résultat d'un savant mélange entre les deux.

Je décide de le laisser tel quel. Il est une puissante attaque contre les rédacteurs du blog et il répond à leurs posts mensongers.

Tu joues avec le feu ! Ils vont te coller plusieurs gardes du corps 24 heures sur 24 et 7 jours sur 7. Tu l'auras bien cherché !

Je me lève et me dirige vers le bureau de mon rédacteur en chef. Je ne sais pas s'il va apprécier le parti pris de mon article, mais j'assume et je ferai tout pour qu'il ne me demande pas de modifier le contenu.

— Thomas, j'ai terminé mon article pour ce soir. Je préfère te prévenir, je suis partie sur l'angle de défense de la police et des pompiers quand j'ai lu le dernier article paru sur le blog de leurs détracteurs.

— Alexandra, c'est une approche intéressante. Laisse-moi le lire et je déciderai en conséquence. Tu sais que je n'aime pas les articles dans lesquels nous affichons clairement un soutien. Nous sommes censés rester neutres.

— C'est injuste que la police et les brigades spéciales soient attaquées de manière aussi éhontée dans ce blog de malheur.

Il me regarde avec attention comme s'il voulait percer un éventuel secret qui se cacherait derrière mes paupières.

— Tu me surprendras toujours. Si je ne connaissais pas ton intégrité absolue, je pourrais penser que tu couches avec un policier qui se trouvait sur place.

— Tu es fou, ma parole ! Moi, coucher avec un flic ? J'aurais tout entendu.

Je ne sais pas si je suis bonne actrice et si je l'ai convaincu, mais avant qu'il ne réplique, je préfère tourner les talons.

Si tu m'avais écoutée, tu aurais pu éviter ce moment gênant. Ton parti pris montre clairement que tu t'envoies en l'air avec un flic. Tu peux te débattre autant que tu veux, il a découvert la vérité dès que tu as ouvert la bouche.

Oh, toi, tu la fermes ! Tu es chiante avec tes leçons de morale à deux balles. J'aurais le même discours si je ne couchais pas avec Clément. C'est juste une question de bon sens, bordel ! Ils ne méritent pas de se faire défoncer de la sorte.

J'espère que Thomas ne va pas retoquer mon article. Il va m'entendre s'il ose. J'essaie de me concentrer sur un autre sujet, mais c'est très compliqué. Je n'arrive pas à faire abstraction que mon chef va peut-être anéantir mon travail.

— Tu me sembles bien nerveuse, Alex. Qu'est-ce qui t'arrive ?

— J'ai essayé de retracer ce que nous avons vu à la télévision lors de la dernière manifestation. J'ai voulu commenter les débordements en montrant que ce n'était pas normal.

— Comme nous n'étions pas sur place, c'est une très bonne idée ! Je frissonne à l'idée que nous aurions pu nous retrouver au milieu de cette folie pure. Heureusement que nous avons dû nous rendre en banlieue pour un autre reportage !

— Je vois ce que tu veux dire, mais nous étions loin de l'action.

Ma collègue me scrute avec des yeux écarquillés. Elle secoue la tête avant de me répondre.

— Je ne comprendrai jamais ta fascination absolue pour le danger. Moi, je préfère me trouver loin de tout ce qui pourrait porter atteinte à ma vie.

Elle et moi n'avons pas la même conception de notre travail. Je peux comprendre ses réticences. Elle a un mari et deux petites filles qui l'attendent à la maison.

— Alexandra, dans mon bureau tout de suite !

La voix de Thomas vient de raisonner dans l'open space des rédacteurs. Je pense qu'il vient de finir de lire mon article. Est-ce que son injonction à venir dans son bureau est un bon signal ou pas ? J'entre et je ferme la porte derrière moi. Si je dois me prendre les remontrances du chef, je n'ai pas envie que tout le monde les entende.

— Alexandra, ton article démontre un parti pris évident. Je n'aime pas vraiment que des opinions soient exprimées de manière aussi directe.

Il faut que je l'arrête tout de suite. Je sens arriver le « tu ne peux pas publier ton article dans ce jus ».

— Thomas, je...

— Je n'ai pas terminé. J'aurais refusé cet article si les images n'avaient pas été aussi violentes pour la police et les pompiers. Ton article est courageux et nous allons le publier sans rien enlever.

J'ai envie de sautiller sur place. J'ai envie de lever les bras en l'air en signe de victoire, je me retiens, car je ne suis pas certaine que mon rédacteur en chef apprécierait mon initiative.

— Une dernière chose, Alexandra ! Je ne veux pas que ce genre d'articles devienne une habitude.

Je hoche la tête en me gardant de lui rétorquer que je n'hésiterai pas une seule seconde si la situation venait à déraper de nouveau. Je n'ai jamais été douée pour suivre les ordres.

Chapitre 15

Clément

J'émerge d'une nuit de quatre heures à peine. Nous n'avons pas arrêté les interventions. Intervention pour un forcené qui avait pris toute sa famille en otage et qui voulait faire sauter des bonbonnes de gaz. Intervention pour une cellule supposée terroriste qui préparait un attentat pour la fête nationale. Intervention pour une manifestation d'extrême droite. L'aile la plus à droite possible de l'extrême droite.

Je rejoins mes frères d'armes pour un entraînement et un nouveau parcours du combattant. Vu la violence de nos adversaires, nous devons sans cesse nous perfectionner. Nous allons bientôt commencer une nouvelle technique de combat au corps à corps.

Adrien et Amandine se tournent vers moi dès que je pose un pied dans la cuisine. Ma meilleure amie est très agitée et sa voix monte dans les aigus.

— J'aurais aimé que tu la dissuades de publier cet article. Ou que tu m'en parles pour que je la raisonne. Je croyais que je pouvais compter sur toi.

— Attends, Amandine, je ne comprends rien à ce que tu racontes. J'ai l'impression que tu parles de ta sœur.

— Ne me dis pas que tu n'étais pas au courant sa dernière folie !

— Qu'est-ce qu'elle a encore inventé ?

— Tu es vraiment un piètre garde du corps si tu n'es même pas capable de la canaliser.

Ma meilleure amie ne parvient plus à raisonner de manière objective. Je ne sais pas vraiment ce qui se passe, mais j'en ai marre d'essuyer sa colère dès qu'Alexandra fait des siennes. Comme si j'avais la moindre dose d'autorité sur la brunette aux yeux bleus ! Ce n'est pas comme si c'était ma petite amie.

Non, tu couches juste avec elle ! C'est ton plan cul sans préservatif. La grande nouveauté !

— Tu es injuste avec moi, Amandine. Je te rappelle que je viens d'enchaîner plus de trois jours de garde ici avec vous et que je n'ai pas vu Alexandra à mon appartement.

— Mais vous êtes toujours en contact par texto.

Elle ne lâche pas l'affaire, notre petite avocate ! Si elle connaissait le contenu de notre conversation texto, elle en ferait une syncope. Qu'est-ce qu'elle a encore fait, la panthère ?

— Oui, je lui rabâche sans arrêt qu'elle doit faire attention à sa sécurité et ne pas prendre de risque.

Adrien intervient à son tour dans la conversation.

— Tu n'as pas dû être très persuasif.

— Qu'est-ce qu'elle a encore fait ?

Cette fois-ci, je n'ai pas pu m'empêcher de poser la question à voix haute. Sans rajouter le terme panthère tout de même ! Je ne veux pas signer mon arrêt de mort, moi !

— Elle a publié un nouvel article où elle prend la défense de la BE 75. Elle est très critique vis-à-vis des rédacteurs du blog, des manifestants et des extrémistes.

— Comment a-t-elle pu rédiger ce genre d'articles ? Je vais lui foutre une méga fessée.

Je m'aperçois que j'ai parlé à voix haute quand je vois les yeux écarquillés d'Amandine. Merde !

— Tu ne touches pas au derrière de ma sœur.

Peut-être peux-tu lui répondre que c'est déjà fait... En espérant que ça la détente un peu !

Sans un mot, Adrien me tend une feuille de papier. Je comprends immédiatement qu'il a imprimé l'article qu'Alexandra a rédigé pour son journal. Un article qui a été publié dans le journal et qui figure surtout sur le web dans la version numérique.

Je blêmis au fur et à mesure de ma lecture. Comment a-t-elle pu écrire un tel contenu ? Bien sûr, c'est élogieux pour les brigades d'élite, mais elle se met clairement en danger. De plus, elle a signé cet article. Comme si elle se désignait pour qu'on lui colle une balle dans la tête !

Tu devrais t'en douter ! À force de la côtoyer, tu devrais savoir que ce n'est pas une poule mouillée. Elle n'est pas du genre à plier face à l'adversité.

Je reconnais que c'est une qualité chez elle. Dans le cas présent, cette qualité la met clairement en danger. Les rédacteurs du blog vont de nouveau chercher à s'attaquer à elle pour la faire taire.

— Quelle mouche l'a piquée d'écrire ce foutu article ? Elle pense certainement nous aider, mais nous allons devoir redoubler de vigilance pour la protéger.

— Il faut que vous sachiez qu'Alexandra a toujours eu un côté kamikaze. Mon père n'arrêtait pas de dire qu'il fallait qu'il l'équipe d'une armure et d'un casque pour qu'elle ne revienne pas avec des bleus partout.

— Oui, mais là, ce ne sont pas de simples bleus qu'elle risque. C'est sa vie !

Adrien semble songeur et prend son temps avant de nous répondre.

— Peut-être qu'il serait plus prudent d'engager des gardes du corps pour les jours où nous sommes de permanence. Nous ne pouvons pas la laisser seule.

Moi, je ne veux pas qu'un autre homme la surveille ! J'ai envie de fusiller mon frère d'armes du regard, je me contiens avec difficulté. Heureusement Amandine vient à ma rescousse sans même le savoir !

Si elle le savait, elle te couperait les couilles ! N'oublie pas qu'elle t'a déjà menacé plusieurs fois de te les couper si tu touchais à sa sœur. Au stade où vous en êtes, je ne sais même plus si on peut parler de toucher.

— Adrien, nous parlons d'Alexandra. J'adore ma sœur, mais je suis consciente qu'elle est plus têtue que tous les ânes du Poitou réunis.

— Avec son côté féministe, elle te dirait plus têtue que toutes les ânesses ou toutes les mules du Poitou.

— Ce n'est pas le moment de faire de l'humour, Clément. Nous devons vraiment trouver une solution ou nous allons la perdre une seconde fois et elle n'aura pas autant de chance que la dernière fois. Ils ne la laisseront pas leur filer entre les doigts.

— Je pourrais peut-être demander à Kev de l'héberger pour les quatre jours où nous sommes à la BE 75.

Si j'ai apprécié l'intervention d'Amandine tout à l'heure, j'aurais préféré qu'elle se taise cette fois-ci. Nico me devance.

— Kev, ce n'est pas son ex-copain qui était pompier ?

Ma meilleure amie hoche la tête et cette fois-ci, c'est Romain qui prend le relais. Je pourrais les embrasser.

— Ce n'est pas sérieux ! Il ne dispose pas d'une arme et ne pourra pas la protéger en cas d'attaque.

— Qu'est-ce que nous pouvons faire ? Nous ne pourrons jamais nous concentrer sur nos missions si nous ne sommes pas convaincus qu'elle se trouve en sécurité.

— J'ai bien une solution, je ne suis pas certaine qu'elle va vous plaire. Si jamais vous dites oui, il faudra réussir à convaincre Alex. Ce qui ne sera pas une mince affaire !

— À quoi penses-tu, ma puce ?

C'est le nouveau petit nom qu'Adrien a trouvé pour Amandine. Je préfère nettement appeler Alexandra une panthère. C'est beaucoup plus sensuel et imprévisible.

— Si Daniel est d'accord, elle pourrait peut-être emménager à la BE 75 quand vous êtes de garde.

Ma queue effectue des pirouettes dans mon boxer. C'est vraiment la solution idéale ! J'imagine la tête d'Alexandra quand nous allons lui apprendre la nouvelle. Nul doute que Daniel se rangera à notre avis ! Une panthère dans l'entrepôt de la BE 75, j'achète tout de suite.

***

J'ai hâte de rentrer à mon appartement pour retrouver la panthère et lui apprendre la grande nouvelle. J'espère qu'elle patiente complètement nue dans son lit. J'attends depuis quatre longues journées et quatre interminables nuits de pouvoir m'enfoncer de nouveau profondément en elle.

Je déverrouille la porte de mon appartement et pousse le battant. Le silence m'enveloppe immédiatement et je me précipite dans sa chambre pour vérifier si elle s'y trouve. Elle ne s'y trouve pas ni dans aucune autre pièce de l'appartement. Pourquoi l'a-t-elle déserté alors que je meurs d'envie de la pilonner comme un fou ? Plus exactement comme un lion !

Où est-elle passée ? Je retourne dans sa chambre et je remarque plusieurs robes de soirée sur son lit. Comme si elle avait hésité avant de s'habiller pour sortir. Si j'en juge par les tenues qui sont éparpillées, elle est partie danser.

Je serre les poings de rage. Pourquoi se met-elle constamment en danger ? Si elle est partie en boîte de nuit, n'importe qui peut l'aborder ou la droguer en versant quelque chose dans son verre. Est-elle à ce point inconsciente ?

Je retourne dans la cuisine pour lui envoyer un texto et je remarque un papier sur l'îlot. Je l'attrape et je reconnais son écriture.

Clément,

Je suis sortie m'amuser avec des collègues et des amis. Ne t'inquiète pas ! Il y aura toute une unité de pompiers pour me protéger.

Tu sais où tu peux me trouver si le cœur t'en dit.

Alex l'insoumise ou la désobéissance dans le sang.

J'éclate de rire alors que je suis furieux après elle. Alex souffle constamment le chaud et le froid. Elle est vraiment inconsciente du danger, j'en ai encore une preuve ce soir.

Elle doit être partie dans la boîte qui lui sert de QG avec ses copines. Je ne la laisserai pas seule avec une unité de pompiers. Je me dépêche de me changer, je passe un jean et un polo avec un col en V. J'attrape mon blouson en cuir, mon casque, je ferme l'appartement et je repars vers ma moto.

Je suis frustré. Sans mentir, je comptais la jeter sur le lit et la pilonner dès mon arrivée. Cette femme va me rendre fou.

Rectification : cette femme me rend déjà fou avec son caractère impossible et son sex appeal de malade.

Pas la peine de préciser que je roule plus vite qu'autorisé dans les rues de Paris ! J'ai hâte de la retrouver et surtout, je veux l'éloigner de ces pompiers. Franchement, quel est le fantasme des gonzesses avec les pompiers ? Il suffit de prononcer le mot pompier et les petites culottes tombent sur les chaussures.

T'es jaloux, en fait ! Jamais les petites culottes ne tombent sur les chaussures en prononçant le mot policier ! T'es grave jaloux !

Ne t'inquiète pas, je n'ai pas dit mon dernier mot ! Les petites culottes des nanas tombent en entendant le prénom Clément.

Clément, Clément, Clément ! C'est bizarre, je ne vois pas les petites culottes des nanas que nous croisons tomber sur leurs chaussures.

As-tu fini tes conneries ? Tu n'as pas la voix suffisamment rauque pour que ça fonctionne.

J'arrive enfin à destination et je stationne ma moto le plus rapidement possible. Je suis une pile électrique et j'ai besoin de la voir le plus rapidement possible. Si elle est dans les bras d'un pompier, je ne réponds plus de rien. Je dépose mon casque au vestiaire et je me mets à la recherche de la brunette aux yeux bleus. Je parcours la piste de danse du regard et rien du tout ! Je marche vers le bar. Toujours rien ! Je scrute les banquettes en espérant ne pas l'y trouver en charmante compagnie. Rien du tout.

Est-ce que je me suis trompé d'endroit ? A-t-elle changé de QG pour que je ne vienne pas l'interrompre ? Qu'a-t-elle à se reprocher ? Elle m'a pourtant invité à la rejoindre dans son message.

Plusieurs gonzesses commencent à me tourner autour. Je n'en ai absolument rien à foutre. Je veux juste la retrouver, elle. Alexandra Marty me rend marteau et me rend accro à elle. Je suis comme un con à ignorer les nanas et elle se cache avec des pompiers je ne sais où.

Je continue d'avancer vers la seconde piste de danse plus intimiste. Je distingue soudain un essaim d'abeilles qui butinent autour d'un pot de miel. J'ai mal au cul de le dire, mais je pense avoir trouvé les pompiers. Je m'approche et pas manqué ! Sept mecs super musclés se déhanchent sur la piste et un cimetière de strings repose autour d'eux.

Jalousie, jalousie, jalousie !

Je contourne les nanas alors que j'ai envie de les pousser. Je veux voir si Alexandra se trouve au milieu de cet essaim. Au bout de quelques pas, je m'arrête complètement interdit.

Elle se trémousse contre le corps d'un autre mec. Je lève les yeux et je le reconnais. Son ex ! Comment peut-elle se trémousser contre son ex alors que je n'ai qu'une envie : la pilonner comme un fou ? Elle me rend barge.

J'ai envie de rugir, d'écarter toutes les gonzesses et d'aller la chercher. Je la basculerais sur mon épaule et je l'emmènerais au fin fond de ma tanière. Là, je lui foutrais une fessée d'anthologie avant de m'enfoncer profondément dans sa chatte puis dans son cul.

Elle se fout en danger, elle se trémousse contre le corps d'un autre et elle rit. Putain, qu'est-ce qu'elle est belle ! Je ne suis vraiment pas net dans ma tête, moi. Je suis furieux et me voilà en train de l'admirer.

Elle tourne légèrement la tête, ses beaux yeux bleus plongent dans les miens. Elle me sourit tout en continuant de danser avec ce pompier de malheur. Il lui murmure quelque chose à l'oreille, elle rit aux éclats. Pourquoi est-elle aussi belle alors qu'elle rit avec un autre ?

Qu'attends-tu pour aller revendiquer ta femelle, lion indomptable ?

C'est ce qu'elle veut ! Elle souhaite que je rampe à ses pieds, elle désire le pouvoir. Je ne lui donnerai pas satisfaction. L'essaim d'abeilles devrait m'aider à rééquilibrer les forces. Moi aussi, je dispose d'un corps musclé qui devrait les faire fantasmer.

Je pivote et j'en observe plusieurs avant de commencer à me déhancher. Mon jeu de bassin provoque son petit effet et quatre ou cinq commencent à s'approcher. L'une d'entre elles devient entreprenante et commence à danser très près de moi. Elle me sourit et je lui réponds par un clin d'œil. Je ne pose pas mes doigts sur elle, mais je la laisse s'approcher.

Du coin de l'œil, je m'aperçois qu'Alexandra ne nous quitte pas des yeux. Elle murmure quelque chose au mec et ses seins se collent presque à son torse. Bordel ! Qu'est-ce qu'elle fout ? Je suis à deux doigts d'intervenir quand je la vois se rapprocher de moi. Elle se plante devant la gonzesse et lui lance :

— Tu m'excuses, mais sa queue m'appartient pour la nuit.

Je suis soufflé par ce qu'elle vient de dire. Soufflé et honoré ! Je me sens un peu comme un homme objet, j'adore cette sensation. Elle a revendiqué ma queue devant ce groupe de nanas. Il ne faudrait pas la faire attendre. Je me colle à elle et je lui souffle à l'oreille.

— Il ne faudrait pas faire attendre ta chatte alors.

Elle pivote entre mes bras et m'offre un baiser passionné. Sa langue retrouve la mienne et elles dansent je ne sais quelle chorégraphie.

— Vous devriez rentrer chez vous avant de vous faire arrêter pour attentat à la pudeur. Vous allez finir par arracher vos vêtements sur cette piste de danse.

Alexandra se détache de moi et sourit à son ex. Pourquoi continue-t-elle de lui sourire ?

— Tu as raison, Kev. Je t'appelle bientôt.

Il éclate de rire et lui adresse un clin d'œil.

— Oui, tu m'appelles dans quatre jours quand la garde de monsieur le flic reprendra.

Elle lui a parlé de moi. Je me sens pousser des ailes. J'attrape sa main et je l'entraîne vers ma moto. Nous n'avons plus une minute à perdre. Je la veux dans mon lit. Complètement nue et sous moi.

Mes plus bas instincts se sont réveillés.

Chapitre 16

Alexandra

Je me serre contre le dos de Clément tandis que sa moto file à vive allure. Est-il aussi pressé que moi de rentrer et de faire l'amour dans toutes les pièces de l'appartement ?

Je souris sous le casque. Je savais pertinemment que j'allais réveiller le lion en lui en ne l'attendant pas et en lui laissant un mot pour lui dire que je retrouvais des pompiers. Pourquoi déteste-t-il autant les soldats du feu ? Je crois qu'il y a de l'urticaire dès qu'il entend le mot « pompier ». S'est-il déjà fait souffler une copine par un homme en uniforme ?

Cette fois-ci, je fais la moue. Quelle idée ! Je n'ai absolument pas envie de l'imaginer avec une autre gonzesse. Je sais très bien que ce n'est pas un moine, mais pas besoin de détails.

La moto s'immobilise déjà et je me rends compte que nous sommes arrivés en bas de la résidence. Je saute à terre, il n'y a plus une seule minute à perdre. J'ai envie de lui arracher ses fringues. Il n'est pas en reste, la moto est très vite stationnée et verrouillée. Il attrape ma main fermement et m'entraîne à sa suite.

J'ai du mal à le suivre dans les escaliers à cause de mes compensés. Je vais finir par me briser une cheville.

— Ralentis, Clément ! Si je me foule une cheville, nous perdrons plus de temps au final.

— Hors de question de perdre du temps supplémentaire ! J'aurais dû déjà te trouver à l'appartement en rentrant du boulot.

Je n'ai pas le temps de répondre qu'il se baisse pour me saisir par les cuisses. Il me soulève et me jette sur son épaule.

— Arrête de me traiter comme un vulgaire sac à patates !

Je commence à m'agiter dans tous les sens jusqu'à ce qu'il me claque les fesses.

— Cesse de t'agiter immédiatement ! Je t'ai dit que je voulais arriver le plus vite possible dans mon lit et je tiendrai cette promesse.

Après tout, s'il veut me porter dans les escaliers, je n'ai rien contre. Ça m'empêchera de transpirer. Je tire sur sa chemise et la sors de son jean. Je commence à caresser son dos et je joue avec le creux le long de sa colonne vertébrale.

— Arrête de m'exciter, Alexandra ou je te jure que je te prends contre le mur du palier suivant. Je n'en ai rien à foutre si quelqu'un nous surprend.

Pourquoi est-ce que je suis autant émoustillée quand il menace de me prendre dans un endroit public ?

Parce que tu n'as aucune morale ! Tu ne vas tout de même pas te déshabiller devant tout le monde !

Pas besoin de se déshabiller devant tout le monde pour qu'il me pilonne ! Juste besoin d'enlever les vêtements stratégiques !

Tu deviens de pis en pis depuis que tu as emménagé avec lui. Que dirait ton père s'il pouvait lire dans tes pensées ?

Laisse mon père où il se trouve ! Ma sexualité ne le regarde absolument pas. Je m'aperçois soudain que Clément s'est arrêté devant une porte. Je l'entends prendre ses clés pour ouvrir avant d'avancer puis de la refermer d'un geste violent avec le pied. Il ne me fait pas descendre et marche toujours.

Tout à coup, il se penche et j'atterris sur un lit. Le sien pour être précise !

— La descente laisse à désirer. J'espère que la suite sera plus convaincante.

— Tu peux y compter, ma panthère. Maintenant, je vais te déshabiller en moins d'une minute. Je veux te bouffer et tu es bien trop habillée.

Je n'ai pas le temps de répondre que mes vêtements volent. Il n'en oublie aucun. Mon soutien-gorge et mon tanga atterrissent au pied de son lit comme le reste.

— J'aimerais que tu te déshabilles aussi, Clément. Je veux te sentir nu.

Il secoue la tête et ses yeux me sondent.

— Je n'ai pas de temps à perdre pour me déshabiller. Plus tard peut-être ! C'est ta punition pour être allée faire la fête avec des pompiers.

Il prend le temps de m'observer. Je le vois détailler chaque courbe de mon corps. Je me sens terriblement belle sous son regard incandescent.

— Pour quelqu'un de pressé, tu es lent.

Il lutte contre quelque chose. Je le perçois d'ici et j'ai envie de lui tendre la main. Il lâche dans un souffle.

— J'aimerais te filmer, de photographier. Tu es magnifique, panthère !

Sa proposition me déstabilise et m'émoustille. Je suis trempée à l'idée qu'il me filme pour regarder les vidéos quand il sera seul à la BE 75. Je n'ai jamais testé la vidéo, mais avec lui, j'ai envie.

— D'accord et tu pourras me regarder quand tu veux.

— Tu vas me rendre fou, Alex. Je reviens.

Tu n'as vraiment aucune morale. T'exhiber nue pour qu'il puisse ensuite te contempler autant qu'il le souhaitera. N'as-tu aucune retenue ?

Je ne vois pas où est le problème. Lui et moi couchons ensemble et il m'a déjà vue nue.

Imagine qu'il diffuse votre petite sex tape partout sur les réseaux. Car il s'agit bien d'une sex tape ! Tu retrouveras ta petite foufoune en vedette sur le net.

Tu te trompes sur deux points essentiels. Ma foufoune n'est pas petite et j'ai confiance en Clément. Il ne diffusera jamais ces photos ou cette vidéo. C'est un homme intègre.

Intègre et vidéo sexuelle ne vont pas ensemble. Tu peux essayer de t'en convaincre, mais tu as tort.

Clément revient avec son portable et une perche à selfies. Son sourire est plus carnassier que jamais.

— Es-tu sûre de toi, Alexandra ? Tu pourras me stopper à tout moment.

— Tu ne ressembles pas à un producteur de porno alors je n'ai rien à craindre.

Ai-je rêvé ou sa lèvre inférieure a légèrement tressauté ? Je n'y pense plus quand il commence à me mitrailler avec son portable. Il fait de gros plans de mes seins, de mon ventre avant d'écarter mes cuisses et de photographier ma chatte mouillée. Je ne me sens pas vulnérable, mais conquérante.

Je mords ma lèvre inférieure en le regardant avant de poser ma main sur mon clitoris. Je commence à le caresser tandis qu'il photographie. Non, il filme en observant la scène avec avidité. Je laisse mes doigts traîner paresseusement sur ma chatte. Il regarde à travers son portable et je vois son sexe durcir dans son jean. Les coutures de sa braguette menacent de céder.

J'accélère le mouvement et me cambre à mesure que mes doigts m'offrent du plaisir. Il s'approche de mon corps et s'assoit sur le lit pour filmer d'encore plus près la scène. Je sens alors un doigt, puis deux doigts me pénétrer. Je poursuis mes caresses sur ma chatte tandis qu'il enchaîne les va-et-vient. Il ne me faut pas longtemps pour décoller. L'orgasme me cueille et ses doigts me fouillent encore plus vite pour que je parte loin, très loin.

Il retire ses doigts et je le vois les porter à son nez avant de les porter à sa bouche pour les sucer. Je pourrais avoir un deuxième orgasme rien qu'en le regardant faire.

— Tu sens très bon, Alexandra et ton goût est juste phénoménal.

— Qu'est-ce que tu as envie de filmer maintenant?

— Je vais te lécher la chatte pour la nettoyer. Toi, tu vas filmer ma bouche sur toi. Tu vas me regarder te donner du plaisir.

Mon excitation doit couler entre mes cuisses. Il s'y positionne et me tend son portable. Je l'attrape et le dirige vers son visage puis j'appuie sur l'enregistrement. Il commence à me donner des coups de langue très rapides et j'éprouve les pires difficultés à garder les yeux ouverts.

C'est si érotique de le regarder me donner du plaisir et de le filmer. Il suce, il lèche, il joue avec sa langue. Je suis fascinée par l'intensité de son visage. Il ouvre les paupières et ancre ses yeux aux miens à travers l'écran pendant qu'il continue de laper ma chatte.

Un nouvel orgasme me parcourt de la tête aux pieds et il me lèche avec frénésie. Il déclenche une seconde réplique qui me rend pantelante. Waouh! Ce mec est un Dieu du sexe. Oh, oui, vraiment! Je sens sa queue à l'entrée de mon vagin et il donne un coup de reins surpuissant. Je crie une nouvelle fois de plaisir quand il se retrouve au plus profond de moi. Il va me faire mourir de plaisir.

— Déchaîne-toi, mon lion ! Je veux oublier toutes ces heures sans toi dans mon lit.

Je le vois jeter le portable et agripper mes hanches pour les maintenir en place. Il a juste baissé son jean et son boxer pour libérer sa queue. Je croise mes jambes derrière ses fesses et j'entends ses testicules frapper ma peau chaque fois qu'il se retrouve à frôler mon point G.

Il ne me faut pas longtemps pour m'envoler de nouveau. Il me rejoint avant de m'embrasser avec passion en continuant à bouger en moi.

— Est-ce que le round un t'a plu ?

— Phénoménal ! Laisse-moi un peu de temps et on y retourne.

Il m'embrasse de nouveau et ses mains viennent cajoler les courbes de mon corps ainsi que mes seins. Le provoquer va devenir mon sport préféré si j'ai droit à ce traitement à chaque fois. Il se décale légèrement et me regarde avec un sourire malicieux.

— J'avais dit que tu aurais une fessée après ce nouvel article. Tu t'es mise en danger, panthère. Mais j'ai une excellente nouvelle. Nous n'aurons plus besoin d'attendre mes fins de garde pour que je bouffe ta chatte.

Je sens le coup foireux arriver. Qu'est-ce qu'ils ont inventé ?

— Qu'est-ce que tu veux dire ?

— Nous n'avons pas trouvé d'autres solutions pour te protéger. Tu vas emménager avec nous à la BE 75.

— Hors de question !

— Ce n'était pas une question. Maintenant, ces quatre jours vont me permettre de te convaincre.

Il m'empêche de répondre d'un baiser et son membre recommence à coulisser en moi. Il va avoir ma peau.

***

Je n'en reviens pas qu'ils aient réussi à me convaincre de poser les valises à la BE 75. Je dois les rejoindre après mon rendez-vous chez le médecin.

Je suis tellement crevée que ma meilleure amie, qui arrive finalement la semaine prochaine, m'a conseillé de voir mon médecin traitant. J'ai déjà eu un rendez-vous avec lui hier et il m'a prescrit des analyses de sang approfondies. Je ne sais même pas ce qu'il a testé, je n'y connais absolument rien dans le charabia médical. Si Noa était là, elle aurait pu me faire un compte rendu détaillé.

Voilà comment je me retrouve devant cet homme de quarante ans en train de patienter pendant qu'il lit mes résultats d'analyse. J'en profite pour le détailler un peu et avouons-le, me rincer l'œil. Ce mec est une vraie gravure de mode.

— La cause de votre fatigue est facilement identifiable, Mademoiselle Marty. Je vous présente toutes mes félicitations.

Pourquoi me félicite-t-il ? Est-il sous l'effet de substances non autorisées ? Je ne comprends absolument rien à son discours. Il doit s'en apercevoir, car il ajoute dans la foulée.

— Vous êtes enceinte. D'après les taux, c'est très récent. Quand avez-vous eu vos règles pour la dernière fois ?

J'écarquille les yeux et je tente de me souvenir. Son annonce me fait l'effet d'une bombe. Je commence à bégayer.

— C'est impossible. Je suis très prudente et je n'oublie jamais de prendre ma pilule.

— L'analyse de sang est formelle. Vous attendez un bébé. Avez-vous une vie sexuelle active ?

— Oui, ma vie sexuelle est active.

Je ne peux pas lui avouer qu'elle est plus qu'active. Quand nous nous retrouvons, Clément et moi passons l'essentiel de notre temps au lit. Bordel ! Nous avons fait un bébé alors que je prends la pilule.

— Il y a forcément une erreur, Docteur. Je prends la pilule depuis des années. Je n'oublie jamais.

— Je comprends votre étonnement si c'est une grossesse non désirée.

Tu parles qu'il comprend mon étonnement ! J'ai failli mourir d'une crise cardiaque à son annonce.

— C'est impossible. Vraiment impossible !

— La pilule n'est pas un moyen de contraception efficace à 100 %.

— Quel est le moyen de contraception le plus fiable alors ?

J'aurais dû lui poser cette question avant ou nous n'aurions pas dû supprimer les préservatifs. Qu'est-ce que je vais faire avec un bébé ?

— L'abstinence ou la ligature des trompes.

— Quoi ?

Mon médecin me sourit avec bienveillance et répond à ma question.

— Vous m'avez demandé le moyen de contraception le plus efficace. Il n'en existe que deux d'infaillibles. L'abstinence et la ligature des trompes.

Est-ce qu'il se fout de moi ? À son visage, je remarque qu'il est sérieux. L'abstinence, ce n'est pas envisageable. La ligature des trompes, non plus ! Je souhaite avoir des enfants un jour. Juste pas maintenant !

— Qu'est-ce que je vais faire ? Avoir un bébé ne figurait pas dans mes projets à court terme.

— Prenez le temps de digérer cette nouvelle inattendue et revenez me voir. Si vraiment vous ne voulez pas de cet enfant, il y a des solutions.

Je hoche tristement la tête avant de payer la consultation et de m'enfuir le plus loin possible de son cabinet. Je reprends mon souffle uniquement quand je suis installée dans ma voiture. Je me laisse aller contre le volant et je pleurerais presque si la situation n'était pas aussi grotesque.

Comment est-ce que je peux me retrouver enceinte ?

Si tu as besoin d'un dessin, je peux de le faire. Relations sexuelles intensives avec Clément. Tout est dit !

Arrête de te foutre de moi ! Je sais très bien que le père de ce bébé est Clément. Nous avons arrêté le préservatif très tôt dans notre relation pour en profiter pleinement. Je prends la pilule, bordel !

Je panique. Dans la logique, c'est ma sœur aînée, Amandine, qui devrait se retrouver enceinte. Elle a une relation suivie avec son mec et c'est la plus grande de nous deux. Je sais que je réagis comme une gamine, je ne peux pas m'en empêcher.

Je dois me rendre à la BE 75. Comment vais-je réussir à affronter le regard d'Amandine et surtout celui de Clément ?

Chapitre 17

Clément

Je regarde Alex du coin de l'œil et je m'aperçois qu'elle fuit clairement mon regard. Je ne sais pas ce qui lui arrive, mais elle est extrêmement silencieuse. Elle répond par monosyllabes même à sa sœur.

À quoi t'attendais-tu ? Je te rappelle, à toutes fins utiles et pour t'aider à y voir clair, que vous ne lui avez pas laissé le choix.

Qu'est-ce que tu racontes ? Elle a accepté de nous rejoindre de son plein gré.

Tu sembles vraiment avoir la mémoire courte ! As-tu oublié vos discussions animées de ces quatre derniers jours ? Le seul moyen que tu as trouvé pour la calmer était de lui sauter dessus et de la faire crier de plaisir. Tu lui as arraché un oui après plusieurs orgasmes. Elle était tout simplement épuisée.

Je suis persuadé qu'elle a compris mes arguments. Sa sécurité est plus importante que son indépendance. Son rédacteur en chef est très inquiet après plusieurs messages de haine et des menaces qu'elle a reçus.

— Alexandra, arrête de tirer cette tronche ! J'ai l'impression de retrouver l'adolescente en face de moi. Tu faisais exactement cette tête quand notre père t'ordonnait de faire quelque chose ou de rester à la maison.

— Il me reste le secret espoir de faire le mur alors.

Si elle croit qu'elle sera seule dans sa chambre, elle ne me connaît pas. J'ai bien l'intention de la rejoindre dès que les autres dormiront. Je ne peux pas lui répondre.

— Ne m'oblige pas à dormir avec toi pour être sûre que tu restes dans ta chambre !

Adrien fusille Alexandra du regard quand sa chérie suggère qu'elle va dormir avec sa sœur. Il ne semble pas du tout d'accord et ne se gêne pas pour lui faire savoir.

— Si tu ne veux pas être raisonnable, Alexandra, je n'aurai pas d'autre choix que de te menotter aux barreaux du lit. Je ne veux pas m'inquiéter que tu sortes d'ici quand nous serons en intervention.

Je n'écoute même pas la fin de la phrase de mon pote. J'ai disjoncté à « menotter aux barreaux du lit ». Je l'imagine prisonnière et à ma merci. Si je continue de la visualiser, ma queue va percer ma tenue noire.

— Pas besoin de menotter Alex aux barreaux du lit, je me propose de lui tenir compagnie pour qu'elle ne s'échappe pas.

J'ai envie de sauter sur Nico, de l'attraper par son vêtement pour le coller contre le mur. Je m'aperçois une nouvelle fois qu'Alexandra n'a pas réagi une seule fois. Ni à Adrien, ni à Amandine, ni à Nico. Ce n'est vraiment pas dans ses habitudes de ne pas répondre quand on la provoque.

Tu oublies qu'elle a rappelé à Amandine l'histoire du mur.

Oui, mais elle ne l'a pas appuyée comme d'habitude. Elle aurait envoyé bouler Adrien et ses menottes. Là, rien du tout ! C'est comme si elle était aux abonnés absents.

La sonnerie de la brigade retentit et met fin à mon observation. Nous sommes appelés sur une nouvelle mission. Il n'y a pas une seconde à perdre pour nous rendre au centre de commandement.

— Alexandra, tu restes ici ou dans ta chambre. Interdiction de quitter les locaux de la brigade !

Elle lève les yeux pour affronter le regard d'Adrien. Je crois qu'il y a été trop fort et qu'il va se prendre un retour de bâton.

— Oui, papa ! Est-ce que je suis autorisée à aller au petit coin ?

Elle prend une voix de gamine pour tenir tête à mon pote. Je retrouve ma panthère et j'étouffe un sourire derrière ma main. Je vois que les gars font de même.

— Tu as très bien compris ce que je voulais dire, Alex, alors n'en rajoute pas.

— Est-ce qu'Amandine aime quand tu prends ta grosse voix et que tu lui donnes des ordres ? Avec moi, ça ne marche pas.

Il se pince l'arête du nez dans un effort pour rester calme.

— Je n'ai pas de temps à perdre. Nous sommes attendus pour une nouvelle mission. Alex, je veux te retrouver dans ta chambre quand je reviens.

— Euh, tu es le mec de ma sœur. Donc c'est non.

Mon pote ne comprend pas ce qu'elle veut dire. Forcément, il ne manie pas l'art du second degré.

— Qu'est-ce que tu veux dire encore ?

Il ne pige vraiment pas et semble complètement perdu. Je vole à son secours.

— C'est juste que tu as dit que tu veux retrouver Alex dans sa chambre quand tu reviens. Elle t'a simplement pris au mot.

Je reprends mon masque de flic alors que j'aurais voulu connaître le fond des pensées de ma panthère. Je n'aime pas la tournure que prennent les événements ce soir.

— Nous devons aller au centre de commandement. Je n'ai pas le temps pour des enfantillages. Alex, tu as très bien compris ce que je voulais dire.

— Bien sûr, lieutenant Laval ! Tu te répètes. C'est trop drôle de te faire marcher.

Elle n'en rajoute pas plus et n'en fait pas des caisses. Elle ne cherche pas à accrocher mon regard et joue avec sa nourriture. Elle a à peine touché à son assiette et n'est pas inspirée par ce qui s'y trouve. Une nouvelle fois, je me demande ce qui lui arrive.

Je ne peux absolument pas percer ce mystère dans l'immédiat. Jerem me pousse pour que nous partions retrouver notre capitaine. Ne t'inquiète pas, ma panthère ! Je m'occuperai de résoudre cette énigme à mon retour.

Je te redonnerai le sourire ou je ne m'appelle plus Clément Mattieu.

J'arrive dans la salle de commandement et je découvre Adrien en grande discussion avec Daniel. Notre capitaine passe de plus en plus de temps à la brigade.

— Bonjour à tous. Une nouvelle mission de la plus haute importance nous attend. Vous allez devoir descendre dans le sud de la France pour sécuriser une frontière. Nous avons appris que des réseaux clandestins font passer des migrants par cette entrée.

Encore une mission qui devrait revenir à la police des frontières et non à la BE 75 ! Est-ce qu'il y aurait des restrictions budgétaires dont nous ne sommes pas au courant pour justifier que nous intervenions sur des tâches qui ne sont pas les nôtres ?

— Vous partez dans vingt minutes dans un avion spécialement affrété par le ministère de l'Intérieur.

Quand on parle d'un avion spécialement affrété par le ministère de l'Intérieur, il ne faut pas s'attendre à un avion luxueux. Nous nous retrouvons dans un vieux coucou qui nous emmène tout de même à destination. Nous sommes bien entendu chahutés et c'est une chance si nous ne vomissons pas tous nos boyaux.

— Punaise, c'est quoi ce bordel ? En plus d'être mal payés, nous allons finir par nous crasher.

— Que veux-tu... Il n'y a vraiment plus aucune considération pour la crème de la crème.

Je ne participe pas aux échanges entre Romain et Jerem. Mon esprit retourne auprès d'Alex qui n'était vraiment pas dans son assiette ce soir. Je me retiens de sortir mon portable pour lui envoyer un message. Adrien se tient à côté de moi et je n'ai pas envie qu'il puisse avoir un doute sur notre relation.

— Impossible de dormir dans cette carlingue !

Je me tourne vers Nico qui peste. Je lui fais un clin d'œil.

— Heureusement que les rédacteurs du blog ne peuvent pas t'entendre ! Ils n'hésiteraient pas à dire que nous sommes des nantis qui voyagent sur le dos des contribuables.

— Toi, n'en rajoute pas ! Tu devrais être plus assidu dans ton travail avec Alexandra pour que nous avancions sur cette résolution.

Au contraire, il est très assidu avec Alexandra. Juste pas dans le sens où vous l'entendez ! Il est très assidu avec ses seins, sa bouche, sa chatte. Il aimerait bien devenir assidu avec son derrière, mais le grand clown n'ose pas.

— D'ailleurs, en parlant d'Alex, est-ce que vous ne l'avez pas trouvée bizarre ? Toi qui connais ta sœur par cœur, Amandine, qu'est-ce qu'elle avait ?

Je pivote vers ma meilleure amie et je remarque à quel point elle est pâle. Il faut dire que nous sommes vraiment secoués dans ce vieux coucou. Elle nous fait signe qu'elle ne peut pas vraiment parler. Adrien passe un bras autour de ses épaules et l'attire contre lui pour l'apaiser.

— Tu devrais faire attention, mon pote. Tu vas te retrouver avec du vomi partout sur ta tenue. Quoi que, à bien y réfléchir, ça fera peut-être fuir nos adversaires de la nuit.

— Ce ne sera pas aussi simple, Clément. Je pense qu'ils ont survécu à tant de choses que ce n'est pas le vomi d'Amandine qui va les faire fuir.

— On se calme. Tout est toujours dans mon estomac.

Nous éclatons de rire au moment où l'avion fait de nouveau des siennes. Franchement, c'est à se demander s'ils ne sont pas en train de recycler des avions de guerre. Tous les budgets sont revus à la baisse alors ils font des économies comme ils peuvent.

Trente minutes plus tard, nous arrivons enfin sur le tarmac en un seul morceau et sans aucun d'entre nous n'ait eu besoin du sac en papier. Un véritable exploit vu les conditions de vol !

Deux voitures nous attendent et cette fois-ci, pas de van sécurisé ! Amandine ne pourra pas analyser toutes nos conversations. Adrien n'a pas besoin de lui rappeler qu'elle doit absolument rester au fin fond d'une des voitures blindées.

Il nous faut une dizaine de minutes pour arriver sur place et nous comprenons immédiatement l'urgence. Six compagnies de CRS bataillent déjà contre des centaines de personnes qui tentent de passer par-dessus les barrières. Qu'attendent-ils de nous ? Que veulent-ils que nous fassions ?

Ces gens ne sont même pas armés. Il y a de jeunes enfants, des adolescents, des hommes et des femmes. Leurs visages sont marqués par le long trajet qu'ils viennent d'effectuer. Je n'ai pas le droit de me laisser attendrir. Mes frères d'armes et moi sommes là pour les empêcher d'entrer sur notre territoire. Que nous partagions l'opinion de nos responsables ou pas, nous devons faire notre travail. Nous avons reçu l'ordre de les repousser.

— Comment procédons-nous ?

— Je ne sais pas encore. Attendez-moi quelques minutes, je vais discuter avec les responsables en charge de l'opération. À moins que la responsabilité nous revienne maintenant que nous sommes arrivés !

Je regarde Adrien s'éloigner et j'en profite pour observer les lieux avec mes frères d'armes. Je suis incapable de dire combien de personnes se trouvent de l'autre côté des grillages. Une chanson me revient à l'esprit. Une chanson qu'écoutait énormément ma mère adoptive. Elle adorait ce chanteur et les chansons de Yannick Noah ont rythmé mon adolescence.

Partager le même soleil

S'éveiller sous le même arc-en-ciel

Espérer la même lumière

Redessiner d'autres frontières

Où sont les différences dans les cœurs des enfants

De là-bas ou d'ailleurs, d'hier ou maintenant

L'autre est de mon rang, de mon sang, c'est un frère

Il n'y a, vu du ciel, aucune ligne sur la Terre

Je ne sais pas pourquoi j'y pense alors que je suis ici pour exécuter mon travail. Pourquoi devons-nous ériger des barrières ?

— Pourquoi devons-nous repousser des gens qui sont si démunis et en souffrance ?

— Parce qu'on ne peut pas tous les accueillir malheureusement.

Je ne m'étais même pas rendu compte que je m'étais exprimé à voix haute.

— Je te comprends, mon pote. Moi non plus, je n'ai aucune envie de repousser des femmes, des enfants, des personnes âgées. La plupart viennent de vivre un enfer pour traverser un continent, une mer.

— Et nous leur faisons comprendre qu'ils ne sont pas les bienvenus.

Nous entendons alors la voix fluette d'Amandine résonner dans nos écouteurs.

— Au lieu de les chasser quand ils sont arrivés, il faudrait tout simplement leur donner envie de rester dans leur pays. Faire les investissements nécessaires pour qu'ils n'aient plus envie de traverser une mer ou un océan.

— C'est de l'utopie, tu le sais bien. Nous sommes là pour faire le sale boulot et nous n'avons pas d'autre choix.

Voir tous ces visages me bouleverse. Voir le visage des petites filles et des petits garçons me prend aux tripes. Qu'est-ce que je serais devenu s'il n'y avait pas eu mon père et ma mère adoptifs ? Je me serais retrouvé dans un orphelinat sans aucune chance de m'en sortir avec pour seuls bagages mes mauvais souvenirs.

Je ferme les yeux pour reprendre une contenance. Ce n'est absolument pas le moment de replonger dans le passé, dans l'enfer de mon passé. Le retour d'Adrien me remet dans le présent.

— Est-ce que vous vous souvenez de l'intervention que nous avons faite avec les migrants à Paris ?

— Oui, nous avions dû aider la police à évacuer la place et à les faire monter dans un bus.

— Nous devons faire exactement la même chose ici. L'exécutif ne veut pas de vague et ne souhaite surtout pas d'images où des femmes et des enfants sont repoussés loin des barrières.

— En fait, nous évacuons les personnes vers des camps pour qu'elles soient prises en charge avant d'être renvoyées vers leur pays quand les caméras seront loin.

— Tu as parfaitement résumé la situation, mon pote.

— Pourquoi est-ce que j'ai l'impression d'être plus utile quand nous combattons des terroristes ?

J'ai lancé l'interrogation en l'air et Nico me répond dans la seconde.

— Parce que tu combats vraiment des fanatiques qui veulent s'en prendre à la sécurité de notre pays.

Nous exécutons notre mission, la mort dans l'âme. Je ne me suis pas engagé dans une unité spéciale pour gérer ce type de situation. Cette évacuation de nuit nous prend des plombes et nous rentrons à notre entrepôt au petit matin. Nous n'avons pas pu prendre de repos dans notre avion de fortune.

J'espère que nous allons au moins réussir à dormir quelques heures avant que la prochaine mission s'enchaîne. J'aimerais m'enfoncer dans la chatte d'Alexandra pour oublier ce que je viens de voir. Impossible pour le moment, car Amandine a décidé de passer voir sa sœur ! Nous la voyons revenir complètement catastrophée.

— Elle n'est pas dans sa chambre. Où est-elle passée ?

Adrien serre les poings avant de marmonner dans sa barbe naissante.

— Je lui avais pourtant ordonné de rester dans l'entrepôt. Pourquoi les sœurs Marty ne m'écoutent-elles jamais ?

— À ce rythme, tu vas finir par avoir des cheveux blancs avant l'heure !

— Ce n'est pas drôle, Romain. Je voulais prendre du repos et je vais devoir chercher mademoiselle la journaliste je-n'en-fais-qu'à-ma-tête.

Victor a entendu notre conversation et nous rejoint.

— Ne vous inquiétez pas ! Alexandra est toujours dans l'entrepôt. Depuis votre départ, aucune des portes n'a été ouverte.

Je pousse un putain de soupir de soulagement. Il ne me reste plus qu'à la retrouver et à lui demander des explications sur son comportement. Si elle veut m'en donner !

Nous n'avons pas fini d'en baver avec elle. J'ai un avantage de taille par rapport à mes frères d'armes. Je dispose d'une arme pour l'amadouer, une arme qui ne demande qu'à se retrouver au plus profond d'elle pour la dompter et lui passer l'envie de se cacher.

Chapitre 18

Alexandra

Je ne sais plus où j'en suis depuis l'annonce du médecin. Je suis dans cet entrepôt depuis des heures. Je n'avais pas envie de m'allonger sur le lit. Je suis descendue marcher comme je suis retenue prisonnière dans la BE 75.

Moi, enceinte ! Je n'en reviens toujours pas de cette nouvelle. Je ne suis même pas en couple. Je m'envoie juste en l'air avec le même mec depuis plusieurs semaines. Je ne suis vraiment pas la candidate parfaite pour devenir maman.

Je commence à hyperventiler en prononçant le mot maman. Mon corps est parcouru de palpitations et j'ai du mal à respirer. Ce n'est pas possible, c'est un cauchemar. Je ne peux pas être sérieusement enceinte.

Mon portable vibre une nouvelle fois dans ma poche. J'ai peur que ce soit Clément qui m'envoie des messages. Qu'est-ce que je peux lui dire ? Oh, c'était trop génial de te faire des pipes et que tu t'enfonces profondément en moi sans préservatif ! Surprise ! Dans huit mois, tu seras papa.

Au moins, tu sais qui est le père. Connaissant ton style de vie habituel, tu aurais pu avoir un doute.

Ah, toi, la moralisatrice à deux balles, tu la fermes ! Je ne veux même plus t'entendre. Mon smartphone vibre de nouveau et je le sors de ma poche. C'est ma meilleure amie.

— Bonjour, Noa, comment vas-tu ?

— Bonjour, mon Alex. J'ai cru que tu n'allais jamais décrocher ce foutu téléphone. J'ai une grande nouvelle à t'annoncer.

— Je doute qu'elle fasse concurrence à la mienne.

Je n'ai pas pu m'empêcher de lâcher cette phrase.

— On va voir. J'ai enfin terminé mes bagages et le directeur de la clinique m'a officiellement donné mes trois derniers jours. Je suis en vacances avant de démarrer mon prochain job dans deux semaines à Paris. Elle n'est pas belle, ma nouvelle ?

— Elle est géniale !

— Alors, de ton côté, quelle est cette grande nouvelle qui fait concurrence à la mienne ?

Je ne sais même pas si j'ai envie de prononcer les mots à haute voix à destination de quelqu'un d'autre.

— Ah, non, tu ne me fais pas languir ! Accouche tout de suite !

J'éclate d'un rire nerveux. Autant lui avouer et voir comment elle réagit !

— Il serait préférable que je n'accouche pas tout de suite. Noa, je suis enceinte. Je peux te jurer que ce n'était pas prévu.

Seul le silence me répond de l'autre côté. Elle semble surprise autant que je l'ai été dans le cabinet de mon médecin.

— Quoi ? Est-ce que j'ai bien entendu ?

L'incrédulité est palpable dans sa voix. Elle est aussi choquée que moi par cette nouvelle invraisemblable.

— Si tu as entendu que je suis enceinte et que ce n'était pas prévu, tes oreilles sont opérationnelles à 1000 %.

— Oh, merde ! Enfin, je ne sais pas. Est-ce qu'on doit se réjouir de la nouvelle ou pas ?

— Je ne sais pas, Noa, je suis perdue. Je ne sais même pas comment il va réagir.

— Par il, tu veux dire le beau gosse policier ?

— Oui... Je n'imagine même pas la réaction d'Amandine quand elle va découvrir que je suis enceinte et qu'elle va comprendre que son meilleur ami et moi avons couché ensemble.

— Pffff, tu es dans de beaux draps avec ta sœur. Ce n'est peut-être pas le plus important aujourd'hui.

Je recommence à hyperventiler et la panique me gagne.

— Ce n'est pas possible, je ne suis pas prête. Je suis trop jeune pour avoir un bébé aujourd'hui. Trop, trop, trop jeune. Je ne peux pas, Noa.

— Respire, Alex, respire. Ce n'est pas le moment de partir dans tous les sens. Tu as plusieurs solutions, tu sais.

Je ne pensais pas avoir ce genre de conversation un jour avec ma meilleure amie.

— Je suppose que tu en voies souvent passer des femmes qui tombent enceintes par accident et qui ne veulent pas du bébé.

— Oui, j'en vois souvent dans mon boulot. Comme je dis toujours dans ces cas-là, il faut prendre le temps de la réflexion. Qu'est-ce que tu veux faire, Alex ? Tu as toujours la possibilité d'avorter.

— Je pense que je dois d'abord en discuter avec Clément. Il est autant concerné que moi.

— Oui et non. C'est toi qui vas porter ce bébé. C'est à toi de savoir si tu veux porter ce bébé et tu ne dois laisser personne influencer ton choix. C'est ton ventre et ta vie.

Je comprends pour quelle raison ma meilleure amie me rappelle que je suis la seule à décider. Elle est infirmière et sa préoccupation première va toujours vers la maman.

— Je te remercie, Noa. Ton soutien m'est si précieux et j'ai hâte de te revoir. Tu me manques tellement.

— Ah, c'est ici que tu te cachais !

Je lève les yeux et je croise le regard furieux de Clément. Qu'est-ce qui lui arrive ? Ce n'est pas à lui d'être furieux, mais à moi ! Il a planté ses spermatozoïdes sans autorisation dans mon utérus.

— Je dois te laisser, Noa. À très vite.

Je raccroche mon smartphone avant de m'adresser à Clément. Ce n'est pas le moment de me chercher, le beau gosse aux yeux verts !

— Je ne me cachais pas, je suis juste descendue marcher dans l'entrepôt. Il ne me semblait pas que c'était interdit. Ou suis-je cantonnée à passer de la cuisine à ma chambre puis de la chambre à la cuisine ?

— Nous revenons juste de mission et Amandine est complètement paniquée de ne pas te trouver dans ta chambre.

Si tu crois qu'elle panique maintenant, qu'est-ce que ça va être après la grande nouvelle ? Je devrais peut-être commander le masque à oxygène avant de la mettre au courant.

Je n'ai pas envie d'être conciliante avec lui. Si je me retrouve dans cette situation, c'est à cause de lui et de sa soudaine envie de se passer de préservatif pour mieux sentir ma chatte qui encerclait sa queue.

Tu ne peux pas tout lui mettre sur le dos ! Tu étais d'accord pour coucher avec lui sans protection.

Je n'ai pas couché avec lui sans protection. Je prends la pilule depuis plus de dix ans.

— Bordel, Alexandra, tu pourrais me répondre ! Je te dis que ta sœur panique, car tu n'étais pas dans ta chambre et toi, tu restes silencieuse. En fait, tu te cachais ici pour passer des appels à Noah.

Je rêve ou il a accentué le prénom de ma meilleure amie ? Hors de question qu'il me prenne la tête ! Je n'ai même pas envie de lui répondre, je suis fatiguée. Oui, je suis épuisée par toutes les émotions en forme de montagnes russes que j'éprouve depuis mon rendez-vous chez mon médecin traitant.

Je ne prends pas la peine de lui répondre, je le contourne pour atteindre l'escalier. J'aurais dû me douter qu'il n'allait pas me laisser partir aussi facilement. Au moment où je le dépasse, il saisit mon poignet et me fait pivoter doucement.

— Qu'est-ce qui t'arrive, panthère ? Tu n'es plus toi-même depuis ton arrivée à la BE 75. Tu m'aurais rué dans les brancards en temps normal.

Un bon point pour lui ! Il essaie de comprendre ce qui m'arrive. Je ne suis pourtant pas décidée à lâcher le morceau. Pas tant que je ne saurai pas où je vais.

— Peut-être que je n'aime pas cette impression d'être votre prisonnière. Regarde, tu me prends la tête, car je suis descendue dans l'entrepôt. Je suis toujours au sein de la BE 75 alors pourquoi me prendre le chou ?

— Pourquoi ne veux-tu pas comprendre que nous essayons surtout de te protéger ? Nous avons peur pour toi à cause de ton dernier article. Ils étaient déjà furieux après toi alors je n'imagine même pas les conséquences de cette nouvelle parution.

Je vois qu'il fait de grands efforts pour rester calme. Je remarque aussi ses traits tirés. J'oublie qu'il revient juste de mission et qu'il a certainement peu dormi. Je pose une main sur son avant-bras en signe d'apaisement.

— Je comprends ce que tu veux dire et je te promets de faire des efforts. Tu devrais aller dormir.

— Est-ce une invitation à rejoindre ton lit ?

Je lui décoche un clin d'œil complice. Je suis toujours fâchée après lui, mais je n'ai pas envie de faire la tête pendant des heures. Et, il faut bien avouer qu'il est craquant à s'inquiéter pour moi. J'ai l'impression de changer d'avis comme de chemise. Est-ce l'effet de ces foutues hormones de grossesse ou juste des phéromones que dégage Clément ?

— Même si je le voulais, tu n'en auras sûrement pas l'occasion. Je te parie qu'Amandine est dans la cuisine et m'attend de pied ferme pour m'engueuler. Elle faisait toujours ça quand je faisais le mur et qu'elle le découvrait avant mes parents. Elle me couvrait, mais se chargeait de me faire la leçon de morale à mon retour.

— Tu as raison, elle fait certainement les cent pas en t'attendant ou elle te cherche dans les moindres recoins de la BE 75.

Je m'apprête à monter les escaliers quand il me pousse le long du mur.

— Nous n'avons pas beaucoup de temps avant d'être découverts alors ne perdons pas la moindre seconde.

Je n'ai pas le temps de répliquer que ses lèvres s'écrasent déjà sur les miennes. Mes hormones culminent subitement au plafond et je lui rends son baiser avec ferveur. Il a beau être celui qui est responsable de mon état, je ne peux pas nier que j'adore ses baisers. Sa langue est à la fois possessive, intrusive et caressante. Je ne peux pas m'empêcher de gémir contre lui et je commence à onduler du bassin. Il s'écarte de moi hors d'haleine et me repousse légèrement.

— Attention, Alex ! La réaction de mon corps va me trahir si nous croisons les autres. On va calmer le jeu avant de remonter.

— Je pensais qu'un flic d'élite comme toi n'avait pas peur de prendre des risques.

— On parle de ta sœur, là ! Si elle comprend que je t'ai touchée, elle va me couper les couilles.

Un rire nerveux m'échappe. Si jamais elle découvre mon secret, il va devoir constamment garder les mains devant son entrejambe. Je tente néanmoins de le rassurer.

— Si j'étais toi, je ne me ferais pas trop de souci pour ma virilité. Adrien ne laissera jamais sa chérie voir les attributs d'un autre mâle.

— Tu as raison ! Mais il serait capable de me couper les couilles lui-même pour éviter qu'elle les voie.

— Tu n'as peut-être pas tort. Merci de t'être inquiété ! C'est juste un petit peu de fatigue et d'énervement face à la situation.

Il va croire que je parle de mon emménagement à la BE 75 alors que je parle du cataclysme de ma grossesse. Je claque un baiser sur sa bouche avant de monter les escaliers. Je ne me laisse pas distraire cette fois-ci, je grimpe les marches courageusement jusqu'à pousser la porte. Je sors tout près de la cuisine et comme je m'y attendais, Amandine est assise en compagnie d'Adrien. J'essaie de faire profil bas et de filer sans qu'ils s'aperçoivent de ma présence. Ils sont plongés en pleine conversation.

Si je reste silencieuse, ce n'est pas le cas de Clément. Il entre en sifflotant dans la cuisine et trahit bien évidemment notre présence.

— Alexandra !

La voix de ma sœur aînée me cloue sur place comme lorsque nous étions adolescentes. Punaise, elle va me faire un remake ! Je pivote et les regarde tous dans les yeux. Je n'ai absolument pas envie d'être diplomate.

— Je retourne dans ma cellule. J'étais juste sortie pour ma promenade quotidienne.

Je me tourne de nouveau et me dirige vers les escaliers. Je n'ai aucune intention de rester discuter avec eux. Je suis fatiguée et je désire juste m'allonger. J'irai au journal cette après-midi.

J'entends des murmures et des éclats de voix. Je ne prête pas attention à ce qui se dit ou à ce qui se passe. Je veux juste me retrouver seule pour réfléchir à ma situation actuelle.

Si tu avais réfléchi avant, tu n'en serais pas là.

J'ai décidé de ne plus prêter attention à cette moralisatrice. J'ouvre la porte de la chambre avant de la refermer. J'enlève mes chaussures et je m'allonge sur le lit. Je ferme les yeux, je sens de grosses larmes couler le long de mes joues. Je suis si lasse.

— Pourquoi ne veux-tu pas parler avec moi ?

Je n'avais même pas entendu Amandine entrer dans la chambre. J'essuie les larmes qui coulent, elle s'aperçoit de mon geste.

— Alexandra, qu'est-ce qui t'arrive ?

— J'ai juste besoin de me retrouver seule. Est-ce que tu peux partir, s'il te plaît ?

Elle secoue la tête et s'approche de mon lit. Elle s'assoit et m'observe avec inquiétude.

— Tu sais que tu peux tout me dire. Je suis ta grande sœur, je suis toujours là pour toi. Je ne pensais pas que toute cette histoire t'avait autant chamboulée. Tu te montres toujours si forte que j'en oublie parfois que tu es fragile.

— J'ai juste un petit coup de mou. S'il te plaît, j'ai besoin de dormir et de réfléchir.

— Est-ce que tu me le dirais si tu avais un gros problème ? Tu sais à quel point je t'aime.

— Oui, je le sais. Je te promets de t'expliquer quand j'aurai pris une décision.

Ou tu as toujours l'option d'attendre d'avoir accouché pour lui annoncer qu'elle est tata. Peut-être que le bébé ne ressemblera pas trop à Clément !

Je ne sais même pas si j'accoucherai. Je dois prendre cette décision sur mon avenir. Je veux la prendre seule sans aucune distraction.

Chapitre 19

Clément

— Je te remercie, Noa. Ton soutien m'est si précieux et j'ai hâte de te revoir. Tu me manques tellement.

Je n'arrête pas de penser à la phrase que j'ai entendue au moment où j'ai surpris Alexandra. Deux jours que je ressasse cette phrase.

Qui est ce Noah ? Elle ne m'a jamais parlé de lui. J'avais envie de la clouer au mu, de m'enfoncer en elle et de lui demander des explications. C'est un truc de fou. Je m'imagine enfoncé en elle jusqu'à la garde en train de lui demander qui est ce Noah de malheur.

Tu deviens un mec hyper jaloux dès qu'il s'agit d'Alexandra. Tu ne supportes pas qu'elle puisse penser à un autre mec. Que ce soit Kevin ou bien Noah ou bien un autre pompier ! Tu es incapable de te contenir dès qu'il s'agit de visualiser Alex avec un autre mâle. Je ne sais même pas ce que tu ferais si tu les imaginais dans un lit en pleine action, leur queue profondément dans sa chatte.

Peux-tu arrêter de me provoquer sans cesse avec ce type d'images ?

Peut-être voudrais-tu les rejoindre dans le lit et baisser ton boxer pour qu'elle te prenne en bouche pendant que tu regarderais l'autre type la remplir...

Je ne peux pas m'empêcher de balancer une droite d'une extrême violence et c'est Nico qui en fait les frais. Il est totalement déséquilibré et se frotte le visage.

— Punaise ! Qu'est-ce qui t'a pris ?

Je m'en veux immédiatement de l'avoir frappé plus violemment que je le souhaitais. Je ne veux pas perdre la face et je n'hésite pas à le charrier.

— Je te rends un service, mon pote. Les combats sont de plus en plus acharnés sur le terrain. Alors tu dois apprendre à être prêt à chaque instant.

— Nous ne sommes pas supposés nous envoyer au tapis pour nous faire aussi mal.

— Peut-être que c'est un tort et que nous devrions nous entraîner plus durement.

Adrien s'approche et prend part à la conversation. Je sens que je vais passer un mauvais quart d'heure.

— Je ne pense pas que vous entraîner plus durement les uns contre les autres soit la solution. Nous sommes tous dans le même bateau et si vous êtes grièvement blessés, vous ne pouvez pas venir en intervention. Tu vas me faire le plaisir de te calmer, Clément. Est-ce que tout va bien, Nico ?

— Oui, tout va bien. Mais je ne suis pas contre un câlin d'Amandine pour me réconforter.

— Si tu t'approches de ma chérie, c'est moi qui utilise mon poing.

— Et après, il ne faut pas de violence entre nous ! Notre doudou montre vraiment l'exemple.

Je ne peux pas m'empêcher de me moquer de mon frère d'armes. Je sais qu'il ne va pas apprécier, mais il faut que je reprenne mon masque de clown.

— Bon, si tu ne veux pas que je fasse un câlin à Amandine, je vais demander à Alex de me consoler.

Cette fois-ci, c'est moi qui suis à deux doigts de lui mettre une nouvelle droite. Je regarde Alex qui discute avec Amandine et qui ne semble vraiment pas dans son assiette. Elle me fuit depuis que nous sommes à la BE 75. Moi qui pensais pouvoir m'enfoncer dans la chaleur accueillante de sa chatte, j'en suis pour mes frais. Elle ne me laisse pas l'approcher d'un millimètre. Bon, il faut dire que nous enchaînons les interventions et que nous nous croisons vraiment peu.

Je l'observe et me demande une nouvelle fois ce qui lui arrive. Ce soir, je compte bien avoir des réponses à mes questions. Sauf si cette foutue sirène retentit! Ma meilleure amie m'a confié être très inquiète pour sa sœur sans me donner plus de détails. Ça me rend fou de ne pas pouvoir aider Alex alors que je vois clairement qu'elle ne va pas bien.

Tout à coup, je ressens une douleur aiguë à la joue. Je viens d'encaisser une droite carabinée de la part de Jerem. J'étais tellement absorbé dans mes pensées et dans la contemplation d'Alex que je n'ai pas vu qu'il était monté sur le ring à la place de Nico. J'entends Adrien rugir pendant que je me frotte la joue avec mon gant.

— Une erreur d'inattention de ce style te coûte la vie sur le terrain. Punaise, sois concentré! T'es plus tête en l'air qu'une gonzesse!

Je déteste que mon pote me remette à ma place de cette manière surtout devant ma panthère. Je me retiens de lui répondre, car je sais qu'il a raison et je n'oublie pas qu'il est également mon supérieur hiérarchique entre ces murs. J'ai bien mérité ses remontrances.

— Cela ne se reproduira plus.

— Je l'espère bien. Dans notre métier, je n'ai pas besoin de te rappeler que la concentration est primordiale. L'entraînement est terminé, les gars. On se retrouve pour se restaurer puis tenter de prendre un peu de repos avant d'être appelés sur une nouvelle intervention.

Jerem m'offre une accolade avant que nous descendions du ring. Il en profite pour murmurer.

— Est-ce que tout va bien, Clément ? Nous sommes habitués aux facéties du clown de service, mais d'habitude, tu restes toujours concentré. As-tu des problèmes ?

Je suis touché qu'il se préoccupe de mes états d'âme et lui souris.

— Non, je vais bien. J'ai juste besoin d'évacuer la pression en m'enfonçant dans une chatte hyper accueillante.

Personne ne m'empêchera de la rejoindre ce soir.

Le temps du repas me paraît une éternité. J'ai hâte que nous regagnions chacun nos quartiers pour la nuit. Bon, en ce qui me concerne, je m'inviterai dans ceux de l'insoumise.

Je multiplie les sous-entendus sexuels en espérant qu'ils serviront de préliminaires. Je n'ai pas intention de perdre du temps pour la posséder, la pilonner et me perdre en elle sans cette barrière de plastique. Il y a trop longtemps que ma queue n'a pas percuté son point G.

Pour l'instant, la chance est de mon côté vu que les voyous ne sont pas encore sortis de leur tanière. Il ne faudrait pas trop tarder, car leur heure va bientôt arriver et la sirène ne devrait pas tarder à résonner dans l'entrepôt.

— Il est temps de s'éclipser pour dormir un peu.

Benji est le premier à se lever. Il est aussitôt imité par tous les autres membres, par Amandine et sa sœur. C'est le moment de passer à l'attaque. Je m'étire de tout mon long avant de bâiller.

— Ne me dérangez surtout pas ce soir ! J'ai des jours et des jours de sommeil à rattraper.

— Oui, il faut que tu reprennes des forces. Demain, on drague à fond et on trouve nos proies pour plusieurs jours.

— Oh, oui ! Une proie consentante pour des ébats torrides.

— Stop ! Je ne veux plus rien entendre. N'oubliez pas qu'Alex et moi sommes là !

— Es-tu en train de dire qu'Alex et toi êtes prêtes à devenir nos proies consentantes ?

Jerem m'adresse un clin d'œil tandis qu'il se demande en combien de secondes Adrien va dégoupiller. Moins d'une seconde au compteur !

— Même pas en rêve, les gars ! Vous arrêtez de lorgner ma nana et ma belle-sœur. Elles sont intouchables.

Intouchable, intouchable ! Il n'a pas dû donner cette consigne assez tôt en ce qui concerne Alex. Allez, papy, va au lit avant d'aller la rejoindre.

Je n'ai pas l'intention d'aller dans ma chambre. Il me sera plus difficile de m'en éclipser sans qu'ils m'entendent. Tandis qu'ils montent l'escalier, je m'éclipse vers le gymnase sous prétexte d'avoir oublié quelque chose. J'ai fait exprès d'y laisser mon portable pour avoir une excuse.

Je patiente environ quinze minutes avant de repartir vers la cuisine puis vers les chambres. La prudence aurait voulu que j'attende plus longtemps, je n'y arrive pas. Je passe à pas de loup sur le palier où se situent nos chambres puis j'accélère le pas pour grimper jusqu'au second. Aucun risque de croiser Amandine ! Adrien et elle partagent maintenant la même chambre.

Je frappe tout doucement au battant pour prévenir Alex de mon arrivée. Il s'ouvre très rapidement et je m'engouffre à l'intérieur pour ne pas risquer d'être pris sur le fait.

— Qu'est-ce que tu fais là ? Tu es complètement fou.

— Je pensais que tu avais compris mes sous-entendus.

— Oui, pour demain. Je ne pensais pas que tu serais assez fou pour venir jusqu'ici ce soir alors qu'Amandine me surveille comme le lait sur le feu.

— Elle est trop occupée avec Adrien ce soir. N'as-tu pas remarqué qu'il n'arrêtait pas de caresser sa cuisse ?

Elle glousse un peu avant de lever ses yeux sur moi. Ses magnifiques yeux bleus me sondent comme s'ils cherchaient une réponse à une question.

— Est-ce que tu vas bien, Alex ?

— Oui, j'ai besoin de toi. Prends-moi sauvagement, mon lion.

Ma queue se dresse instantanément en entendant sa demande.

— Je veux oublier, Clément. Fais-moi oublier toute cette situation.

De quoi parle-t-elle exactement ? Je ne savais pas que les femmes utilisaient le sexe également pour oublier.

Et pourquoi ne le pourraient-elles pas ? As-tu déjà entendu parler de l'égalité homme-femme ?

— Que cherches-tu à oublier ? Tu sais que tu peux me parler, ma panthère.

— Je te promets de tout t'expliquer après. J'ai besoin de courage et de force. Je veux m'envoler très haut pour me vider la tête. Es-tu partant ?

— Toujours avec toi !

Je la sens si fragile comme si elle était à la limite de la rupture. Je n'ai pas le temps de me poser plus de questions. Elle attrape mon T-shirt et me rapproche d'elle. Ses lèvres s'abattent sur les miennes pour un baiser urgent. Elle est brûlante de désir, je le sens.

Je ne sais pas ce qu'elle me cache, je sais simplement que nous avons besoin de cette union de nos corps tous les deux. Je devrais parler avec elle, exiger des réponses, car je pense que c'est important. Au lieu de l'interroger jusqu'à ce qu'elle me donne une réponse, je l'embrasse avec ferveur. Je mets dans ce baiser toute la frustration que je ressens depuis qu'elle s'est éloignée de moi.

Nous nous dévorons littéralement la bouche. Elle tire déjà sur mon T-shirt pour l'enlever de mon pantalon avant d'écarter les pans de mon pantalon. Les boutons cèdent dans la seconde et elle baisse mon boxer pour libérer ma queue. Elle saisit déjà mon membre dur et le fait coulisser entre ses doigts.

Je ne suis pas en reste et tout en l'embrassant, je la débarrasse de son jean. Elle me pousse pour m'allonger sur son lit avant de me grimper dessus. Ma panthère s'empale immédiatement sur mon sexe.

— Doucement, Alex ! À ce rythme-là, on va jouir dans moins de deux minutes.

— J'en ai besoin, Clément. Je ne veux pas de douceur, je veux ta force. Je désire me souvenir de ton passage.

Elle commence à onduler avec adresse et rapidité au-dessus de moi. Le lit commence à grincer. Je pose immédiatement mes mains sur ses hanches pour la stopper.

— Stop, le lit va nous trahir !

— Bordel, ce n'est pas possible ! Viens...

Je la regarde se relever avec surprise et descendre du lit. Elle s'installe à quatre pattes et me fait signe de m'enfoncer en elle. Elle a décidé de me tuer. C'est la seule explication plausible ! Pas le temps de dégainer mon portable pour immortaliser ma panthère !

Je descends à mon tour et me positionne derrière elle. Mon gland à l'entrée de sa chatte, je donne un coup de reins surpuissant. J'attrape un oreiller et lui tends pour étouffer ses gémissements de plaisir.

— Clément, fais-moi jouir avant que cette foutue sirène retentisse.

Sa chatte enserre déjà ma queue. Elle est brûlante et je me manque de chavirer. J'agrippe ses hanches avec fermeté et débute une série de va-et-vient percutants. Elle est trempée, elle vient à ma rencontre. Loin d'être passive, elle accentue ses mouvements et son bassin vient percuter le mien à chaque fois que je m'enfonce en elle.

Purée, je vais envoyer la sauce plus vite que je le veux ! Si quelqu'un passe devant la chambre, il va nous entendre. Nos peaux qui claquent l'une contre l'autre font un bruit d'enfer. Je devrais calmer le jeu, mais j'en suis incapable.

Je la sens se tendre et j'accélère le rythme. Sa chatte se contracte au moment où son orgasme lui fait lâcher prise. Je lutte pour continuer de lui donner du plaisir. Ses chairs m'encerclent trop fort et je cède à la pression. Je me déverse en elle en me mordant les lèvres pour ne pas grogner de plaisir.

Je m'effondre sur son dos et nous restons un moment ainsi. Nous avons besoin de reprendre notre souffle après ce moment intense. Je me souviens que cette position n'est pas confortable pour elle et je me retire. Je m'allonge à même le sol et l'attire dans mes bras. Je lui caresse doucement les cheveux avant de déposer un doux baiser sur ses lèvres.

— Est-ce que tu peux me dire ce qui se passe, panthère ?

— Je ne sais pas comment te le dire.

Oh, non ! Ne me dites pas qu'elle veut arrêter nos tête-à-tête torrides ! Je déglutis avec difficulté avant d'avaler ma salive. Je suis soulagé qu'elle ne puisse pas lire le trouble sur mon visage.

— Dis-le tout simplement, Alex. Il n'y a rien de compliqué.

— J'ai eu un tel choc quand je l'ai appris. C'est un accident. C'est important pour moi que tu le saches.

De quoi parle-t-elle ? Je commence à envisager le pire. Une maladie…

— OK, je sais que c'est un accident. Tu m'inquiètes, dis-moi juste ce qui se passe.

— Je suis enceinte, Clément. Tu es le papa du bébé que j'attends. Je ne sais pas comment cet accident a pu se produire alors que je prends la pilule.

Je panique, je ne sais pas comment réagir. Je ne suis absolument pas prêt à devenir père. Je ne serai jamais prêt à devenir père. Pas avec toutes les tares de mon passé et de mon présent !

La paternité n'est pas pour moi. Je l'ai toujours su et elle fait voler cette certitude en éclats.

Chapitre 20

Alexandra

Je n'ai aucune nouvelle de Clément depuis que l'équipe de la BE 75 a dû partir en urgence pour une nouvelle intervention. Il a été sauvé par le gong si je peux m'exprimer ainsi. Le timing ne pouvait pas être plus pourri ou providentiel. L'alarme a retenti juste après l'annonce de ma grossesse. Il a ainsi eu tout le loisir de s'échapper de ma chambre sans chercher une excuse bidon. Elle était toute trouvée.

J'ai dormi quelques heures après son départ avant de partir pour le journal. C'était il y a quatre jours. La garde est maintenant terminée et je suis seule dans l'appartement où nous sommes supposés vivre en collocation.

Je ne peux pas lui en vouloir. Mon annonce était une bombe à retardement et il a besoin de temps pour digérer. N'ai-je pas mis plusieurs jours pour lui avouer les conséquences de nos ébats torrides sans préservatif ? Alors qui serais-je si je m'offusquais de son silence prolongé ?

Il se préoccupe néanmoins de ma sécurité malgré sa désertion. Il a prévenu Nico, Jerem et Benjamin qu'il s'absentait quelques jours. Apparemment, il est parti rendre visite à sa famille. Les trois comparses se prêtent au jeu du garde du corps à tour de rôle.

Ils m'ont même proposé de faire une grande fête dans l'appartement. L'alcool coulait à flots et je me suis trouvée comme une conne quand j'ai dû trouver un prétexte pour justifier que je buvais du jus de fruits. Au départ, j'ai accepté deux ou trois verres d'alcool qui ont arrosé les plantes vertes. En espérant que je ne les ai pas noyées !

Je n'ai pas encore pris de nouveau rendez-vous avec mon médecin traitant. J'avance doucement sur le chemin de la réflexion et je n'arrive pas à me décider pour un avortement rapide. Oui, la décision paraît beaucoup plus simple quand on n'est pas concerné. Là, je ne parviens pas à me dire que le dernier mot me revient pour tuer ce petit fœtus dans l'œuf.

Et si tu assumais tes conneries une fois dans ta vie ! Vous avez voulu vous envoyer en l'air sans préservatif alors maintenant que la graine est plantée, ce serait trop simple de s'en débarrasser. Sois une grande fille et assume !

Voilà le retour de la moralisatrice en chef ! Je n'irai pas jusqu'à prétendre qu'elle m'a manquée.

— Je ne sais pas comment tu fais pour être levée aux aurores tous les matins. Est-ce que tu ne t'accordes jamais de grasses matinées ?

— Uniquement quand un beau gosse partage mon lit.

Je me rends compte de ma boulette à l'instant où elle franchit mes lèvres.

— Je suis là. Ou me feras-tu l'affront d'affirmer que je ne suis pas suffisamment beau gosse pour toi ?

J'éclate de rire devant l'air outré de Nico. Je me plante devant lui avec les mains sur les hanches. Heureusement qu'Amandine va m'aider à sortir de ce guêpier !

— Dois-je te rappeler que ma sœur m'a interdit de vous approcher ?

Prétend celle qui a un polichinelle dans le tiroir et dont le papa n'est autre qu'un des membres de la BE 75. Cherchez l'erreur entre son discours et ses actes !

— Tu me surprends vraiment, Alexandra. Je ne pensais pas que tu étais du style à suivre les instructions de ta grande sœur.

Et pan dans mon bec ! Je me retiens de lui répondre et je tourne ma langue sept fois dans ma bouche pour éviter de dire une connerie.

— Bon, si je me suis levée tôt ce matin, c'est pour travailler sur l'enquête du blog.

— Ah, non ! Pas encore ce blog de malheur ! Je n'en peux plus de lire leurs articles. Ce sont des raclures.

— J'ai eu une idée, mais je ne sais pas si vous allez l'apprécier. J'ai dit à la bande de passer ce matin pour vous l'exposer.

— Pourquoi ai-je encore la nette impression que ta brillante idée va te mettre en danger ?

— Parce que tu es trop sur la défensive ! Une Amandine bis ! Si vous voulez les démasquer, il va falloir prendre des risques.

— Ce n'est pas un discours entendable, Alex. Nous n'accepterons jamais de mettre l'une des nôtres en danger pour les arrêter.

Cette fois-ci, c'est moi qui suis sauvée par le gong. Ou plutôt par la sonnerie de l'appartement de Clément. Romain, Benji, Jerem, Adrien et Amandine arrivent en même temps. Je m'attendais à ne pas voir Clément, mais j'espérais qu'un des gars avait réussi à le joindre pour lui dire qu'on faisait une réunion d'urgence.

Ils s'assoient tous et m'observent comme si je me trouvais dans un tribunal et que j'attendais que les jurés m'entendent ? Est-ce que ma sœur ressent ce sentiment avant de commencer une plaidoirie ? Je me gratte la gorge pour l'éclaircir et me lance.

— Nous savons qu'ils détestent quand nous publions des éléments qui vont en contradiction de ce qu'ils avancent. Ils ont fait une erreur après l'apparition de mon premier article.

— Oui et ils ont également essayé de t'enlever.

Je balaie l'objection d'Adrien d'un geste de la main. Je ne compte pas me laisser déstabiliser aussi facilement.

— Il faudrait créer une page sur les réseaux sociaux qui vantent les mérites de la BE 75.

Amandine me regarde et explose.

— Tu es complètement dingue, ma parole ! Pourquoi ne pas porter un écriteau en indiquant où tu te trouves pour qu'ils puissent te tuer plus facilement ?

— Arrête de réagir avec tes émotions, Amandine ! Essaie de réfléchir à tête reposée à ma proposition.

— Nous ne pouvons pas l'envisager sérieusement. Fin de la discussion !

Je remarque que les garçons ne répliquent pas. Ma sœur s'en aperçoit également et se tourne vers son compagnon.

— Adrien, tu ne peux pas envisager d'écouter la proposition d'Alex.

— Non, on ne va pas l'examiner de cette manière. Sa suggestion est intéressante. Il faut que nous trouvions un angle d'attaque pour l'utiliser sans nous mettre en danger. À quoi penses-tu exactement ?

— Il ne faut pas créer un blog ou un site. Il faut faire dans la simplicité. On pourrait procéder par étape.

1 / Créer une page Facebook ou un compte Instagram.

2 / L'alimenter régulièrement avec des compliments sur votre action.

3 / Faire en sorte que ce soit l'œuvre d'un fan de la BE 75.

4 / Partager des liens de cette page ou de ce compte sur les posts du blog.

— Je vois où tu veux en venir, Alex. Ça va les rendre fous furieux et ils devraient commettre des erreurs.

Je souris à Romain. Il a compris exactement où je veux en venir. Sauf que ma sœur ne lâche pas aussi facilement prise.

— Pourquoi ne porterais-tu pas une cible pour montrer qu'ils peuvent tirer sur toi dès qu'ils le souhaitent ? Tu ne rates pas une occasion de te mettre en danger. Tu es encore plus casse-cou que dans mes souvenirs.

— Calme-toi, Amandine ! Tu devrais nous faire confiance. Nous n'accepterons jamais qu'Alex se mette en danger.

Romain tente de rassurer ma sœur, mais elle ne réfléchit plus de façon rationnelle. Adrien la prend dans ses bras et essaie à son tour de l'apaiser. Malgré sa présence rassurante, elle n'abdique pas.

— Si Clément était présent, il se mettrait de mon côté. Il comprendrait que ce plan est bien trop dangereux.

Je ne suis pas persuadée qu'il se rangerait aussi facilement de son côté. Pas depuis que je lui ai annoncé qu'il va devenir papa ! Peut-être qu'il y verrait un moyen de se débarrasser de moi.

Je ferme les yeux et je m'en veux immédiatement. Je n'ai pas le droit de douter à ce point de lui. Même s'il est fâché après moi à cause de cette grossesse inattendue, il ne mettrait jamais ma vie en danger.

— J'ai confiance dans l'équipe pour me protéger. Je te signale qu'ils ne me quittent pas d'un pouce chacun à leur tour. Bientôt, je vais finir par en trouver un dans les toilettes avec moi.

Ma petite blague a au moins le mérite de la dérider. Elle secoue la tête et me répond avec un clin d'œil.

— Uniquement s'ils regardent de l'autre côté du mur !

— Il n'y en a pas une pour rattraper l'autre. Qu'est-ce que nous allons faire de vous deux ?

Adrien pose un regard rempli de tendresse et de passion sur ma sœur. Qui aurait cru que ce lieutenant si antipathique lors de leur rencontre allait devenir son amoureux ? Romain nous rappelle que nous devons avancer avant qu'ils débutent leur prochaine garde.

— Comment vois-tu la chose ? Devons-nous demander à Victor de créer un profil lambda ?

— Oui, nous pouvons le faire, mais il faut bien qu'il comprenne qu'il ne doit surtout pas multiplier les démarches de sécurité. Ou alors ils pigeront vite fait qu'il y a anguille sous roche.

— Oui, mais hors de question que l'un d'entre nous prenne le moindre risque !

Je m'apprête à ouvrir la bouche, Adrien lève la main avec autorité pour m'en empêcher.

— Ce n'est pas négociable, Alex. Si tu veux créer le profil et l'alimenter, tu peux. Uniquement sous la direction de Victor ! Est-ce que je me suis bien fait comprendre ?

Je n'aime pas quand il prend sa voix et ses manières de responsable de la BE 75. Aucun des gars ne vient à mon secours, car ils partagent son opinion. J'ai déjà obtenu de pouvoir travailler sur le contenu que nous allons créer. C'est une belle avancée pour aujourd'hui et je devrais m'en réjouir. Satisfais-toi d'une mini-victoire, Alex !

— Je vous laisse en parler avec Victor. Il faudrait que nous attaquions la création le plus rapidement possible. Je ne peux pas aller avec vous aujourd'hui, je suis attendue au journal pour une réunion de service méga importante.

— N'oublie pas que tu dors à la brigade ce soir.

— Si jamais j'oublie, j'ai toute confiance en vous pour me le rappeler.

Adrien lâche un soupir d'exaspération et je me retiens de lui répondre en lui tirant la langue. Ma crédibilité en prendrait un coup.

— Merci de tout ce que tu fais pour nous, Alexandra.

Je me tourne vers Nico et lui rétorque avec un grand sourire.

— J'ai tout intérêt à vous aider à résoudre cette énigme si je veux retrouver une vie normale. Je n'en peux plus d'avoir de beaux gosses à disposition à longueur de temps sans pouvoir les toucher.

Amandine est si prévisible. Je lui tends une perche et elle s'en empare sans même hésiter.

— Heureuse que tu te sois rangée à mon avis !

Elle dit ça, car elle ne sait pas encore qu'il y a un habitant dans ton ventre. Tu as fait plus que toucher Clément, tu as fait un bébé avec lui. Tu n'as pas fait un bébé toute seule.

Elle a fait un bébé toute seule

Elle a fait un bébé toute seule

C'était dans ces années un peu folles

Où les papas n'étaient plus à la mode

Ouh, elle a fait un bébé toute seule

Elle a fait un bébé toute seule

Celle-là, elle n'en rate pas une ! J'attrape mes affaires, j'envoie un baiser à la volée et me voilà dans le couloir. Je descends les marches en courant pour ne pas arriver en retard au travail. J'entends la porte se rouvrir et une voix m'interpeller.

— Alex, attends-moi. Je t'accompagne jusqu'à ton journal.

— Dépêche-toi, Benji ! Je suis déjà à la bourre. Tu me rattrapes sur le chemin.

— T'es vraiment impossible ! C'est moi qui vais finir par te filer une fessée à toujours vouloir nous échapper.

— Si tu n'étais pas aussi lent qu'un escargot, tu m'aurais déjà rejointe.

Nous nous envoyons des amabilités par paliers interposés. J'arrive au rez-de-chaussée et je me dépêche de sortir. Je prends aussitôt la direction du journal en tournant à droite avant de traverser le parc. L'appartement de Clément est vraiment bien situé par rapport à mon boulot.

Je sprinte pour ne pas être celle qui arrive la dernière au briefing d'équipe. Je sens tout à coup une présence derrière moi. Il ne s'agit pas de Benji. Je n'ai pas le temps de me mettre à courir que le type me bouscule et m'envoie à terre.

— Nous t'avions dit de rester tranquille. Nous n'aimons pas les femmes qui se mêlent de ce qui ne les regarde pas. Prends ça !

Il commence à taper dans mon corps comme si j'étais un vulgaire ballon de foot. Je protège ma tête avec mes mains en priant pour que mon ami arrive le plus vite possible. Pourquoi ne l'ai-je pas attendu ?

Il multiplie les coups dans les côtes, dans le ventre. Mon Dieu ! Mon bébé est à l'abri dans mon ventre. Je dois essayer de le défendre.

— Laissez-moi tranquille ! Benji !

Je commence à hurler comme si j'étais possédée. Je veux que mes cris alertent tous ceux qui se trouvent dans ce parc.

— Benji...

— Ferme-la, espèce de salope !

— Police ! Arrêtez de la frapper.

J'entends la voix de Benjamin qui se rapproche de l'endroit où je suis. Mon assaillant me donne un dernier coup dans le ventre. Un coup d'une violence inouïe.

— Tu te tiens loin de nos affaires. La prochaine fois, je ne partirai pas avant que tu sois morte.

Il s'enfuit quand il comprend que Benji va lui tomber dessus. Mon ami s'accroupit pour regarder les blessures.

— Je reste avec toi et j'appelle les secours.

Je suis trop fatiguée pour lui répondre qu'il devrait poursuivre celui qui m'a agressée. Je ne peux pas parler. Je lutte pour garder les yeux ouverts et je porte instinctivement la main sur mon ventre.

Je ne sais pas si mon bébé va survivre à ce déferlement de violence. Au moment où il est peut-être la première victime, je me rends compte que je veux mener ma grossesse à son terme.

— Reste avec moi, Alex. Les secours sont en route. Alex…

Benji a beau m'appeler, je suis incapable de rester éveillée. Je sombre dans l'inconscience en demandant la grâce pour mon bébé.

Chapitre 21

Clément

— Qu'est-ce qui t'arrive, mon garçon ? Tu sais que tu peux tout me dire.

Je regarde la femme qui m'a élevé et que je considère comme ma propre mère. Si Josiane et Jean-Yves n'avaient pas été là, je ne sais pas ce que je serai devenu. Ils m'ont élevé à partir de mes cinq ans. Je ne voyais ma mère biologique qu'une fois par mois. Je redoutais tellement ces trois jours que je passais avec elle.

C'est du passé, tu ne devrais plus y penser ! Regarde tout ce que tu as accompli dans ta vie. Tu ne ressembles pas du tout à Julie.

Oui, je n'appelle plus ma mère biologique maman, mais Julie. Elle a perdu le droit d'être appelée maman il y a très longtemps.

— Dis-moi ce qui te préoccupe, Clément. Je vois bien que tu n'es pas dans ton assiette, je te connais.

— Je ne veux pas t'ennuyer avec mes problèmes, maman.

Elle me caresse les cheveux avec ce geste de tendresse qu'elle a toujours avec moi.

— À quoi est-ce que je servirais si tu ne peux pas me confier tes ennuis ? Et, je t'en prie, ne me réponds pas à t'occuper de papa.

J'éclate de rire avant de la serrer dans mes bras. Je ne suis pas vraiment démonstratif et si elle est surprise, elle n'en laisse rien paraître. Je recule et lui offre un beau sourire.

— Tu vois, j'ai retenu la leçon. Tu n'arrêtais pas de me dire qu'un beau sourire pouvait résoudre tous les problèmes de la terre.

— Je ne me suis pas trompée alors. Tu es venu ici pour échapper à tes soucis.

— J'espère que tu ne m'en veux pas, maman.

J'ai l'impression de redevenir un petit garçon vulnérable. Elle a toujours su trouver les mots pour m'apaiser. J'espère qu'elle réussira une nouvelle fois.

— Voyons, Clément, comment peux-tu croire un seul instant que je puisse t'en vouloir de venir te réfugier dans la maison où tu as grandi ? J'en suis heureuse au contraire. Ton père et moi avons construit cette maison pour que nos enfants s'y sentent bien.

— Est-ce que ça ne te manque pas de ne plus avoir de cris d'enfants dans la maison ?

Ma mère a accueilli des enfants dont les parents ne pouvaient plus s'occuper pendant les trente-cinq dernières années. Elle a pris sa retraite il y a six mois et je sais qu'elle ne le vit pas toujours très bien.

— Justement, ton père et moi discutons actuellement de la possibilité de reprendre des enfants un petit peu plus âgés à la maison. Juste deux par exemple. Nous pourrions les aider à surmonter les blessures de la vie.

Je suis si fier d'eux. Ils pourraient profiter paisiblement de leur retraite et ils désirent continuer d'aider des enfants ou des adolescents malmenés par la vie.

— Vous êtes vraiment extraordinaires, maman. J'ai eu de la chance que vous vous battiez pour m'adopter.

— Tu étais différent des autres enfants, Clément. Je l'ai su à la minute où tu es entré dans nos vies. Ton père et moi venions d'apprendre que nous ne pourrions pas avoir d'enfants de manière naturelle alors nous avons décidé d'adopter. Toi, tu es entré dans nos vies à ce moment-là. Tu m'as sauvée, mon chéri.

— Oh, non, maman ! C'est toi qui m'as sauvé de cette vie de misère. Tu es à jamais mon ange gardien. Pour moi, tu es ma seule maman.

— Tu as aussi Julie. Elle t'a porté et elle a fait de son mieux avec les armes qu'elle avait à ce moment-là. Tu dois apprendre à pardonner pour être heureux.

— Comment peux-tu parler d'elle de cette manière ? Avec cette incroyable résilience.

— Elle m'a offert le plus beau des cadeaux : toi. Julie aurait pu s'opposer à ce que nous t'adoptions. Elle nous a facilité la tâche pour une adoption plénière. Sa seule demande était que tu continues à aller la voir trois jours par mois, même si ce n'était pas dans les conditions de l'adoption. Elle a signé tous les papiers en nous faisant confiance pour remplir ce contrat moral. Ses conditions n'avaient aucune valeur devant la justice.

— Les trois jours les plus horribles de ma vie chaque mois ! Si j'avais pu m'en passer...

— Il est important de connaître ses racines, Clément.

— Pas quand elles sont aussi pourries !

Ma mère pousse un immense soupir. Elle et moi ne partageons pas la même opinion en ce qui concerne ma mère biologique.

— Bon, si tu me disais ce qui te tracasse au lieu de parler du passé.

Est-ce que je peux vraiment dire à ma mère que je vais être papa ? Alors que je ne sais même pas si Alex a décidé de garder le bébé. Je n'ai pas pu me résoudre à en parler avec Simon. Lui aussi s'est rendu compte que quelque chose me préoccupait.

— Clément, parle-moi tout simplement au lieu de tergiverser dans ta tête !

C'est fou comme cette femme haute comme trois pommes me connaît par cœur.

— J'ai appris la semaine dernière que j'allais être papa.

Ma mère écarquille les yeux avant d'ouvrir grand ses bras et de me serrer contre elle. Elle laisse éclater sa joie. Je m'en veux déjà de devoir refroidir son enthousiasme.

— Quelle merveilleuse nouvelle, mon chéri ! Tu ne devrais pas être préoccupé à l'idée de devenir père. Tu seras un papa fabuleux.

Cette femme a une confiance en moi inébranlable. Pourquoi lui en ai-je parlé ? Je ne veux pas être celui qui lui apporte de mauvaises nouvelles.

— Je ne sais pas encore si je vais devenir papa. La future maman ne sait pas vraiment si elle veut garder le bébé. C'était un accident. Nous nous connaissons depuis si peu de temps.

— Laisse-lui le temps de la réflexion et elle prendra la bonne décision.

— Comment peux-tu en être aussi convaincue ?

— Tu tiens à cette femme. Si tu t'intéresses enfin à une femme, elle doit être exceptionnelle.

Elle lit en moi comme dans un livre ouvert. Je ne pouvais pas lui mentir quand j'étais ado, elle me démasquait dans les dix minutes. Il n'y a qu'une seule chose qu'elle n'a jamais réussi à deviner. Je ne pourrai plus jamais la regarder dans les yeux si elle venait à l'apprendre.

— Maman, est-ce que ça fait de moi un monstre si je te dis que je ne sais pas ce que je veux ?

Elle m'observe d'un air horrifié avant de prendre mon visage en coupe.

— Mon chéri, je t'interdis formellement de te considérer comme un monstre. Comment peux-tu simplement le penser ?

Peut-être parce que tu ne connais pas mon plus grand vice, maman !

— Une femme m'annonce qu'elle attend mon bébé et la seule chose que je suis capable de faire est de fuir pour réfléchir. Je devrais être avec elle et la rassurer.

— Tu as le droit d'hésiter et de ne pas savoir où tu en es. Crois-tu qu'elle a su immédiatement ce qu'elle voulait ?

Je repense au comportement bizarre d'Alexandra pendant la dernière garde. Tout s'éclaire maintenant ! Elle était au courant et elle aussi, elle a eu besoin de temps pour assimiler la nouvelle. J'attrape ma mère dans mes bras et la serre longuement.

— Tu es un génie, maman. Je ne comprenais pas pour quelle raison elle était distante.

— Maintenant, tu sais. Au lieu de discuter avec moi, cours la rejoindre. Clément, je suis très heureuse de devenir mamie.

Nous n'y sommes pas encore ! Je dois d'abord savoir ce que je veux et en discuter avec l'éventuelle future maman. Connaissant son caractère bien trempé, la discussion s'annonce animée.

***

Après avoir roulé plusieurs heures en moto, je suis heureux d'arriver sur Paris pour prendre ma prochaine garde ce soir. J'aimerais m'entretenir avec Alexandra avant que nous nous retrouvions à la BE 75. Si je n'arrive pas à avoir cette discussion avec elle avant, je risque fort de devoir patienter quatre jours supplémentaires. Je ne veux pas en parler à la va-vite entre deux portes avec une sonnerie qui menace de retentir à tout instant.

Je descends enfin de ma monture et je fais quelques étirements. Je ne suis plus habitué à effectuer de longs trajets comme je le faisais auparavant. Avant de signer à la brigade, j'adorais sillonner les routes de France ou d'Europe sur ma bécane. J'en ai profité pour séduire de nombreuses femmes. Le charme du motard !

Je repense à cette période avec nostalgie avant de me rappeler que je n'ai pas de temps à perdre. J'enlève mon casque en entrant dans la résidence et je récupère mon portable dans mon sac à dos en grimpant les escaliers. Je n'ai pas moins de vingt appels en absence. Mes frères d'armes ont tous essayé de me joindre à tour de rôle.

Qu'est-ce qui se passe pour qu'ils soient aussi insistants ? Avons-nous été appelés pour prendre notre garde en avance ? Je lance un appel vers celui qui a essayé de me joindre en dernier. Il décroche immédiatement et je ne peux m'empêcher de le charrier.

— Salut, Nico. Es-tu à ce point en manque de moi que tu ne peux pas te passer de ma présence pendant quatre jours ?

— Salut, Clément. Ce n'est pas trop tôt ! On essaie de te joindre depuis des heures. Tu pourrais être joignable quand même.

Je le sens très tendu. Il ne m'a jamais rué dans les brancards comme il vient de le faire. Il commence à me faire peur.

— OK, mon pote, j'ai compris. Qu'est-ce qui se passe ?

J'espère qu'il ne va pas me retenir trop longtemps, car je veux avoir l'occasion de parler avec ma panthère.

— Alex a été tabassée par un mec sous les yeux de Benji.

— Qu'est-ce que tu racontes ? Comment pouvait-elle être seule ?

— Elle était juste partie un petit peu avant et Benji était sur ses talons.

— Comment va-t-elle ? Êtes-vous à l'appartement ?

— Non, nous sommes à l'hôpital où elle subit des examens.

Je ferme les yeux et je m'appuie contre la rambarde de l'escalier. Pourquoi suis-je parti ? Pourquoi ne l'ai-je pas surveillée ? Je sais à quel point elle n'en fait qu'à sa tête et à quel point elle déteste avoir une garde rapprochée. Il n'est pas étonnant qu'elle ait faussé compagnie à mon collègue et ami.

— Qu'est-ce que les médecins disent ?

Je l'entends soupirer et je ne serais pas étonné qu'il fasse les cent pas dans le couloir.

— Nous ne les avons pas encore vus. Alex était terrorisée quand Benjamin est arrivé sur les lieux. Elle était blanche et ne parlait absolument pas. Quand l'ambulance est venue la chercher, elle était inconsciente.

— Où ce connard l'a-t-il frappée ?

— Il l'a fait tomber à terre et il lui a donné des coups de pied au visage et dans le ventre. Elle s'est protégée comme elle a pu.

Je ferme de nouveau les paupières et j'imagine à quel point elle a dû être terrorisée. Comment notre bébé a-t-il pu survivre à cette agression ? Est-ce que les médecins sont en train de vérifier s'il a survécu ?

Je fais immédiatement demi-tour et je descends les escaliers quatre à quatre. Avant de ralentir en me rappelant que ce n'est pas le moment de me casser une jambe. J'ouvre la porte de la résidence avant de la claquer et de courir jusqu'à ma moto.

— Dans quel hôpital l'avez-vous transportée ?

— Nous sommes à la Piété.

— Je vous rejoins tout de suite.

Je grimpe sur ma moto, enfile mon casque et la mets en route. Je roule à toute vitesse dans les rues de Paris au mépris de ma sécurité. Je ne peux pas envisager qu'il soit arrivé quelque chose de grave à Alexandra.

Elle est si forte, si pleine de vie, si déterminée. Ce n'est pas un connard qui va la mettre à terre. J'aurais dû rester avec elle, j'aurais dû m'occuper d'elle quand elle m'a appris qu'elle était enceinte au lieu de fuir comme un lâche.

Nous n'aurons peut-être même pas l'opportunité de discuter de l'avenir de notre bébé. Est-ce qu'il va nous être enlevé avant même que nous décidions si nous souhaitons le garder ? J'aimerais juste qu'ils aillent bien tous les deux. J'arrive enfin à l'hôpital et je me précipite dans le service que Nico m'a indiqué. Je les retrouve tous et leurs corps sont tendus à l'extrême. Ont-ils eu de mauvaises nouvelles dans l'intervalle ?

— Bonjour, tout le monde. Avez-vous du nouveau ?

Amandine lève ses yeux vers moi et je m'aperçois qu'elle a pleuré.

— Est-ce que… ?

J'ai envie de demander si le bébé va bien, mais je m'interromps juste à temps. Peut-être ne sont-ils pas encore au courant !

— Bonjour, Clément. Nous n'avons aucune nouvelle des médecins. Ils lui font passer une batterie de tests, car elle a perdu beaucoup de sang.

A-t-elle perdu le sang de notre bébé ? Fait-elle une fausse couche ? Je ne peux poser aucune de ces questions et ça me rend fou.

— Où est le malade qui l'a agressée ?

— Il a réussi à s'enfuir et je ne l'ai pas poursuivi. Le plus important était de s'occuper d'Alexandra.

J'ai envie de hurler ma frustration. Je jure que si je le retrouve, je lui fais la peau. Je m'en fous de perdre mon badge.

— A-t-elle réussi à vous dire quelque chose ?

— Elle a sombré dans l'inconscience peu de temps après mon arrivée.

— Donc nous n'avons absolument rien pour l'instant.

Je peine à me contenir et je suis sur le point d'exploser quand le médecin s'approche.

— Êtes-vous la famille d'Alexandra Marty ?

— Oui, je suis sa sœur. Comment va-t-elle ?

Le médecin nous observe tous et ne fait aucun commentaire sur notre nombre.

— Elle est très secouée et très faible. Vous pouvez aller la voir, mais ne restez pas trop longtemps. Allez-y par groupe de trois.

Nous sommes sept donc nous ferons deux groupes de trois et une personne ira seule. Pour être celui qui pourra y aller en dernier, j'indique à mes amis que je descends prendre un café après cette longue route. Ils hochent la tête et je leur dis que je reviens dans trente minutes.

Je suis une véritable boule de nerfs qui ne cesse de regarder l'heure sur son portable. Je remonte dix minutes avant l'heure prévue et j'espère vraiment qu'ils me laisseront y aller seul. Je me dirige vers sa chambre et remarque qu'Amandine, Adrien et Romain sont dans le couloir. Je m'avance vers eux. Ma meilleure amie me regarde en secouant la tête.

— Je n'ai jamais vu ma sœur dans cet état. Je compte sur toi pour lui remonter le moral avec tes mauvaises blagues.

Je n'ai pas le temps de répondre. Jérémy, Nico et Benji sortent de la chambre et me font signe d'entrer à mon tour. Je marche vers eux avant de les dépasser puis de fermer doucement le battant. La vision de ma panthère dans ce lit me tord les boyaux.

Elle est si pâle. Elle entrouvre ses paupières et deux larmes glissent le long de ses joues quand elle me reconnaît. Elle lâche tristement :

— Il n'est plus là.

Mon cœur se brise en mille morceaux quand je comprends qu'elle parle de notre bébé. Il n'a pas survécu à cette agression. Je m'approche du lit, m'assois et sans un mot, je la prends dans mes bras.

Que puis-je dire pour la consoler alors que mon cœur est en miettes ? Je me contente de la serrer fort et de la bercer dans mes bras tandis qu'elle sanglote. Je me contiens pour que mes larmes ne viennent pas se mêler aux siennes.

Chapitre 22

Alexandra

Valise à mes pieds, je ferme la porte de la chambre d'hôtel où je réside depuis une semaine. Je me sentais en sécurité ici, à Barcelone. J'ai peur de retourner à Paris et d'affronter leurs regards compatissants.

Tu as fui comme une lâche de l'hôpital. Tu ne devrais pas vraiment être fière de toi.

Revoilà madame moralisatrice ! Au lieu d'aller les retrouver directement à la BE 75, j'ai accepté un reportage culturel sur la ville catalane. Le genre de reportage que je fuis comme la peste en temps normal !

Quand mon chef m'a appelée pour me demander mon aide, je n'ai pas pu me résoudre à refuser. Pour moi, c'était l'opportunité de partir loin de Paris et surtout loin du souvenir de cette agression. Je devais remplacer au pied levé une collègue malade.

Le médecin m'a laisse sortir très rapidement de l'hôpital sans examen complémentaire. Je suis juste passée me chercher des vêtements à l'appartement en coup de vent avant de me précipiter à l'aéroport. Je n'ai averti ma sœur qu'à mon arrivée à Barcelone. Je crois ne l'avoir jamais vue aussi en colère. Enfin entendue ! J'ai dû éloigner le téléphone de mon oreille pour ne pas devenir sourde.

Depuis, je joue à l'absente et je ne réponds ni aux textos ni aux appels. J'ai besoin de temps pour moi, pour me remettre de cette agression et de la perte de mon bébé. Moi qui ne savais pas si je souhaitais le garder, j'ai été anéantie quand l'interne a passé une sonde très rapidement sur mon ventre. Il était si pressé qu'il m'a juste annoncé qu'il n'entendait plus de battements de cœur avant de partir vers une autre patiente. Il m'a laissée avec cette terrible annonce sans hésitation.

Je repense à quel point la sollicitude de Clément contrastait avec l'attitude déplorable de l'interne. Il m'a pris longuement dans ses bras et il m'a bercée. Nous n'avons pas eu besoin de parler, il a compris juste en me regardant. Il m'a demandé pardon de ne pas avoir été là pour me protéger. Il n'est absolument pas coupable de la folie de cet homme.

Il a posé ses lèvres sur mon front dans un geste d'une infinie tendresse. M'aurait-il embrassée si Amandine n'était pas entrée dans la pièce à cet instant ?

Je ne sais pas où j'en suis, je ne sais pas si nous pouvons continuer notre relation sans conséquence. J'ai fui pour ne pas penser à ma fausse couche, j'ai fui pour ne pas penser à lui. Nous passons notre temps à nous fuir. Depuis une vingtaine de jours, c'est flagrant ! D'abord moi quand j'ai découvert ma grossesse, lui quand je lui ai appris ma grossesse et enfin moi à la suite de ma fausse couche.

Arriverons-nous à nous reparler ? Ses étreintes me manquent, sa folie sexuelle me manque. Même si je ne lui réponds pas, il m'envoie de petits textos tous les jours. Il me répète que je suis une femme forte, il me promet de me protéger quand je reviendrai à Paris. Il ne me reparle pas de cette perte que nous avons subie. Je ne saurai jamais ce qu'il pensait réellement de ma grossesse. Aurait-il assumé son rôle de père quand je lui aurais appris que je désirais garder cet enfant ?

Je marque un arrêt en plein milieu du trottoir. Bien sûr qu'il aurait assumé cet enfant ! Je parle de Clément. Sous ce masque de clown qu'il offre à tout le monde, il cache un être délicat et plein de sollicitude. Il pense que je ne le connais pas. Quand nous faisons l'amour, son masque se fissure.

— Alex, tu es là.

Cette phrase en français m'interpelle en plein milieu d'un trottoir de Barcelone. Suis-je devenue folle ? Ai-je reconnu la voix de Clément ? Que se passe-t-il encore ? Je pivote et je découvre mon brun sexy aux yeux verts qui court vers moi. Je ne sais jamais si ses yeux sont bleus, verts ou bleu vert. Les couleurs sont changeantes.

— Clément, qu'est-ce que tu fais là ? Est-ce que tu m'espionnes maintenant ?

Cette interrogation est sortie toute seule. J'ai quand même la vague impression d'être constamment surveillée depuis plusieurs jours. Était-il dans l'ombre sans me le dire ? Je sens la colère monter en moi, une colère mêlée à un sentiment plus diffus. Je suis heureuse de le voir.

— Viens, nous allons nous mettre à l'abri et je t'explique tout.

— Non, tu m'expliques maintenant ou je ne te suis pas. J'en ai marre d'être une marionnette aux mains de tout le monde.

— Alex, ma panthère, Victor a remarqué que tu étais suivie. Ne me demande pas comment il a réussi cette prouesse ! Tu es en danger et je suis venu dès que j'ai su. S'il te plaît, fais-moi confiance et suis-moi.

Il me tend la main et m'implore du regard de la saisir. Comment pourrais-je lui refuser ? J'ai une confiance aveugle en lui. Je pose ma main dans la sienne et il la serre avec force avant de m'attirer dans le creux de ses bras. Je sens qu'il respire mon odeur. Je savoure la puissance de ses bras autour de moi.

— Viens, nous allons nous mettre à l'abri. J'ai réservé un appartement pour que nous soyons plus tranquilles avant de repartir dans deux jours.

— Deux jours ?

Je n'ai pas pu m'empêcher de lui faire part de mon incrédulité.

— Nous avons besoin de parler, toi et moi.

Les hommes fuient normalement le dialogue alors que lui, il le provoque délibérément.

— Je suis très étonnée qu'Amandine n'ait pas débarqué avec toi pour nous empêcher d'être en tête-à-tête à Barcelone.

Il m'adresse son sourire canaille que j'aime tant. Il porte ma main à sa bouche en me regardant avec ardeur.

— J'ai réussi à lui vendre que je voulais m'assurer que tu n'étais pas suivie de manière continuelle avant de rentrer.

Je peine à croire que mon aînée ait pu croire un mensonge aussi flagrant.

— C'est vraiment étonnant qu'elle y ait cru !

— Adrien a eu quelques doutes et il m'a aidé à la convaincre sans me poser plus de questions. Je m'attends à un interrogatoire en règle à mon retour. Il va me cuisiner pour savoir ce qui se passe entre nous.

— Justement, qu'est-ce qui se passe entre nous, Clément ?

Je suis complètement paumée depuis l'annonce inattendue de ma grossesse puis ma fausse couche douloureuse.

— C'est ce que nous allons essayer de découvrir pendant ces deux jours.

— Est-ce que tu as soudoyé Victor pour inventer cette histoire de danger et de surveillance ?

J'avoue que cette possibilité me tranquilliserait. Il caresse ma joue avant de déposer un bisou très chaste sur ma bouche.

— Crois-moi, je préférerais l'avoir montée de toutes pièces, mais tu es bel et bien en danger. Allons-nous mettre à l'abri et je te raconte tout.

Je pousse un énorme soupir. Une tentative d'enlèvement, un tabassage en règle qui a coûté la vie au petit être qui poussait dans mon ventre. Que vont encore inventer les auteurs du blog pour me faire taire ?

Sans compter que je ne sais pas comment réagir. Ai-je envie de me retrouver dans le même espace clos que Clément ? Il veut discuter, mais en ai-je envie ? C'est plus facile de s'échapper au lieu de s'expliquer.

— Je ne te ferai jamais de mal, Alex. Fais-moi confiance, ma panthère. Aie foi en moi !

Il m'observe et ses yeux se font presque suppliants. Je hoche lentement la tête pour lui signifier que je le suis. J'ai peur de cette discussion, j'ai peur de me retrouver avec lui et pourtant, j'ai toute confiance en lui.

C'est peut-être en toi que tu ne devrais pas avoir confiance ! Vas-tu réussir à te contenir et à ne pas lui sauter dessus ? Tu es très forte pour nier tes problèmes en t'envoyant en l'air.

Tu me gonfles vraiment ! Faire une fausse couche n'était pas un mince problème ! C'est une épreuve, j'ai besoin de temps pour guérir.

— Tu es de nouveau dans la lune. Tu es si calme, tu es si silencieuse. Où est l'Alex impertinente qui n'a pas sa langue dans sa poche ?

— Je te prie de m'excuser, Clément.

— C'est bien ce que je dis. Tu m'aurais déjà envoyé bouler et là, tu t'excuses. Viens, l'appartement que j'ai choisi se trouve à quelques rues ici.

Il serre mes doigts très fort entre les siens et nous commençons à marcher. Je ressens son stress, il est en état d'alerte maximum et ses yeux balaient la foule. Je n'arrive pas à croire que ces foutus rédacteurs de blog m'en veulent à ce point.

— Comment ont-ils pu apprendre que je me trouvais à Barcelone ?

— Nous parlerons dans deux minutes. Voilà, nous sommes dans l'immeuble. Laisse-moi taper le code d'entrée. Tu peux entrer. Maintenant, je récupère la clé de l'appartement. Et nous pouvons monter.

Une fois que nous sommes à l'abri dans l'appartement, je laisse ma valise dans un coin. Nous nous regardons longuement, c'est Clément qui brise le silence le premier.

— J'ai eu si peur quand j'ai compris que tu étais sortie de l'hôpital et que tu avais disparu.

— Je n'avais pas disparu, j'ai accepté un reportage à Barcelone.

— Tu vas devoir faire très attention, Alex.

— Clément, je n'arrêterai pas d'exercer mon métier à cause de leurs menaces. Vous ne m'enfermerez pas dans une cage dorée.

Il secoue la tête et me regarde avec ses yeux malicieux.

— Je ne voudrais surtout pas être ton geôlier. Tu serais une prisonnière hors de contrôle.

— Reste sérieux deux minutes. Je ne veux pas m'arrêter de vivre à cause de ces connards. Est-ce que c'est clair ?

Il étouffe un sourire dans sa barbe de quelques jours.

— Ne t'inquiète pas, c'est clair pour nous tous ! Nous devons simplement trouver une solution pour te protéger à tout moment.

— J'ai bien une solution, mais je ne suis pas certaine qu'elle va te plaire.

— Dis toujours…

— Vous pourriez sélectionner un garde du corps sexy pour me protéger.

— Un garde du corps n'a pas besoin d'être sexy pour te protéger correctement.

Voyons voir si je peux le titiller un petit peu ! Histoire de retrouver un semblant de notre complicité et en prime, ça empêche de discuter des sujets sérieux.

— Je suis tout à fait d'accord avec toi. C'est simplement plus agréable à regarder. Quitte à l'avoir toujours sur mon dos, autant qu'il soit agréable à observer !

Il se rapproche dangereusement de moi et glisse un doigt sous mon menton pour le relever.

— Ce n'est pas toi qui l'observes, c'est lui qui t'observe pour vérifier que tu n'es pas en danger.

— On pourrait se protéger mutuellement.

— Alexandra, si tu me cherches, tu vas me trouver.

OMG ! Cette simple affirmation met mon corps en émoi. Un corps que je croyais en sommeil et qui se réveille au contact de ce lion ! Je reviens sur un terrain plus neutre.

— Un truc me chiffonne, Clément. Comment ont-ils pu savoir que je partais pour Barcelone ? Cela s'est vraiment décidé au dernier moment.

— Qui t'a demandé de partir et comment l'as-tu appris ?

— Mon rédacteur en chef m'a appelée directement sur mon portable et c'est l'assistante qui a réglé les détails du voyage.

— Victor pense qu'ils ont infiltré les boîtes mail du journal.

— Bordel ! Ils n'ont pas le droit.

— Je sais, mais ils n'en ont rien à foutre des lois.

Il me contemple comme s'il cherchait à lire dans mon âme. Il caresse doucement ma joue puis passe un doigt sur mes lèvres.

— Toi comme moi, nous sommes très forts pour ne pas parler de ce qui nous touche vraiment. Nous n'avons pas pu avoir cette conversation à l'hôpital, car nous avons été interrompus. Comment te sens-tu, Alexandra ?

La douceur de sa voix, son toucher si léger ont raison des barrières que j'ai érigées autour de mon cœur depuis plusieurs jours. Sans que je ne puisse rien contrôler, les larmes commencent à couler sur mon visage avant qu'elles soient remplacées par de très lourds sanglots.

— Je je je…

Je suis incapable de finir cette simple phrase. Je me jette dans ses bras et je pleure contre son torse. Il me soulève et me transporte jusqu'au canapé. Il s'y assoit tout en me gardant contre lui sur ses genoux. Mes sanglots sont déchirants. Il ne parle pas, il se contente de passer sa main sur mon dos de haut en bas pour me calmer.

Je suis incapable de dire combien de temps je sanglote contre son torse. Je m'apaise petit à petit en respirant son odeur et en sentant la chaleur de sa peau.

Je relève la tête et je m'aperçois avec horreur que j'ai trempé son T-shirt. Limite s'il n'y a pas des traces de morve ! Non, il n'y en a pas. Mon honneur est sauf.

— Je suis désolée, Clément. J'ai complètement trempé ton T-shirt.

— On s'en fout de mon T-shirt. L'essentiel est que tu te sentes mieux. Est-ce que ça t'a fait du bien de pleurer ?

Je prends son visage en coupe et plonge mes yeux dans ses yeux bleu vert extraordinaires. Leur éclat est si beau.

— Oui, c'est la première fois que je me laisse autant aller. Et toi, comment vas-tu ?

— Je déteste te voir dans cet état. Je donnerais tout ce que j'ai pour t'éviter cette souffrance que tu n'as pas méritée.

— Toi non plus, tu n'as pas mérité cette souffrance.

Je dois lui avouer toute la vérité. Je veux la partager avec quelqu'un.

— Je ne sais pas comment tu aurais pris ma décision. Au moment où il m'a frappée, j'ai compris que je voulais garder ce bébé. J'aurais adoré être sa maman.

Pour toute réponse, il me serre contre lui à m'étouffer. D'une voix très rauque, il se contente de murmurer à mon oreille :

— Panthère, je voulais avoir cet enfant avec toi. J'aurais eu peur, mais tu aurais été là pour me rassurer.

Je me décale, je le scrute avec une intensité dont je ne me croyais pas capable avant de me jeter sur ses lèvres. D'abord surpris, il grogne avant d'intensifier notre baiser. Nos dents s'entrechoquent sous la ferveur que nous y mettons et nos langues dansent un rock qu'elles connaissent si bien. Il finit par se relever et par m'emporter dans la chambre. Il tâtonne pour la trouver surtout que je ne lui facilite pas la tâche.

Je suis comme possédée, j'ai besoin de ses bras, de ses lèvres et de son corps pour oublier ce que je viens de vivre. Il m'allonge délicatement sur le lit et me déshabille doucement. J'ouvre les yeux quand il s'éloigne de moi.

Il reste figé et regarde les bleus qui recouvrent mon corps. Je le vois serrer les poings de rage.

— J'aurais dû te prévenir que je gardais encore quelques traces. Excuse-moi, Clément. Donne-moi mes affaires pour que je me rhabille.

— Ton corps est une merveille, ma panthère et tu n'as pas à le cacher. Je te jure que je vais les retrouver et que je leur ferai passer l'envie de te faire du mal. Comment ont-ils pu te toucher ?

— Ce ne sont que quelques bleus.

— Ce sont bien plus que quelques bleus. Ils se sont acharnés sur ton corps et ils ont détruit la petite vie que tu portais en toi. Elle n'était pas prévue, mais nous aurions aimé notre bébé.

Il se penche et commence à embrasser chacune des ecchymoses sur mon corps. C'est sa façon de prendre soin de moi. Je le laisse faire et je passe mes mains dans ses cheveux.

Il s'attarde sur mon ventre, sous mon nombril et de l'eau se dépose sur ma peau. Je pose mes doigts sur son visage et je m'aperçois qu'il pleure. Il pleure notre bébé qu'un homme a assassiné dans mon ventre. Je le laisse passer ses mains et sa bouche encore et encore. Les larmes coulent également sur mon visage. Nous pleurons ce petit être que nous aurions aimé.

Il se calme petit à petit et ses lèvres continuent de descendre. Il les pose sur ma chatte. Je l'appelle doucement.

— Clément, j'ai encore mal. Je ne peux pas.

Il se redresse et se positionne au-dessus de moi sur ses avant-bras pour ne pas m'écraser.

— Je veux juste t'embrasser. Je sais que c'est trop tôt et nous avons le temps de nous retrouver. L'essentiel est que tu ailles bien.

— L'essentiel est que tu ailles bien toi aussi. Je veux juste que tu m'embrasses.

— C'est une demande que je n'aurai aucun mal à honorer. Tu es si belle, Alexandra. Je ne sais pas ce que demain nous réserve, mais je veux guérir avec toi. Je ne te fais aucune promesse, je te dis juste que je veux rester avec toi pour le moment.

Je comprends qu'il ne me dit pas tout. Quand il parle de guérison, je pense que c'est bien plus profond que la perte de notre bébé. Je ne veux rien analyser à l'instant T.

— Nous pouvons sceller ce pacte. Embrasse-moi maintenant.

Ses lèvres pulpeuses recouvrent les miennes avant que son corps n'épouse le mien à la perfection. Cette petite bulle loin de Paris va nous faire du bien et nous permettre de dire adieu à ce petit être qui a vécu quelques semaines dans mon ventre.

Chapitre 23

Clément

Je pose les yeux sur Alexandra et je la regarde écrire sur le pupitre que nous avons installé dans la cuisine. Elle analyse le dernier message de ces connards avec toute l'équipe. Laura est de retour à Paris depuis hier et Romain la tient dans ses bras même si nous sommes de retour à la brigade depuis ce midi. Nous sommes entre nous. Je ne suis pas certain qu'il écoute ma panthère vu la façon dont il lorgne dans le décolleté de la militaire.

Je me perds dans la contemplation de cette femme qui m'émeut. Nous sommes de retour de Barcelone depuis neuf jours et elle ne laisse rien paraître de l'immense chagrin qui la tenaille. Il lui arrive de pleurer dans mes bras quand le souvenir est trop vif.

Pour la première fois de ma vie, j'aime passer du temps avec elle sans que le sexe entre en ligne de compte. Je ne suis pas devenu un moine. J'ai hâte de pouvoir la posséder de nouveau, de pouvoir enfoncer ma queue dans sa chatte bien accueillante. En attendant, je ne cesse de regarder les vidéos que j'ai faites d'elle.

Hier soir, elle s'est endormie devant la télé et je me suis éclipsé dans ma chambre pour mater ces films. J'ai fini avec ma main qui a empoigné ma queue douloureuse. Les va-et-vient se sont très vite enchaînés au son des cris étouffés de la vidéo. Tout a giclé sur mes draps et j'ai dû les changer.

J'ai fini par prendre une douche froide, car j'avais encore envie de redémarrer la vidéo. Je devrais l'effacer pour ne pas devenir accro, mais je n'arrive pas à confirmer la suppression.

Je l'observe et un sentiment de frustration vient de nouveau s'immiscer dans mon esprit et dans mon corps. Après ma douche froide, je suis retourné dans le salon et quelle n'a pas été ma surprise de l'entendre décrocher son portable ! C'était encore ce fichu Noah qui l'appelait. Elle lui a raconté qu'elle a perdu notre bébé. Sa sœur n'est pas au courant, mais ce Noah l'est. Je suis resté en retrait jusqu'à ce qu'elle raccroche. Quand elle m'a vu, son sourire m'a réchauffé le cœur. Je n'ai pas eu le courage de la confronter et de lui demander qui est ce mec.

Ah, il est beau, le policier sans peur et sans reproche ! Il se fait des films pas possibles et il n'est même pas capable de poser une simple question. Il suffirait que tu demandes qui est Noah pour savoir de qui il s'agit. Toi qui dis toujours haut et fort que tu portes tes couilles, laisse-moi rire !

— Qu'est-ce que tu en penses, Clément ?

Il n'en pense rien du tout ! Il n'a absolument rien écouté. Le voilà de retour au collège quand il préférait mater les poitrines naissantes des filles au lieu d'écouter les profs.

— Peut-être as-tu besoin qu'Alex répète ce qu'elle vient de dire... Tu es vraiment très distrait depuis plus d'une semaine.

Je soutiens le regard d'Adrien qui pousse un immense soupir. Amandine se lève et vient passer un bras autour de mes épaules.

— Je t'ai déjà dit de ne pas t'en vouloir pour l'agression d'Alex. Tu as le droit de partir voir ta famille quelques jours.

— Avoue que le timing était vraiment pourri ! J'aurais dû me douter qu'ils pouvaient s'en prendre à elle après la parution de son article.

Alexandra vient se planter devant moi et place ses poings sur ses hanches. Punaise ! Elle est tellement sexy dans cette posture que je suis à deux doigts de bander.

— Nous en avons déjà parlé, Clément. Tu arrêtes immédiatement de te sentir coupable pour cette agression. Tu ne m'aides pas à passer à autre chose.

Je comprends que son langage est codé.

— Je suis la première à blâmer. Tu avais demandé à Jerem, Nico et Benji d'assurer la surveillance pendant que tu étais absent. Et moi, je leur ai faussé compagnie. On peut dire que je suis également responsable de mon agression.

— NOOOOON...

À la surprise de tout le groupe, je viens de hurler dans la cuisine de la brigade. Elle ne peut absolument pas dire qu'elle est responsable de sa fausse couche.

— Alors, arrête-toi aussi de te sentir coupable ! Mon agression est l'œuvre d'un groupe de fous. On se concentre pour les arrêter le plus rapidement possible.

Je hoche la tête tout en plongeant mes yeux dans les siens. Leur bleu turquoise me happe. J'ai l'impression que nous sommes seuls au milieu des autres.

— Tu as raison. Il est plus que temps de les mettre hors d'état de nuire et de les placer sous les verrous. J'en fais mon combat personnel à partir de ce jour.

Je veux qu'elle lise dans mes yeux que je vengerai la mort de notre bébé. Elle pose une main sur mon avant-bras. C'est sa façon de me faire comprendre qu'elle a pigé mes intentions.

Notre bulle explose quand Nico tape dans ses mains.

— Allez, au boulot ! Vous allez arrêter de jouer à « je te touche, tu me touches ».

Je me tourne vers lui et surtout vers Amandine et Adrien. Ma meilleure amie ne quitte pas des yeux les doigts de sa sœur sur ma peau. Vite, il faut que je trouve une parade ! Mon masque de clown va l'y aider.

— Arrête d'être jaloux, mon pote ! Ce n'est pas ma faute si toutes les femmes me trouvent irrésistible.

Alexandra comprend immédiatement et retire sa main. L'emplacement devient soudain glacial.

— Je ne suis pas toutes les femmes, Clément. Je préfère les pompiers, moi.

Encore ces fichus pompiers ! Elle sait exactement quoi dire pour me provoquer et me faire démarrer au quart de tour. Voyons voir si elle apprécie ma répartie...

— Oui, je comprends. C'est un peu comme les hommes avec les infirmières. On les imagine toujours dans leur uniforme blanc riquiqui.

Ses yeux lancent des éclairs avant qu'elle éclate de rire.

— Des clichés de films pornos ! Est-ce qu'elles sont blondes et dandinent du derrière ?

J'ai envie de lui coller une fessée pour se foutre de moi de cette manière. Je m'apprête à répliquer quand Adrien ramène tout le monde à la raison.

— Vous pourrez plaisanter sur les pompiers et les infirmières autant que vous voudrez quand ces bandits seront sous les verrous.

— Oui, tu as raison, doudou.

Le téléphone d'Adrien sonne et met fin à la conversation. Les nouvelles ne doivent pas être bonnes. Il serre les poings et nous l'entendons tonner.

— Qu'est-ce que tu me racontes, Victor ?

Nous n'avons malheureusement qu'un seul côté de la conversation et nous ne pouvons pas entendre ce que notre informaticien répond.

— Ces connards sont des dégénérés. As-tu réussi à remonter l'adresse IP ?

La réponse ne doit pas lui plaire, car il tape un grand coup de pied dans le vide.

— C'est ta mission principale à partir d'aujourd'hui. Tu dois absolument trouver quelque chose pour qu'on puisse se mettre sous la dent.

Romain s'approche de son meilleur ami et pose une main sur son épaule. Il le regarde et lui montre le téléphone. Pas besoin de décodeur pour comprendre qu'il lui dit qu'il y a été trop fort avec Victor.

— Je m'excuse, Victor. Je sais que tu travailles d'arrache-pied, je ne remets pas en cause tout le boulot que tu effectues. Je suis juste frustré.

Je lui aurais bien dit de décharger avec Amandine, mais je ne suis pas sûr qu'il appréciera mon trait d'humour. Quand il raccroche, nous le regardons tous et nous attendons qu'il nous en dise plus.

Depuis quand es-tu suspendu aux lèvres d'un mec ? Je ne sais pas vraiment ce qu'on va faire de toi.

— Je vous jure, ils vont nous rendre chèvre. Si on les laisse faire et qu'on ne les met pas hors d'état de nuire très rapidement, ils vont finir par nous castrer.

— Ce serait vraiment dommage !

Alex me regarde en laissant échapper cette phrase. Je ne peux pas empêcher un léger sourire de se dessiner sur mon visage. Sourire qui disparaît immédiatement quand je vois Amandine faire les gros yeux à sa sœur !

— Tu es vraiment infernale ! Je te signale que nous avons une conversation sérieuse.

— Adrien doit être ravi de t'entendre dire que sa virilité n'est pas une histoire sérieuse.

J'étouffe un éclat de rire derrière ma main que j'ai glissée devant mon visage. Ma panthère va faire péter un câble à sa sœur et à notre doudou. Pas manqué !

— On se concentre, s'il vous plaît ! Ce n'est pas possible d'avoir une discussion qui ne dévie pas vers le cul dans cette brigade. Pour ton information, Alex, ma virilité se porte très bien.

— Tu m'en vois enchantée. Je ne voudrais pas que ma sœur soit frustrée.

Loin de se démonter, elle tient tête à notre lieutenant qui ne sait vraiment plus comment la faire taire. C'est Romain qui vient à son secours et qui recadre le sujet.

— Qu'est-ce que Victor t'a appris ?

— Ces connards ne reculent devant rien pour salir notre image et notre réputation.

— Qu'est-ce qu'ils ont encore inventé ? Est-ce qu'ils ont lancé un concours sur comment nous pourrir la vie ?

— Tu ne penses pas si bien dire, Benji.

— Quoi ?

Je crois que nous sommes sept à avoir posé la question au même moment. Nous nous regardons avant de tourner notre regard vers Adrien.

— Je ne dirais pas qu'ils ont lancé un concours, mais presque ! Ils ont demandé à leurs followers de nous prendre en photo sur nos interventions pour décortiquer le moindre de nos dérapages.

Ils ont créé un onglet spécial pour y déposer les images directement.

Nous entendons un bruit métallique très désagréable. Nico vient d'écraser la canette vide qu'il tenait à la main.

— Quand vont-ils nous laisser tranquilles ? Ils rendent notre travail encore plus dangereux. Nous allons devoir être sur nos gardes à tout instant.

— Ce que nous faisons chaque fois que nous travaillons, les gars !

Adrien vient de nous rappeler que nous sommes déjà hyper prudents. Notre niveau de vigilance se situe à plus de mille pour cent. Limite si nous n'allons pas avoir besoin d'un garde du corps pour assurer nos arrières quand nous serons en intervention !

— C'est complètement fou. Je ne comprendrai jamais la fascination des gens pour nous pourrir la vie.

Jerem me regarde en secouant la tête.

— Ce n'est pas de la fascination, c'est de la haine. Ce sont des extrémistes qui ressentent de la haine pour tout ce qui représente l'autorité et le gouvernement. Ils tueraient même des bébés pour montrer leur force.

— Tu as tout à fait raison ! Ils justifieraient leur infanticide en disant qu'ils les empêchent de grandir pour devenir des disciples du gouvernement français. Ils n'ont aucune morale si ce n'est la leur !

— Parfois, je me demande pourquoi je continue ce métier de dingue.

Je me tourne vers Nico et je le fixe avec une intensité qui doit se refléter dans mes yeux.

— Parce que tu aimes la justice et que tu veux que les enfants puissent grandir dans un monde sans danger.

— Force est de constater que nous échouons lamentablement ! Les dangers n'ont jamais été aussi nombreux autour d'eux. Regarde Internet, les réseaux sociaux, les fusillades... J'en passe et des meilleurs. Y a-t-il encore un seul endroit sur terre où les parents peuvent être certains qu'il n'arrivera rien à leurs enfants ?

— Je te rejoins complètement, Nico. Il y a même des meurtres d'enfants de cinq ans par des adolescents de quinze ans dans des petits villages.

Alexandra et Amandine échangent un regard avant de nous observer. C'est ma panthère qui prend la parole et je pense que nous allons le regretter.

— Est-ce que vous avez fini votre quart d'heure d'apitoiement ? Si les gens savaient que les membres de la célèbre BE 75 déposent les armes, ils ne se sentiraient plus protégés.

— Qui a dit que nous déposions les armes ?

La petite brunette aux yeux bleus vient de piquer notre lieutenant qui la foudroie du regard. Elle ne baisse pas le sien pour autant. Toujours aussi impertinente et insoumise ! Je retrouve sa combativité.

— Oui, qu'est-ce qui te permet de prétendre que nous déposons les armes, Alexandra ?

C'est au tour de Romain de lui envoyer des scuds imaginaires. Elle éclate alors de rire et j'aimerais la plaquer contre le mur pour l'embrasser et la faire taire.

— Regardez-moi ces mâles qui bombent le torse dès qu'on les bouscule un peu. Voulez-vous faire le concours de qui bombe le torse le plus loin ? Vous noterez que je ne vous ai pas proposé le jeu de qui fait pipi le plus loin.

— Alex, tu es impossible !

Amandine vient de nouveau de rappeler à l'ordre sa cadette. Moi, j'adore son impertinence ! Je sais à quel point elle est insoumise et je connais la technique pour dompter son esprit rebelle.

— Comme nous n'avons pas d'intervention qui se profile à l'horizon pour le moment, on se retrouve dans dix minutes sur le terrain d'entraînement.

— Chouette ! Nous allons pouvoir comparer et voir lequel de vous bombe le torse le plus haut.

Adrien s'avance vers la sœur de sa chérie et plante ses yeux dans les siens.

— Tu n'as pas compris, Alex. Tu me sembles très énervée. Nous allons tous faire le parcours du combattant. Nous verrons si ta langue est aussi bien pendue après.

— OK, mais ensuite ne viens pas dire que je perturbe l'entraînement de tes gars !

Impossible de décrire la tête d'Adrien ! Il se demande ce qu'elle va encore inventer pour le défier. Nous montons nous changer et je ne résiste pas à l'envie de ressortir de ma chambre en portant mes vêtements de sport dans la main pour grimper jusqu'à son étage.

J'ouvre sa porte avant de la refermer et de me jeter sur elle. Elle est en sous-vêtements et je meurs d'envie de la déshabiller complètement.

Je la plaque contre le battant et l'embrasse avec passion. Mes mains parcourent ses courbes ensorcelantes. Elle grogne contre ma bouche et me rend mon baiser avec ferveur.

Elle commence à onduler son bassin contre moi et je sens que j'ai besoin de beaucoup plus. Je veux la posséder, je veux la faire mienne, je veux enfoncer ma queue profondément dans sa chatte si accueillante.

Au prix d'un immense effort, je me détache d'elle et pose mon front contre le sien.

— J'ai envie de toi, ma panthère, nous n'avons malheureusement pas le temps.

— Moi aussi, je te veux en moi. Dès que l'entraînement sera terminé...

Je hoche la tête et l'embrasse de nouveau pour sceller cet accord. Il ne reste plus qu'à espérer que l'alarme de la BE 75 ne retentira pas avant que je la possède.

Chapitre 24

Alexandra

Je me laisse tomber sur le lit de Noa et je pousse un énorme soupir de dépit.

— Je vais finir comme une vieille fille frustrée. Je te jure, cette foutue sirène va avoir ma peau.

Ma meilleure amie éclate de rire en me regardant et je lui balance son oreiller en pleine tronche.

— Tu es vraiment une sans cœur. Je te confie que je suis frustrée de la chatte et tu te fous de ma gueule.

Son rire part de plus belle et c'est limite si elle n'essuierait pas des larmes. J'attrape son second oreiller et je lui lance. Elle l'esquive d'un mouvement léger.

— Olé !

— As-tu fini de te foutre de moi ?

— C'est de ta faute, Alex. Comment peux-tu prétendre que tu es frustrée de la chatte alors que ton dernier rapport sexuel date d'il y a deux ou trois semaines ? Imagine les femmes qui n'ont pas fait l'amour depuis un an ou deux !

J'écarquille les yeux avant de porter la main à ma poitrine comme si on m'enfonçait un poignard.

— Après t'être foutue de moi, tu veux ma mort. Deux ans sans le sexe d'un mec en moi, il est préférable que je sois sous terre.

— Arrête tes conneries ! Il n'y a pas que le sexe dans la vie, il y a aussi les copines, le rhum, la tequila. As-tu besoin d'exemples supplémentaires ?

— Moi, je veux quand même un étalon que je peux dompter à outrance.

— T'es vraiment une grande barge ! Si ta sœur t'entendait, elle ne s'en remettrait pas.

— Je ne suis plus aussi sûre. Je pense qu'elle a bien dompté l'étalon Adrien. Pourtant, c'est un fougueux, celui-là !

— Et toi, où en es-tu avec Clément ? Dirais-tu que tu l'as dompté ?

Je secoue la tête avec véhémence.

— Il faudrait déjà que je veuille le dompter. J'aime l'étalon fougueux et sauvage qui sommeille en lui. Je ne cherche pas à le dompter, je veux juste prendre du plaisir avec lui.

Elle ne me répond pas, elle m'observe avec attention. Je déteste quand elle fait ça. Elle continue de me scruter sans prononcer un seul mot. Elle est très forte pour me tirer les vers du nez.

— Quoi ?

Et voilà, je viens de hurler dans la chambre ! Elle est toujours aussi douée. J'ai perdu l'habitude d'affronter ses longs moments de silence. Avant qu'elle parte en Martinique, j'étais passée maître dans l'art de résister à ses observations silencieuses.

— Pour toi, prendre du plaisir signifie partager le lit d'un mec pendant quelques semaines. Avec ton Clément, c'est différent. Il me semble que tu as dépassé le stade de quelques semaines.

Elle m'énerve quand elle fait ça. Elle suggère les choses sans préciser le fond de sa pensée.

— Arrête d'essayer de lire dans ma tête !

Elle risque d'y rester un moment. C'est le bazar là-dedans et on pourrait être à l'étroit. C'est bizarre que je ne sois pas la seule à penser qu'il y a peut-être autre chose derrière cette relation avec Clément.

Madame moralisatrice, tu la mets en veilleuse ! Je rêve de pouvoir lui asséner un grand coup de marteau comme les juges sur leur pupitre. Ma meilleure amie va s'attirer les foudres et prendre pour les deux enquiquineuses.

— Tu te fais encore des films, Noa. Ce mec est juste un Dieu du sexe. Quand je vais me lasser de lui, je tournerai les talons sans aucune hésitation. Alors, n'imagine rien du tout !

— Oh, je n'imagine absolument rien ! Je constate juste. Tu étais prête à garder son bébé.

Une douleur fugace me transperce le cœur et le ventre. Est-ce que l'expression de mon visage me trahit ? Noa se précipite immédiatement vers moi et me prend dans ses bras.

— Je suis vraiment désolée, ma puce. Je voulais te prouver quelque chose et je n'ai pas pensé que je pouvais raviver ta souffrance. Je te demande pardon.

Je suis encore fragile dès que je pense à ce bébé qui n'a pas survécu à la cruauté des hommes. Les larmes coulent de nouveau sur mes joues sans que je puisse les arrêter. Qu'est-ce que j'en ai marre d'être aussi émotive !

— Oh, Alex, ne pleure pas ! Je ne voulais pas te faire de peine. Je n'aime pas te voir dans cet état. Toi qui es si forte, j'ai l'impression que tu n'arrives pas à remonter la pente.

— Je ne sais pas ce qui m'arrive, Noa. Je me sens fatiguée, émotive et cette histoire avec la BE 75 me tape sérieusement sur les nerfs.

Oui, mon amie est au courant de tout ce qui se passe. J'ai une confiance aveugle en elle. Je n'en ai pas parlé à Clément, car il ne comprendrait peut-être pas et ce n'est pas dans mes habitudes de me justifier.

— Tu n'as jamais été d'une grande patience. Elle ne fait pas partie des qualités que tu peux mettre en avant.

— Ce n'est pas seulement une question de patience, Noa. J'en ai marre d'être constamment surveillée, j'en ai marre de devoir me demander si c'est raisonnable d'aller à tel ou tel endroit.

Elle met ses mains sur mes épaules et les serre avec force.

— Depuis quand es-tu aussi tourmentée ? Pourquoi n'en parles-tu pas avec Clément ? Il est flic, il va comprendre.

— Tu rigoles ! Si je lui confie mes doutes et mes peurs, je ne vais plus pouvoir mettre un orteil dehors toute seule. Je ne laisserai pas des terroristes dompter ma vie. J'en ai juste marre d'être aussi émotive.

— Tu as vécu beaucoup de choses traumatisantes ces dernières semaines : ta tentative d'enlèvement, ton agression, la perte de ton bébé. Beaucoup de personnes craqueraient pour moins que cela. Tu dois être indulgente avec toi-même.

Je hoche la tête avant de la serrer dans mes bras.

— Clément est le seul qui parvient à m'apaiser. Le sexe est extraordinaire avec lui et je ne pense plus à rien.

— Je te connais, Alex. Est-ce qu'il t'apaise uniquement avec le sexe ?

Je refuse d'avoir de nouveau cette conversation avec elle. Je regarde machinalement l'heure et je me rends compte qu'il est temps que je parte. Ils vont encore s'affoler si je ne rentre pas à l'appartement. C'est comme si j'avais perdu ma liberté chérie. Je dois rendre des comptes alors que je ne fais rien de mal. Je passe juste un bon moment avec ma meilleure amie.

***

J'ai l'impression d'être suivie, d'être épiée de nouveau. Depuis quand ai-je perdu toute maîtrise sur ma vie ?

J'accélère le pas et mon cœur bat à cent à l'heure. Je n'arrive plus à me promener tranquillement dans la rue sans aucune arrière-pensée. Je me retourne une fois, deux fois. Je ne vois personne.

L'appartement que Noa loue se trouve pourtant à proximité de la station de métro. Je me retiens de courir. Je reste parmi la foule en espérant que quelqu'un viendra à mon secours si jamais je suis attaquée.

Je m'engouffre dans la station et je marche très rapidement pour attraper le prochain métro. Il est primordial que je garde mon calme et que j'arrête de m'écrire des films. C'est de la faute d'Amandine et de toute la bande si j'ai constamment peur.

Tu es de mauvaise foi. Ce ne sont pas eux qui t'ont agressée ou qui ont tenté de t'enlever.

Punaise ! J'essaie d'oublier tous ces détails pour rester sereine et il faut qu'elle me les rappelle. Je respire doucement, je ne veux surtout pas devenir la nana qui a peur chaque fois qu'elle se retrouve au milieu d'une foule. Ce n'est pas moi et je déteste ce que je suis en train de devenir. J'essaie de calmer les battements de mon cœur, j'ai tellement l'impression d'être observée. Je commence à hyperventiler et mon ventre se noue.

Je compte les stations de métro restantes avant mon arrivée. Il n'en reste que trois. Si je respire lentement, je devrais survivre. Je me force à rester calme et sereine. Ce qui n'est pas une mince affaire vu l'état de stress dans lequel je me trouve.

Il ne reste plus qu'une seule station et je pourrai marcher très vite pour aller m'enfermer dans l'appartement. Est-ce que je vais devenir cette fille qui a perdu son insouciance à cause d'eux ? Je ne veux pas qu'ils me changent.

Le métro s'apprête à s'arrêter et je suis dans les starting-blocks pour sauter sur le quai. J'appuie sur le bouton pour ouvrir les portes et me voilà déjà dans les escaliers. J'ai l'impression d'avoir le feu aux fesses ou le diable au derrière.

Encore une fois tu ne perds pas de vue l'essentiel ! Sauver tes fesses ou ton derrière ! Tu es définitivement incurable.

Toi, tu vas emmerder quelqu'un d'autre ! Je monte les escaliers comme si je courais une épreuve de trail. Il me faut moins de cinq minutes pour me retrouver dans le cocon de l'appartement de Clément. J'arrive enfin à déglutir et à respirer librement.

Jusqu'à ce que j'entende du bruit derrière la porte ! Ce n'est pas possible ! Comment quelqu'un a-t-il pu me suivre jusqu'ici ? Je suis sur le point de hurler quand j'entends une clé dans la serrure. Clément ouvre la porte et entre. J'ai envie de lui taper dessus, mais je me précipite dans ses bras.

— Tu m'as fait peur. Franchement, tu m'as foutu la frousse de ma vie.

— Oui, j'ai vu. Tu marchais comme si tu voulais gagner une épreuve olympique.

Je me décale et je le regarde. Est-ce que c'est lui qui m'observe depuis mon départ de chez Noa ?

— Depuis combien de temps me suis-tu ?

— Depuis suffisamment longtemps pour savoir que tu ne sortais pas du journal.

Cette fois-ci, je ne me retiens pas. Je commence à lui marteler le torse avec mes poings.

— Comment as-tu pu me faire une peur pareille ? J'ai cru que j'allais me faire agresser ou me faire enlever.

Il m'observe de ses yeux calmes et j'ai envie de l'étrangler. Oui, je serais capable de commettre un meurtre.

— Au moins tu as compris que tu es en danger permanent ! Ta sécurité est importante et tu dois rester vigilante.

— Je n'étais pas en danger, j'étais chez Noa.

Il déglutit avec difficulté avant de croiser les bras sur son ventre.

— Tu dois nous dire où tu te trouves à tout instant.

— Tu ne me mettras pas dans une cage dorée et tu ne m'empêcheras pas de voir Noa.

Il s'avance vers moi et je recule vers le mur. Son corps se plaque presque sur le mien et empêche toute tentative de fuite.

— Encore ce foutu Noah ! Qui est ce mec avec qui tu passes tout ce temps ? Est-ce que tu t'envoies en l'air avec lui ?

Je le regarde et j'éclate de rire. Oui, franchement, un rire hystérique.

— Ma parole, tu m'as fait mourir de frousse, car tu es jaloux. Et, si je le souhaite, je m'enverrai en l'air avec Noa.

— Tu arrêtes immédiatement tes insinuations. On a décidé de se passer de préservatifs et de rester exclusifs.

Je persiste et je signe pour le faire dégoupiller. Ma vengeance perso après ce qu'il vient de me faire endurer !

— Si je le souhaite, je m'enverrai en l'air avec Noa. Elle sera ravie de me tenir compagnie.

— Je te jure que si tu t'envoies en l'air avec ce Noah...

Il s'arrête soudain en plein milieu de sa phrase comme s'il avait enfin percuté.

— C'est une femme !

— Oui, monsieur le jaloux, Noa est ma meilleure amie et elle possède deux seins et une chatte. Je m'enverrai en l'air avec elle en saut en parachute.

Ses lèvres s'abattent sur les miennes dans un baiser où se mêlent frustration et soulagement. Je grogne avant de sauter contre lui pour enrouler mes jambes autour de ses hanches. Je me détache de lui et je murmure contre son oreille :

— Tu es jaloux, Clément. Pourquoi es-tu jaloux ?

— Tu n'es qu'une impertinente qui n'en fait qu'à sa tête. Tu aimes tester mes limites.

— Et toi, as-tu envie de tester les miennes ? Quatre jours que je meurs d'envie que tu t'enfonces en moi ! Quatre jours que je veux sentir ta queue au plus profond de ma chatte !

— Il serait vraiment dommage de te faire attendre plus longtemps.

Ses mains passent sous ma robe et il déchire mon tanga d'un coup sec. Je suis émoustillée de voir avec quelle facilité il a écarté la dentelle. Il plaque mon dos contre le mur et il s'éloigne de moi. Je commence à protester quand j'entends la fermeture éclair de son jean descendre. Je baisse les yeux et je vois son membre épais passer par l'ouverture. J'avale ma salive avec difficulté.

— Attrape mon téléphone dans la poche arrière de mon jean. Filme-moi pendant que je m'enfonce en toi.

Je n'hésite pas un seul instant et j'enclenche le mode vidéo dès qu'il est dans ma main. Je dirige son smartphone entre nos deux corps et nous regardons sa queue prendre possession de ma chatte à travers l'écran. Je frissonne de plaisir quand il tape au fond. Il se retire doucement.

— Encore !

Nos regards sont fixés sur le carré lumineux. C'est intense, c'est érotique.

— Ne t'arrête plus !

Il me pilonne à un rythme d'escargot pour que nous profitions du spectacle. Ses mains malaxent mes fesses. Je sens tout à coup un de ses doigts dessiner le contour de mon anus. Je me raidis instantanément avant qu'il souffle contre ma bouche.

— Reste calme et profite du plaisir. Je t'habitue petit à petit.

J'ai envie de lui faire confiance alors je ferme les yeux et je le laisse me donner du plaisir.

— Tu es si belle, Alex. Tu es si étroite. Ta chatte est parfaite pour ma queue. Regarde comme elle te pénètre.

Je rouvre les paupières. Mes yeux se posent sur le visage de Clément. Il est fasciné par l'écran de son portable. Je baisse le regard et j'adore ce que je vois. Son membre dur entre et sort de moi.

— Fais-moi jouir, mon lion fougueux.

Je le vois se déchaîner pour nous emporter loin de cette pièce. Je suis incapable de détacher mes yeux de l'écran. Mes gémissements de plaisir décuplent son ardeur. Sa queue s'enfonce dans ma chatte en même temps que son doigt pénètre mon cul. Je ne maîtrise plus la boule qui s'est formée dans mon ventre et qui explose. Un orgasme foudroyant me coupe la respiration tandis que Clément s'est immobilisé jusqu'à la garde au fond de moi.

— Que c'est bon, Alex !

Oui, ce mec est un étalon du sexe. Il me pousse au-delà de toutes mes limites. J'ai envie de tester tous mes interdits.

Chapitre 25

Clément

Il est vraiment rare que nous intervenions hors de France métropolitaine. Le ministère de l'Intérieur préfère que nous restions dans les limites de l'Hexagone pour pouvoir intervenir en cas de fortes tensions.

La situation est devenue si incontrôlable en Martinique que nous venons de nous taper cinq heures dans un avion militaire. Il en reste encore une. On a gagné deux heures par rapport à un vol commercial. Pour une fois, nous avons eu un petit peu plus de confort pendant que nous survolions l'océan Atlantique. La mission qui nous attend n'est pas de tout repos. Enfin, elles ne le sont jamais !

Nous sommes appelés en renfort aux côtés de la gendarmerie et de l'armée pour faire face aux émeutes qui secouent plusieurs villes de la Martinique et surtout la principale, Fort-de-France.

Officiellement, nous allons combattre à leur côté dans la rue pour repousser les manifestants et les pilleurs. Officieusement, nous sommes chargés d'exfiltrer les leaders de la contestation. Le délai qui nous a été donné est très large. Nous devons les arrêter pour hier.

Je lève les yeux vers Adrien et il n'arrive pas à masquer son inquiétude.

— Es-tu inquiet pour la mission ou pour avoir laissé Amandine à Paris ?

— Tu sais très bien que je n'aime pas la laisser seule avec ces fous qui rôdent.

— Daniel a engagé une équipe de sécurité pour assurer sa protection ainsi que celle d'Alexandra pendant notre mission.

Il secoue la tête en m'observant. Il essaie de lire dans mes pensées, j'en suis persuadé.

— Je ne fais confiance à personne pour assurer sa protection. Je ne fais plus confiance à personne depuis le début de cette histoire. Il y a de fortes chances que nous ayons une taupe au sein de la BE 75.

— C'est gentil de savoir que tu ne nous fais plus confiance.

Nico vient d'intervenir et scrute notre chef. Ce dernier fait la moue en entendant les paroles de notre frère d'armes.

— Tu es con, Nico ! Vous êtes les seuls en qui j'ai une totale confiance aujourd'hui. Ainsi que Daniel, Victor, Laura, Alexandra et bien entendu Amandine.

— On peut faire confiance à Amandine pour faire baisser ta pression, mais pas pour te protéger !

Romain assène un petit coup dans l'épaule à Benji.

— Tu ne devrais pas sous-estimer la force d'une femme amoureuse. Elles sont capables de tout pour sauver leur homme.

— Toi, tu es très bien loti avec ta militaire. Adrien a plus de cheveux blancs à se faire avec Amandine.

— Ma chérie pourrait vous surprendre.

Je ne résiste pas à l'envie de le taquiner. Autant plaisanter un petit peu avant la mission délicate qui nous attend !

— Est-ce que tu n'es plus capable de dégainer et que tu passes ton temps à lui apprendre des rudiments de self-défense ?

— Je te jure qu'Amandine est comblée. Je ne suis pas devenue un papy contrairement à ce que tu penses. Et toi, pas trop difficile d'avoir une vie sexuelle avec Alexandra qui vit en coloc avec toi ?

Je ne peux décemment pas lui avouer que je couche avec sa belle-sœur. Je noie le poisson comme je sais si bien le faire en détournant les yeux. Il ne manquerait plus qu'il s'aperçoive que je lui mens.

— Tout va bien de ce côté-là, je ne suis pas en manque.

Techniquement, je ne lui ai pas menti. Je ne lui ai juste pas avoué qu'Alexandra est celle qui partage mon lit.

— Comment fais-tu pour honorer tes conquêtes et protéger Alex ? Les ramènerais-tu dans ta chambre alors que ta règle d'or est de toujours te rendre chez la demoiselle ?

Punaise ! Ils me connaissent vraiment trop bien. Je hausse les épaules dans un geste désinvolte comme si tout ça n'avait pas d'importance.

— Je m'adapte.

— Comment fais-tu pour t'adapter ? Il nous reste du temps à tuer avant l'arrivée à Fort-de-France alors tu vas nous confier tous tes secrets.

Pourquoi ne leur réponds-tu pas que c'est Alex qui fait baisser la pression dans ton boxer ? Question adaptation, tu as fait très fort !

Ça ne va pas, toi ! Si j'avoue que je couche avec Alex, je suis un homme mort à mon retour à Paris. Connaissant Adrien, il sera incapable de se taire et avertira ma meilleure amie.

Qui n'hésitera pas à mettre sa menace à exécution dès que tu poseras un pied à la BE 75 ! À savoir te couper les couilles !

Des frissons d'effroi me parcourent. Personne ne touchera à mes couilles. Ou alors uniquement pour les cajoler, les embrasser et les sucer.

— À quoi penses-tu, mon pote ? Tu ne nous as pas répondu.

— Je ne vais pas vous confier tous mes secrets.

— Regardez-le qui fait le modeste ! Depuis quand gardes-tu tes bons plans pour toi ? Ou as-tu peur que nous en parlions à Amandine et qu'elle t'en empêche pour protéger les oreilles chastes d'Alexandra ?

Je ne peux réprimer un sourire. Les oreilles de ma panthère peuvent être décrites de différentes façons sauf de l'adjectif chaste !

— Qu'est-ce qui t'arrive ? Tu deviens de plus en plus mystérieux. Tu commences à me rappeler Adrien et Romain.

Tout à coup, Benjamin, Nico et Jerem me scrutent comme s'ils voulaient lire au plus profond de moi. Vous pouvez toujours essayer, les gars, mais vous ne découvrirez pas la noirceur de mon âme. Je ne dévoilerai jamais mes tourments.

— Se pourrait-il qu'il soit tombé amoureux à son tour ?

— Ça va pas ! Je ne réponds pas à vos questions et vous en déduisez que je suis tombé amoureux. Vous êtes complètement barjots, les gars. La meuf qui me mettra le grappin dessus n'est pas encore née.

— Vous ne trouvez pas qu'il se défend bien vite pour un gars qui n'a rien à se reprocher.

Je sens que la conversation va m'énerver. Je me tourne vers Adrien qui m'observe avec un drôle d'air. Ah, non ! Il ne va pas s'y mettre aussi.

— N'as-tu pas des informations à nous donner ? Cela leur évitera de parler comme des gonzesses autour d'un thé et de petits gâteaux.

— Non, on parle comme des mecs autour d'une bière et de tranches de saucisson.

Le téléphone satellite d'Adrien sonne à ce moment-là et je pourrais vénérer cet objet. Nous interrompons notre conversation pour laisser notre lieutenant se concentrer sur l'appel. Il hoche la tête tout en essayant de noter des éléments sur son calepin. Quand il raccroche, nous sommes tous impatients de connaître les nouvelles. Il passe sa main sur son visage dans un geste de lassitude.

— La situation est encore plus explosive qu'à notre départ de Paris. Les pillages se sont intensifiés et ils mettent le feu aux véhicules pour former une barrière entre les forces de l'ordre et eux. L'armée les avait encerclés. Ils ont utilisé des bouts de bois pour fabriquer des torches et les ont balancées sur les policiers et les militaires.

— Quelle horreur ! Est-ce qu'il y a des blessés ?

— Il y a des blessés qui souffrent de brûlures superficielles. Ils ont eu l'instinct de reculer quand ils ont compris que la situation s'envenimait.

— Est-ce que nous nous rendons directement sur place ?

— Oui, Nico, tu n'auras pas le temps d'aller faire un petit plongeon dans la mer des Caraïbes.

Adrien lui adresse un clin d'œil et éclate de rire. Puis il reprend plus sérieusement :

— Pas le temps d'aller à un centre de commandement pour voir comment nous allons intervenir. Nous devons être sur place le plus rapidement possible pour leur prêter main-forte.

— Tu as dit qu'ils attendent de nous d'exfiltrer les leaders de la contestation. Comment allons-nous les reconnaître ?

— Ils sont entourés par une garde rapprochée fournie. J'attends également de recevoir des photos pour que nous puissions les identifier dans la seconde.

— Messieurs, nous allons atterrir d'ici quelques minutes. Merci de rattacher vos ceintures si vous les avez détachées.

J'ai envie de répondre au pilote que nous ne nous serions pas aventurés à détacher nos ceintures vu la vitesse de l'appareil. Il est préférable de rester copain avec lui tant que les roues n'ont pas touché le sol.

— J'aurais bien voulu que ce soit Laura qui nous transporte.

— Arrête tes conneries ! Elle aurait été capable de faire des loopings pour se venger de Romain qui n'assure pas suffisamment au lit.

Benjamin se prend un regard noir de Romain qui lui montre qu'il est complètement fou. Adrien tourne alors son écran vers nous et nous montre les photos des hommes que nous devons éloigner de la manifestation. Je ne sais pas pourquoi, mais j'ai la conviction qu'ils vont nous donner du fil à retordre.

Je ne pensais pas si bien dire. Deux heures plus tard, nous sommes aux prises avec des hommes qui ne reculent devant aucune violence. C'est comme s'ils étaient assoiffés de sang. Ils ont de nouveau mis le feu aux véhicules pour que nous ne puissions pas les approcher.

— Tango 12, attention ! Ils mettent maintenant le feu à du papier pour le balancer vers nous.

— Ils sont givrés, ma parole ! Tout le monde est en danger autour de la place. Il y a des habitations à proximité ainsi que des civils.

— On reste concentrés, les Tangos. Les pompiers arrivent pour éteindre les incendies et sécuriser les alentours. Nous avons une mission à accomplir.

— Tango 10, comment veux-tu que nous repérions les chefs avec toute cette fumée ?

— Je sais que c'est difficile, mais ils ne feraient pas appel à la BE 75 si c'était simple.

Les conditions d'intervention sont catastrophiques. Nous sommes face à des jeunes qui veulent absolument en découdre avec les forces qui représentent l'autorité de la France. Qu'est-ce que nous avons loupé dans l'éducation de nos enfants pour que tout dérape ? Ont-ils tellement peur de leur avenir qu'ils ne savent plus quoi faire ?

Ils défient le gouvernement et par la même occasion, ils affrontent les forces de l'ordre. Je ne comprendrai jamais que l'on puisse détruire ce que les autres ont mis des années à construire. Leur peur de l'avenir n'excuse pas tout et nous sommes là pour le leur rappeler.

— Tango 8, un assaillant derrière toi avec une barre de fer.

— Tango 10, attention, des papiers enflammés volent au-dessus de toi !

Les alertes Tango se multiplient, nous sommes tous concernés à un moment ou à un autre. J'évite des coups de poing dans le dos grâce aux alertes de Benji. Punaise, c'est un vrai carnage ici !

— Les Tangos, on se replie. Il faut décider d'une autre stratégie. Nous avons besoin de plus de bras pour écarter les assaillants et aller jusqu'à leurs chefs.

Nous écoutons les consignes de notre lieutenant et nous commençons à reculer. Nous voir repartir vers les camions de CRS, du RAID et des militaires les met en joie. Ils pensent nous avoir vaincus.

— Prenez-les en photos pour qu'on envoie à l'adresse du blog. Les bâtards de la BE 75 abdiquent.

Quand je l'entends nous traiter de bâtards et mentionner le blog, je m'arrête et ravance d'un pas.

— Les Tangos, on recule. On ne les écoute pas et on recule.

Malgré l'ordre de notre lieutenant, je reste planté.

— On recule, j'ai dit. On recule.

Adrien vient de hurler dans son oreillette et de nous percer les tympans. Romain se trouve près de moi et attrape mon poignet. Il murmure :

— On recule. Moi aussi, j'ai envie de leur rentrer dans le lard. On recule, mon pote.

Je tourne la tête et les deux billes de mon frère d'armes me sondent. J'acquiesce et repars vers l'arrière.

Nous reculons et ils poursuivent leur avancée. Limite s'ils ne vont pas charger ! C'est le monde à l'envers. Les méchants qui veulent charger les gentils sans aucune peur...

— On balance les gaz, les Tangos.

Nous avons compris le message codé d'Adrien. Nous sortons les armes et les pointons vers les manifestants. Au top de notre chef, nous tirons les gaz lacrymogènes.

— Oh, les salauds ! Ils veulent nous étouffer. À mort, les flics ! À mort, les flics !

Ils sont plusieurs à hurler.

— À mort, les flics ! À mort, les flics !

Nous rechargeons avant de tirer. Ils toussent comme des malades et se tiennent le ventre. J'aperçois alors un des chefs que nous cherchons.

— Tango 10, un des leaders est devant moi à trois mètres.

— On passe par la droite. Les trois à droite, vous y allez. Nous couvrons.

Romain, Nico et moi contournons les assaillants et arrivons à agripper le chef de bande qui crache ses poumons.

— À l'ai...

Quand il ouvre la bouche pour gueuler, je lui fous un coup de crosse. Hors de question qu'il appelle ses petits copains à l'aide ! Il est à moitié dans les vapes et je l'attrape sous les épaules pour le traîner derrière mes potes qui continuent de gazer les manifestants.

Une fois à l'abri des regards, Nico soulève les pieds et nous l'emportons vers un fourgon blindé. Nous le balançons à l'intérieur quand il commence à gesticuler comme un ver de terre.

— Espèce d'enfoirés de flics ! Je vais vous saigner comme des cochons. Soyez des hommes et enlevez vos cagoules. Enfoirés !

Nous claquons la portière et faisons un signe aux deux policiers pour qu'ils partent. Ils sont escortés par quatre motards.

— Merci, les gars. Je suis Damien, le responsable de la police de Fort-de-France. Venez dans le QG que nous avons mis en place dans une maison des alentours.

Nous le suivons et découvrons une immense pièce qui fourmille d'uniformes. Je lève les yeux sur l'écran qui projette une carte de la Martinique avec des points lumineux partout.

— Oui, c'est une catastrophe. Nous n'avons jamais vu ça. L'île est à feu et à sang.

Nous ne sommes pas prêts de rentrer en métropole. J'attrape mon portable dans ma veste sous le gilet pare-balles.

Clément : [Sois prudente, panthère. Je ne suis pas prêt de rentrer.]

Alexandra : [Je sais. Mon journal m'envoie sur place pour couvrir les émeutes. À demain.]

Je ferme les paupières un instant. Elle a le don pour se précipiter dans la gueule du loup.

Chapitre 26

Alexandra

Je récupère les clés de la voiture de location et rejoins Amandine qui m'attend avec les bagages. Oui, c'est la grande information du jour. Ma sœur est venue avec moi sans prévenir son chéri. Adrien va péter un câble quand il va découvrir qu'elle lui a désobéi.

— Je te préviens, je ne veux pas être dans les parages quand ton Bad Boy te verra. Je prends la poudre d'escampette.

— Moi qui pensais pouvoir compter sur ma petite sœur, je suis déçue. Tu pourrais protéger mes fesses.

— Chacun son problème ! Tu n'auras qu'à lui faire un sourire pour l'amadouer.

— Il n'est pas si facilement corruptible, tu sais.

— Si tu te déshabilles, il devrait rendre les armes. Ou tu enfiles une nuisette transparente et sexy.

— Il connaît mon corps par cœur. S'il est vraiment en colère, me voir nue ne changera pas son humeur.

Je m'arrête en plein milieu du chemin et me tourne vers ma sœur. Purée, il faut tout lui apprendre.

— Surprends-le, Am. C'est un mec, il aime ton corps et les surprises. On va passer chercher des bombes de teinture et tu vas te mettre de la couleur rose ou bleue.

— Je ne me teins pas les cheveux. Je dois plaider la semaine prochaine et je ne veux pas qu'on me voie en rose ou en bleu.

— Amandine Marty, tu me désespères. Tu ne teins pas tes cheveux, mais les poils de ta foufoune. Et ne me dis pas que tu es une adepte de l'épilation intégrale, je ne te croirais pas. Tu es trop chochotte pour supporter la douleur.

— Je ne vais pas me teindre la foufoune.

— Alors tu supporteras la colère de ton homme.

Nous montons en voiture et commençons à rouler. Je dois rejoindre mon cameraman qui est arrivé hier. Sur la route, nous découvrons les traces des émeutes qui se multiplient dans l'île. Des véhicules retournés, d'autres calcinés, des parcs avec des pelouses brûlées...

— Arrête-toi et va me chercher de la bombe rose ou bleue.

Ma sœur me fait sursauter au moment où elle crie. Je me tourne vers elle et l'interroge du regard.

— Je vais avoir besoin d'un dérivatif pour canaliser la colère d'Adrien. Là, je panique complètement.

J'entre dans le parking et pars chercher la teinture dans le magasin. J'espère pouvoir en trouver, car tous les coiffeurs n'en ont pas. Je leur sors un baratin pour leur dire que je suis invitée à une soirée et que j'ai besoin de bombes aérosol de couleur pour les cheveux. Bah oui, je ne leur dis pas que c'est pour des poils de chatte. Ils en ont. De la teinture, pas des poils de chatte ! Une rose pour Amandine et une bleue pour moi que je cache au fond de mon sac.

Je rejoins ma sœur et nous partons à l'hôtel déposer nos bagages.

— Profites-en pour prendre une douche et colorer ta foufoune. Il vaut mieux que tu sois prête quand Adrien va te tomber dessus.

Elle hoche la tête avant de disparaître dans sa chambre. Je monte à mon étage puis me déshabille pour entrer dans la douche. L'eau brûlante me permet de détendre mes muscles endoloris par le long voyage. J'y reste longtemps avant de me sécher. Je prends la bombe en main et commence à colorer ma chatte en bleu. Je me regarde dans le miroir et j'ai l'impression que mon ticket de métro est aussi turquoise que la mer des Caraïbes. Clément pourra y plonger avec délice.

J'enfile un jean propre avec un caraco puis je fourre mes affaires dans mon cabas. Je passe mon accréditation presse autour de mon cou. Il ne me reste plus qu'à retrouver ma sœur dans le hall et mon cameraman sur un des lieux chauds. Je lui envoie un mail et il m'indique de le rejoindre au centre tactique du côté de Fort-de-France.

— Il y a fort à parier que toute l'équipe de la BE 75 se trouve à l'endroit où nous nous rendons. Es-tu certaine que tu veux jouer mon assistante ?

— Certaine à 2000 % ! Je suis toute colorée pour affronter la colère de mon homme.

Je lève les pouces en avant et nous repartons de l'hôtel. Ma sœur fait la fière, mais elle n'est pas rassurée. J'aurais dû être plus ferme et refuser qu'elle m'accompagne. Je tourne la tête vers elle et tente de la rassurer.

— Ne t'inquiète pas ! Notre stratégie de diversion devrait fonctionner.

Tu pourrais avoir honte de toi ! Tu as perverti ta sœur avec tes idées de luxure. Lui faire colorer son sexe en rose !

Il fallait trouver avec les moyens du bord. Je ne pouvais pas la remettre dans le premier avion pour Paris. J'ai improvisé pour qu'elle puisse surprendre le lieutenant de son cœur et l'amadouer. Ce qui n'est pas une mince affaire quand on connaît Adrien Laval !

Nous arrivons sur une zone d'émeutes et il n'y a plus de place pour la plaisanterie. Je montre ma carte de presse à un policier qui nous demande de circuler.

— Est-ce que le lieutenant Damien Sargos est en charge de l'opération ?

— Oui, c'est bien lui qui dirige la riposte.

— Pouvez-vous lui dire que la journaliste Alexandra Marty souhaite lui parler ?

Il m'observe avec attention avant d'attraper son portable. Il compose un numéro.

— Damien, une de tes groupies veut avoir des informations.

Je m'étranglerais presque avec ma salive. Une groupie ? Ce flic qui ne me connaît ni d'Eve ni d'Adam vient de me traiter de groupie.

— Assez grande, brune aux yeux bleus. Elle gesticule beaucoup.

Tu veux un coup de boule, espèce d'enfoiré ? Je peux me prendre pour Zizou. Même pas peur, moi ! Je me retiens de le crier ou ce serait mort pour rentrer dans la salle tactique.

— Oui, c'est exactement ça ! Elle a prétendu s'appeler Alexandra.

Il en tient une couche, celui-là ! Je n'ai pas prétendu m'appeler Alexandra, je m'appelle Alexandra, Ducon. Je m'apprête à répliquer quand il me lâche :

— Vous pouvez entrer.

J'attrape la main de ma sœur qui semble hésiter. Aurait-elle peur de croiser son lieutenant ténébreux ? Je souffle entre mes dents :

— Ce n'est pas le moment de traîner les pieds. Il fallait y penser avant de partir de Paris.

— Il va me défoncer, Alex.

Là, il est nécessaire que je détende l'atmosphère avec une de mes plaisanteries.

— Rien qu'il n'ait déjà fait en somme !

— Tu es impossible ! Je ne parlais pas dans ce sens-là.

Nous marchons rapidement vers le centre tactique sous les regards curieux ou intéressés des policiers en service. Un homme reste un homme, quelles que soient les circonstances.

Je pénètre dans le centre tactique au moment où Damien lève la tête.

— La plus belle et la plus intrépide des journalistes est dans la place. Bon retour en Martinique, Alex. Désolé, les gars, je vous abandonne deux minutes.

Il vient vers moi et m'enlace alors qu'ils sont en train de gérer une situation d'urgence extrême.

— Salut, ma belle. Comment vas-tu ? Toujours aussi magnifique. Veux-tu que je te fasse un point précis de la situation pour ton journal ?

Il m'étreint longuement avant de me chuchoter à l'oreille :

— Si tu as envie de passer un bon moment pour oublier ce que tu vas voir, n'hésite pas à faire appel à moi. Nous avions passé de bons moments ensemble.

Je n'en reviens pas qu'il m'en reparle. OK, nous avons couché tous les deux plusieurs fois pendant mon dernier séjour en Martinique avec Noa, mais c'était il y a déjà deux ans. Je venais juste de me séparer de Kev.

— Tu sais que nous avons du travail, Damien. Alors, si tu pouvais éviter de conter fleurette, cela arrangerait tout le monde qui t'attend.

Son collègue vient de le rappeler à l'ordre. Damien me laisse enfin m'éloigner de lui et je recule. Au moment où je pivote, mon regard est happé par deux grands yeux bleu vert. Ce sont les seuls détails qui ressortent derrière la cagoule noire et la tenue intégrale de la même couleur. Aucun doute sur le propriétaire de ce regard enflammé plein de colère !

Tout à coup, Amandine serre mes doigts à les briser. Je détourne mes pupilles de celle de Clément pour me tourner vers ma sœur. Elle est paralysée par le regard enveloppant et plein de fureur d'Adrien. Il délaisse les personnes avec qui il parlait pour s'avancer vers nous.

Mon aînée se décale vers moi comme si elle voulait se cacher derrière mon corps. La colère de son homme la déstabilise. Je lui souffle entre les dents :

— Relève la tête ou il ne va faire qu'une bouchée de toi. Dis-lui que tu es venue pour m'aider.

Adrien est près de nous en trois enjambées. Avant qu'il ouvre la bouche, Amandine s'empresse de prendre la parole.

— Alex m'a demandé de l'accompagner. Elle avait besoin d'une assistante.

J'ai envie d'étrangler ma sœur quand je vois mon beau-frère se tourner vers moi et me décocher un regard meurtrier. Reste calme, Alex ! Je réglerai mes comptes avec ma frangine plus tard. Agissons en professionnelle !

— Tango 10, je n'ai pas le temps de parler avec toi puisque tu n'es pas en charge du commandement.

J'y suis peut-être allée un peu fort quand je vois Clément et Romain venir épauler leur chef chacun d'un côté.

— Amandine et moi allons interroger Damien. On se verra plus tard. Ici ou à Paris.

Je commence à tourner les talons quand une main attrape mon poignet pour m'empêcher de pivoter totalement. La poigne est ferme et je frissonne au contact de la paume de mon colocataire.

— Un instant, mesdemoiselles ! Nous avons le co-commandement de l'intervention comme à chaque endroit où nous nous déplaçons. Nous sommes capables de répondre à toutes vos questions.

Il rajoute à voix basse pour que nous soyons les seuls à l'entendre.

— Romain, tu restes avec le lieutenant et tu mets en place l'intervention qui débute dans trente minutes pendant que Clément et moi répondons aux questions de ces deux insolentes. Allons dans la pièce du fond.

Amandine et moi n'avons pas d'autre solution que de suivre les deux hommes cagoulés. Ils nous font entrer dans la pièce et la ferment après s'être assurés que les volets sont fermés.

— Clément, tu t'occupes de cette impertinente numéro un et je m'occupe de ma femme dans la pièce à côté.

Je m'aperçois alors qu'une petite porte donne sur une pièce adjacente. Adrien y pousse Amandine avant qu'elle puisse réagir. J'entends la porte claquer et sa voix monte dans les tours.

— Qu'est-ce que tu n'as pas compris dans « tu restes à Paris » ?

Ma sœur va avoir du mal à calmer son mec si elle ne détourne pas son attention. Je ne peux pas écouter la suite de la conversation, car Clément vient d'ôter sa cagoule et son visage est déformé par la colère. L'attaque est toujours préférable à la défense alors je me lance.

— Ne t'avise pas de me dire que je n'ai rien à faire ici ! J'ai été envoyée par mon journal pour faire mon travail au même titre que toi.

— N'avais-tu pas la possibilité de refuser de te précipiter vers le danger ?

— C'est mon travail, Clément et personne ne m'empêchera de l'exercer. Je te l'ai déjà dit.

Il pousse un énorme soupir de frustration. Il sait pertinemment qu'il n'a aucun compte à me demander. Il s'avance vers moi et m'observe de ses grands yeux remplis de rage.

— Qui était ce bouffon qui t'a proposé de t'aider à te détendre ?

— Même si je n'ai pas te répondre, je vais le faire quand même. J'ai passé du bon temps avec lui quand je suis venue voir Noa en Martinique il y a deux ans.

Il serre les poings et me regarde avec défi. Je ne baisse pas les yeux et lui retourne son regard. Il me pousse alors dans un coin et je m'aperçois qu'une seconde porte donne vers une autre pièce.

Il ouvre le battant et son corps s'avance pour obliger le mien à reculer. Nous nous retrouvons dans un petit cagibi. Sa bouche s'approche de mon visage et il murmure contre mon oreille.

— Tu aimes trop le danger. Amandine et Adrien se trouvent à quelques mètres. Je vais te rappeler pour quelle raison tu ne dois pas accepter la proposition de ce flic.

Il caresse mes lèvres du bout de ses doigts gantés.

— Tu m'as manqué, panthère. J'en ai marre de toutes les atrocités que je vois. Je veux oublier quelques minutes avec toi.

J'attrape mon portable dans la poche arrière de mon jean et ouvre l'application qui me permet d'avoir un petit peu de luminosité dans le noir. Je le dépose à mes pieds et touche son visage. Il me semble si vulnérable comme s'il baissait le masque. Il ne sait pas que j'ai compris qu'il fait semblant de porter un masque de clown devant les autres. Un masque pour que les autres ne voient pas sa souffrance.

J'me cache derrière ce sourire angélique depuis longtemps

Je ne sais plus m'en défaire, mais qui suis-je vraiment ?

J'ai perdu mon chemin, avez-vous vu ma détresse ?

J'ai l'impression d'être un chien qui essaie de ronger sa laisse

Mais ce soir la salle est pleine, vous voulez que ça bouge

Donc je nettoie ma peine, et remets mon nez rouge

— Moi aussi, je veux oublier le désastre que j'ai vu. Regarde mon cadeau pour toi.

Sans hésitation, je déboutonne mon jean, je le baisse en entraînant mon tanga avec. Je sais qu'ils sont en mission, mais je veux qu'il reprenne des forces.

— Qu'est-ce que tu as fait ?

Il s'agenouille pour se mettre à hauteur et comprendre ce qui l'intrigue. Il a compris qu'il y avait quelque chose de différent sans distinguer la couleur réelle. Il éclate de rire quand il pige que je me suis teint la chatte.

— Qu'attends-tu pour embrasser une Schtroumpfette ?

Je le vois passer sa langue sur ses lèvres avant d'attraper ma cuisse pour enlever le reste de mon jean puis la poser sur son épaule. Je me sens terriblement exposée à ses regards et diablement excitée en même temps. Fidèle à ses habitudes, il respire mon odeur féminine.

— Tu sens toujours aussi bon, panthère. Je sens ton désir, tu me rends fou. Accroche-toi, nous n'avons pas beaucoup de temps !

Il a à peine fini sa phrase que sa langue atterrit sur mon clitoris. Il commence à la faire tourbillonner autour de mon bouton de chair et je lui tire les cheveux. OMG ! C'est tellement bon que je manque de crier mon plaisir. Je rejette ma tête en arrière en mordant mes lèvres pour ne pas gémir.

Clément commence à promener le bout de sa langue sur ma fente. Mon excitation est digne des chutes du Niagara. Il lèche avec vigueur pour la goûter. Plus il me lape, plus je suis excitée. Son doigt ganté dessine des cercles autour de mon anus. Soudain, il enlève son gant et insère le bord de son pouce dans mon cul.

Bordel ! Je croyais n'avoir jamais autant mouillé de ma vie. Nous sommes dans un cagibi où une personne pourrait rentrer à n'importe quel moment et me surprendre avec le jean en bas des jambes, la bouche de Clément sur mon clito et son doigt à moitié enfoncé dans mon derrière. Loin de me refroidir, la situation m'excite au plus haut point.

Mon lion indomptable me suce, me lèche jusqu'à ce qu'il me sente partir. Je mords mes lèvres jusqu'au sang tandis que mon corps est parcouru de soubresauts. Il continue de me donner du plaisir jusqu'à ce que je redescende doucement. Il m'embrasse délicatement le clitoris puis rabaisse ma jambe, renfile mon jean avant de se relever. Il ne résiste pas à l'envie de m'embrasser avec avidité.

Il se détache de moi quand nous entendons du bruit dans la pièce voisine. Avons-nous entendu des gémissements ? Je le vois sourire.

— Je crois qu'Amandine a trouvé le moyen de faire baisser la pression d'Adrien.

— Peut-être a-t-il apprécié la teinture rose !

— Pourquoi ai-je dans l'idée que tu y es pour quelque chose ?

Je hausse les épaules tout en remontant mon tanga et mon jean. Nous sortons de notre cagibi avant d'être découverts. Il caresse une nouvelle fois mon visage et murmure :

— Ne laisse pas Damien se faire des illusions. Je ne voudrais pas lui casser les dents par inadvertance.

— Tu n'es qu'un jaloux, Clément. Tu n'as rien à craindre. Je suis avec toi en ce moment et je ne suis pas une femme qui trompe.

— Tu es une impertinente, tu serais capable de l'utiliser pour me faire disjoncter. Tu jouerais avec lui sans qu'il s'en rende compte. Juste pour me montrer que tu contrôles la situation !

Je ne peux pas lui avouer qu'avec lui, je ne contrôle pas grand-chose pour la première fois de ma vie. Il n'a pas besoin de le savoir.

— Sois prudente ! La situation est explosive. Si tu mets ta vie en danger, je te collerai une fessée donc tu te souviendras.

Le retour d'Adrien et Amandine me dispense de répondre. Vu le regard lumineux de ma sœur, le coup de la bombe rose a fonctionné.

— Elle reste à l'hôtel. Je ne veux pas d'article dans le journal pour défendre la BE 75.

Ce sont les seuls mots qu'il prononce avant d'ouvrir la porte qui donne sur la pièce principale. Je n'en saurai pas plus, mais Adrien Laval ne m'impressionne pas. J'écrirai ce que je veux !

Chapitre 27

Clément

Je ne suis qu'un putain de pervers ! Je n'arrête pas de repenser à ce qui s'est passé dans ce cagibi. Comment ai-je pu me laisser aller de la sorte ?

Tu as juste cédé au désir que tu ressentais pour faire baisser la pression.

Je ne peux pas me comporter de cette manière. Je me suis jeté sur Alexandra comme si elle était de la viande. Je ne peux pas traiter la sœur de ma meilleure amie comme un vulgaire morceau de barbaque.

Tu ne devrais pas réagir avec autant de véhémence envers toi. N'oublie pas qu'Alexandra était parfaitement consentante ! C'est elle qui a baissé son jean et son tanga pour te faire admirer sa teinture.

Nous nous trouvions à moins de cinq mètres de toute une troupe de policiers et des autres membres de la BE 75. J'aurais dû lui demander de remonter son pantalon. Je n'en ai pas eu la force.

Pourquoi serais-tu plus coupable qu'elle ? Vous étiez tous les deux consentants.

J'étais en service et je n'aurais pas dû me laisser aller. Je fais n'importe quoi quand Alexandra Marty est dans les parages. Il a suffi que je sente sa chatte pour disjoncter. Son odeur si féminine m'a grillé tous les neurones du cerveau.

Je l'ai goûtée, je l'ai léchée au mépris de toutes les règles de prudence. Je ne sais même pas ce qui se serait passé si Adrien nous avait surpris.

Je ferme les yeux et j'appuie ma tête contre la carlingue de cet avion de l'armée. Nous aurions été dans de beaux draps si Adrien nous avait surpris.

Que crois-tu qu'il faisait avec Amandine ? D'après Alex, le rose serait devenu sa couleur préférée. Peut-être pourrais-tu remettre ton masque de clown et lui poser la question directement...

J'ouvre les yeux et je vois que mon responsable hiérarchique me fixe avec insistance. Comme s'il cherchait à lire ce qui se passe dans ma tête !

— Qu'est-ce que tu as dit à Alexandra quand elle s'est pointée sur les lieux ?

— Qu'elle était complètement folle de se précipiter au-devant du danger ! C'est vrai, elle semble douée pour se fourrer dans des situations impossibles.

— Elle ne semblait pas vraiment traumatisée quand nous sommes revenus dans la pièce.

Sérieusement ? Est-il vraiment en train de me demander des comptes ? S'il croit que je vais tomber aussi facilement dans ce piège, il en sera pour ses frais. Et, en prime, je vais détourner la conversation vers les exploits de teinture de sa chérie.

— Disons qu'elle m'a bien fait rire ! Il paraît que tu adores le rose maintenant.

Il me fusille du regard avant qu'un sourire se dessine sur son visage. Inutile de lui demander à quoi il pense ! Il a dû adorer la chatte colorée en rose d'Amandine.

— Depuis quand est-ce que tu aimes le rose ? Ce n'est pas très viril. Je ne t'ai jamais vu porter de rose.

Jerem ne peut pas savoir qu'il est en train de s'attirer les foudres de notre lieutenant pas très sympathique dès qu'on touche à sa petite Amande.

— Disons que j'aime quand mon avocate favorite porte du rose !

Romain le regarde comme s'il cherchait à lire derrière ses grands yeux noirs. Il fronce les sourcils et Adrien lève à son tour l'un des siens comme pour lui rétorquer « tu ne devineras jamais ».

— Qu'est-ce qu'Alexandra t'a confié qui perturbe autant notre doudou ?

— Nico, occupe-toi de tes affaires !

Malgré le bruit infernal de l'avion, nous entendons parfaitement notre chef rugir.

— Disons qu'Alex m'a confié qu'elle s'était arrêtée chez le coiffeur pour acheter des bombes de teinture rose.

— Pourtant Amandine ne portait pas de cheveux roses... Ah, j'ai compris ! Notre doudou a bouffé de la rose.

Benji part dans un grand éclat de rire après sa sortie qui vient de paralyser Adrien. Si seulement ils savaient que j'ai bouffé une Schtroumpfette !

— Je ne veux plus entendre parler de rose. Clément, tu as de la chance que nous ne soyons pas à la brigade ou tu aurais fait du parcours du combattant pour insubordination.

— Insubordination à mon chef ou à sa rose ?

Les éclats de rire retentissent dans la carlingue en acier pendant qu'Adrien nous fusille tous du regard les uns après les autres.

— Je ne veux plus vous entendre jusqu'à ce que nous soyons arrivés à Paris. Et, par pitié, je ne veux pas vous entendre parler de cette couleur rose devant Amandine ou elle va croire que je dévoile ses petits secrets.

— Oui à condition que nous puissions utiliser cette promesse comme joker quand tu seras trop pénible !

Nico en rajoute une couche et n'a vraiment pas peur de s'attirer les foudres de notre lieutenant. Ce dernier lui décoche d'ailleurs un regard meurtrier. Il lui répond par un clin d'œil. Il règne une ambiance de cour d'école dans l'avion de retour. Ce lâcher prise est providentiel après les horreurs que nous avons combattues en Martinique. L'escalade de la violence y a été très importante et nous a mobilisés trois longues journées.

Nous nous attendons à retrouver des articles dans le blog dès notre retour. Ils y figurent peut-être même déjà, mais nous étions concentrés sur notre tâche. Mon esprit vogue à nouveau vers Alex et j'espère qu'elle est prudente. Son journal lui a demandé de rester quelques jours de plus à Fort-de-France pour couvrir la garde à vue des suspects et interroger les habitants après le retour au calme.

J'espère simplement que ce Damien ne va pas trop lui tourner autour. J'ai hâte qu'elle rentre pour vérifier si le bleu lui va toujours aussi bien. Pervers, je le dis haut et fort !

**

Adrien nous a ordonné de nous éloigner de Paris pendant quelques jours et de ne surtout pas travailler sur l'enquête du blog. Après ce que nous avons vécu en Martinique, nous avons besoin de repos. Nous sommes tous épuisés psychologiquement et physiquement.

Romain s'est envolé à Londres pour rendre visite à sa sœur. Nico, Jerem et Benji sont partis chacun de leur côté dans leur famille. C'est très rare qu'ils se séparent. Ils parlent très peu de leurs familles respectives. Adrien a décidé d'emmener Amandine voir ses parents. Une concession plutôt considérable pour lui qui n'est pas vraiment à l'aise avec eux.

Quant à moi, j'en ai profité pour rejoindre mon ami d'enfance. J'ai besoin de parler à Simon en toute transparence. Il est le seul à connaître ma véritable histoire. Je sais qu'il sera complètement honnête avec moi. Nous nous sommes toujours soutenus depuis notre rencontre dans les foyers pour enfants en détresse.

J'arrive dans la cuisine au moment où il fait chauffer le café. Je remarque qu'il a été chercher le petit déjeuner.

— Je ne voudrais pas te déranger avec ta chérie. Je vais aller dans un café pour que vous soyez en tête-à-tête.

— Elle est déjà partie à l'hôpital. J'ai préparé tout ça pour toi. Tu as de petits yeux ce matin. As-tu fait de mauvais rêves ?

— Non, pas de mauvais rêves, mais je me pose des tonnes de questions et ça m'a empêché de dormir.

— Raconte-moi ce qui t'arrive autour d'une bonne tasse de café. Est-ce que tes insomnies concernent la jeune femme que tu as rencontrée il y a déjà plusieurs semaines ?

— Je connais Alex depuis plusieurs mois. C'est simplement qu'elle m'obsède depuis plusieurs semaines. Je dirais même qu'elle m'obsède depuis notre rencontre. J'avais réussi à me tenir loin d'elle dans un premier temps avant de succomber.

Je m'arrête et il comprend très bien ce que je ne peux pas dire. Il secoue la tête.

— Arrête de te torturer l'esprit, Clément ! Tu as le droit de succomber à une femme. Cela ne fait pas de toi un homme perdu.

— Je ne peux pas la salir, Simon. Elle est si pure alors que je traîne mes casseroles derrière moi.

— Elles sont dans ta tête, ces casseroles comme tu les appelles. Tu n'es pas responsable de la vie dissolue de ton père ni des choix de ta mère.

Il me tient ce même discours depuis des années. Seulement je suis incapable de l'entendre ! Pour moi, la pomme ne tombe jamais loin de l'arbre. Comment des racines aussi pourries que mes parents biologiques pourraient-elles donner naissance à une magnifique pomme ?

Tu oublies tout le dévouement et tout l'amour que tes parents adoptifs t'ont donnés. Ils ont aspergé du bon engrais sur les racines.

Arrête de parler avec des métaphores !

— Est-ce que tu écoutes, Clément ? Tu es tellement persuadé d'avoir raison que tu n'entends même plus ce qu'on te dit.

— Si je commence à y croire, je vais m'écraser de très haut quand je comprendrai que ce n'est qu'une illusion.

— Mais pourquoi veux-tu que ce ne soit qu'une illusion ? Pourquoi es-tu aussi négatif ? Tu as toi aussi le droit de trouver une femme qui te comblera.

Je secoue la tête avec force.

— Mon pote, tu sais quel métier exerçait ma mère. Tu connais mon appétit sexuel, je ne t'ai jamais caché le vice qui m'empêche parfois de dormir. Tu es le seul au courant alors plus que quiconque, tu devrais comprendre mes réticences.

Simon me regarde et pousse un soupir de dépit. Nous avons déjà eu cette conversation des dizaines et des dizaines de fois depuis des années. Je ne serais pas surpris qu'on frôle la centaine.

— Je ne sais pas pour quelle raison tu veux absolument te condamner à réparer les conneries de tes parents. Il existe d'autres moyens d'aider la société.

— Qu'est-ce que tu veux dire, Simon ?

— Je vais t'emmener et tu comprendras où je veux en venir.

— Dis-moi au lieu de faire des mystères !

C'est à son tour de secouer la tête en m'observant.

— Non, cela n'aurait pas le même effet si je t'explique avant. J'aime mieux que tu le vois de tes propres yeux.

Je ne sais pas du tout où mon ami d'enfance veut en venir. Devant sa détermination à garder le silence, je ne pose plus de questions et le suis sans discuter. Dans la voiture, nous parlons de tout et de rien comme si notre discussion n'avait pas eu lieu.

Je m'en remets à lui et je lâche prise. Il n'y a qu'avec lui ou quand je suis profondément enfoui en Alexandra que j'arrive à faire tomber le masque et à être simplement moi.

Nous arrivons devant un grand gymnase et je suis étonné de le voir descendre alors que nous n'avons pas apporté nos tenues de sport. Il ne souhaite toujours rien me dire et nous partons en direction de la porte coulissante. Nous entrons et nous dirigeons vers une petite salle adjacente à la principale. Qu'est-ce qu'il mijote ?

— Simon, tu es là. Je suis si heureuse de te voir.

La jeune fille qui se trouve en face de nous est très agitée. Mon pote saisit ses mains et lui montre de caler sa respiration sur la sienne. Il prend le temps de l'aider à calmer son agitation.

— Est-ce que tu vas mieux, Tatiana ?

— Oui, je vis juste des moments difficiles en ce moment. Mon ex n'arrête pas de revenir dans ma vie pour tenter de me faire replonger. Je te promets que je tiens le coup. C'est dur, mais je tiens le coup et je me souviens de chaque mot que tu nous as dit.

— Tu es courageuse et j'ai confiance en toi. N'oublie pas que tu ne dois pas baisser ta garde une seule seconde !

— Je le sais et je fais appel à ma marraine dès que j'en ressens le besoin. Je vais boire un jus d'orange en attendant.

Mon pote la regarde s'éloigner et commence à parler doucement.

— Tatiana a été élevée dans une famille de junkies. Je l'ai trouvée un matin avec une seringue dans le bras. Je l'ai emmenée à l'hôpital et depuis sa sortie, elle n'a plus retouché à la drogue. Elle veut échapper à cette merde, je lui ai tendu la main. Tu connais mon histoire avec ma mère camée. J'ai transformé mon histoire laborieuse en force pour aider les autres.

— Tu ne m'en avais jamais parlé. J'admire ta résilience. Je ne suis pas certain que j'aurais le cran de faire la même chose que toi.

— Bien sûr que si ! Regarde tout ce que tu es capable d'accomplir au sein de ton unité spéciale. Le jour où tu le décideras, ton parcours de vie deviendra ta plus grande force pour aider les autres. Je ne savais pas ce que je pourrais offrir quand j'ai poussé cette porte. Aujourd'hui, je le sais. J'offre mon écoute et mon expérience. Ça n'a pas de prix pour tous ces gamins.

— Je t'admire, Simon. Tu as cette bienveillance en toi que je n'ai pas.

— Idiot ! Tu ne chercherais pas à protéger tout le monde si tu n'étais pas un homme profondément bon. Quand tu le comprendras, tu gagneras le jackpot. Aie confiance en toi et en tes capacités. Transforme tes accidents de parcours en une force.

Je n'ose pas lui répliquer que je ne suis pas aussi doué que lui pour réinventer ma vie. Si seulement je le pouvais ! J'aurais peut-être quelque chose à offrir à Alex. Aujourd'hui, je ne suis qu'un homme brisé, un pervers qui ne fait que perpétuer la tradition de ses parents biologiques.

Il va falloir que je trouve ma force de rester loin de ma panthère. Elle ne peut pas être un dommage collatéral.

Et si tu regardais ton ami au milieu de tous ces drogués... Tu connais son parcours, tu sais à quel point il a souffert depuis sa naissance à cause de la dépendance à la drogue de sa mère.

Oui, je le sais. Il a été placé en maison d'accueil dans la même rue que mes parents. En enfants traumatisés, nous nous sommes tout de suite reconnus. Je n'ose pas entrevoir une lueur d'espoir au milieu de tous ces drogués abstinents. Et si…

S'il peut y arriver, pourquoi pas moi ? Je continue de regarder tandis qu'un rai de lumière s'immisce dans les noirceurs de mon âme.

Chapitre 28

Alexandra

Alexandra : [Je rentre plus tard, je vais à mon cours de sport. Ne m'attends pas pour dîner.]

Je ne sais même pas pour quelle raison je prends le temps d'envoyer un message à Clément. Depuis une semaine, soit depuis mon retour de Martinique, il joue les fantômes. Il est épuisant. Il arrive à l'appartement, il me saute dessus, il me fait l'amour, non il me baise sauvagement avant de disparaître. Comme s'il regrettait de s'être laissé aller ! Il est fatigant.

Ce soir, je veux oublier son attitude, je veux oublier la journée complètement merdique que j'ai passée au boulot. Une séance de sport intensive à la barre va me permettre d'oublier.

Oublier ce que nous savions presque déjà ! Tant que nous n'en avions pas la confirmation, nous pouvions espérer nous tromper. Maintenant, il nous est impossible d'ignorer que nous sommes sous surveillance constante depuis plusieurs mois.

J'aurais peut-être dû aller sur un ring de boxe pour taper contre quelqu'un et expulser toute la rage qui m'habite au plus profond de moi.

Tu ne vas tout de même pas taper une personne qui n'y est absolument pour rien.

Tais-toi, mademoiselle moralisatrice ! C'est le concept de la boxe de taper sur quelqu'un d'autre. Certains expulsent du stress, d'autres du chagrin et d'autres de la rage. Tout est permis quand tu es sur un ring. Tu peux éclater la tronche de ton adversaire.

Si tu passais moins de temps à roucouler avec Clément, vous avanceriez peut-être plus vite sur l'enquête du blog. Car, c'est bien à cause de ce foutu blog que tu veux foutre une raclée à un innocent.

Ah, si seulement je pouvais te taper dessus ! Je te jure que tu cesserais de me tourmenter.

Je vois les autres adhérentes arriver pour le cours. Je pratique la pole dance depuis des années. J'adore ce sport très artistique qui me permet d'allier ma souplesse de gymnaste avec la danse. Le tout autour d'une barre verticale ! J'ai découvert cette pratique lors de mon premier reportage. J'ai sympathisé avec la prof et elle m'a invité à venir tester. Depuis, c'est juste une évidence. J'adore ce sport et je l'ai un petit peu délaissé ces dernières semaines.

Ce soir, j'ai bien l'intention d'enchaîner les postures artistiques et acrobatiques avec une concentration maximale pour oublier la terrible déconvenue de la journée.

Ces connards ont infiltré tout le système informatique du journal et épient chacun de nos faits et gestes. Il est même probable que c'est par notre intermédiaire qu'ils apprennent les déplacements de la BE 75.

Je ferme brièvement les yeux et je tente de me raisonner. Enfin, si on peut appeler ça se raisonner ! Clément n'arrête pas de me dire qu'ils ont certainement infiltré le système informatique du ministère ou d'une administration. J'ai vraiment du mal à y croire.

Plus rien ne devrait m'étonner pourtant. Quand on voit que des hackers sont capables de pirater des entreprises privées ou des hôpitaux, il faut se rendre à l'évidence. Ils ont également la possibilité de s'attaquer à nos plus grandes administrations et à déjouer les pare-feu.

La prof arrive et les retardataires se pressent pour rejoindre leur place. C'est une petite salle où des barres de pole dance ont été installées pour les cours.

— Bonjour à toutes. Comme d'habitude nous allons commencer par quelques exercices de réveil musculaire à côté des barres. J'ai choisi une musique rythmée.

Un air disco se fait entendre et nous commençons par des exercices de la tête, du cou et des épaules. J'essaie de vider tout ce qui se trouve dans mon crâne. J'aimerais déconnecter pour deux bonnes heures.

Tout en me donnant à fond, je pousse un soupir. Si seulement tout était aussi simple ! Si seulement mes pensées négatives, mes ruminations pouvaient s'envoler comme des nuages dans le ciel ! Je souhaiterais retrouver mon insouciance, mais elle a disparu depuis le début de cette histoire de blog.

— Concentrez-vous, Mesdames ! Laissez tous vos soucis devant la porte. Vous connaissez la règle. Pas de demi-concentration quand on commence les exercices autour de la barre. Ou vous risquez de vous blesser sérieusement. Alors, nous allons taper très fort des pieds pour évacuer tout ce qui vous préoccupe. Allez, allez, allez, on piétine très, très fort.

J'ai mal au mollet à force de taper comme une excitée sur le sol. Cette technique a au moins le mérite de me permettre de déconnecter un peu.

— Maintenant que vous vous êtes bien défoulées, nous allons commencer par exécuter quelques mouvements autour de la barre.

Voici le moment que je préfère ! Il est l'heure de m'enrouler autour de cette barre et d'effectuer des figures de style. Nous débutons par du très classique, ce qu'on apprend quand on arrive dans les premiers cours. Je ressens une immense liberté et je me concentre sur l'exécution de chaque geste pour qu'il soit le plus beau possible.

Nous commençons la chorégraphie debout, le dos appuyé contre la barre. Nous nous baissons en écartant les cuisses et en venant saisir la barre au niveau des chevilles. Il faut vraiment une souplesse extraordinaire pour réussir à enchaîner les mouvements sans souffrir. Nous balançons le pied droit en l'air et il vient se poser sur la barre. Puis, doucement, nous le faisons basculer en avant jusqu'à ce qu'il touche le sol devant notre tête. Bien entendu, le basculement du corps entraîne le second pied. Le mouvement se finit en redéployant le corps vers le haut.

Toutes mes années de gymnastique quand j'étais enfant puis de danse à l'adolescence me permettent de réaliser toutes ces chorégraphies. Certaines de mes camarades de cours mettent des années à choper ce mouvement. Nous nous hissons en haut de nos barres à la force de nos mains.

Je me souviens qu'Amandine m'avait dit qu'elle serait incapable de faire mes chorégraphies de pole dance. Elle n'arriverait pas à se hisser en haut de la barre. Elle déteste grimper à la corde. Encore plus depuis qu'Adrien l'a obligée à monter à la force des bras à son arrivée à la BE 75. Soit quand il se comportait comme un connard avec elle !

Je m'applique à faire la planche à plusieurs mètres de hauteur en me tenant juste à la barre puis tranquillement, je commence les rotations autour. J'ai l'impression d'être une gymnaste sauf que ma barre est verticale au lieu d'être horizontale.

— On rentre bien les abdos et on tient la position, Mesdames. On serre les fesses et on continue de tenir. Voilà, c'est parfait pour aujourd'hui ! On refait la chorégraphie une dernière fois puis vous pourrez aller détendre vos muscles sous la douche. Vous donnez tout ce que vous avez pour cette ultime tentative.

Elle lance la musique de Rihanna, Only girl in the world. J'adore cette chanson et ses tonalités si sexy. Elle a vraiment une voix en or.

Want you to make me feel like I'm the only girl in the world

(Je veux que tu me fasses me sentir comme la seule fille au monde)

Like I'm the only one that you'll ever love

(Comme si j'étais la seule que tu aies jamais aimée)

Like I'm the only one who knows your heart

(Comme si j'étais la seule à connaître ton cœur)

Only girl in the world...

(La seule fille au monde...)

Like I'm the only one that's in command

(Comme si j'étais la seule à commander)

Cuz I'm the only one who understands how to make you feel like a man

(Car je suis la seule à faire de toi un homme)

Want you to make me feel like I'm the only girl in the world

(Je veux que tu me fasses me sentir comme la seule fille au monde)

Je tourne autour de cette barre comme si elle était un prolongement de moi. J'oublie tous les doutes qui peuvent parfois m'assaillir, j'oublie tout ce qui n'est pas cet instant. Je me sens sexy, je me sens femme. Je ressens ma féminité jusqu'au bout des ongles. Je suis en transe quand la note finale s'éteint.

— Bravo, Mesdames. C'était vraiment une très belle séance. Nous allons effectuer quelques étirements avant de nous quitter.

J'exécute des étirements avec précision même si je sais que je vais remonter sur la barre après. J'ai besoin de plus ce soir. Je laisse mes camarades partir avant d'enclencher ma playlist de musiques romantiques.

Je grimpe de nouveau sur la barre et je recommence à enchaîner les figures. Je les entends à peine partir de la salle. Je suis de nouveau seule avec moi-même et cette barre. Je ne sais pas combien de temps je m'enroule autour d'elle ou je la délaisse pour faire quelques exercices au sol.

Close your eyes, give me your hand, darling

(Ferme les yeux, donne-moi ta main, chéri)

Do you feel my heart beating ?

(Sens-tu mon cœur battre ?)

Do you understand ?

(Comprends-tu ?)

Do you feel the same ?

(Ressens-tu la même chose ?)

J'adore la musique d'Eternal Flame. C'est une musique intemporelle qui se prête particulièrement à la pole dance. J'ai tellement chaud que j'envoie valser mon T-shirt pour m'enrouler autour de cette barre en brassière et petit short en coton très court. J'ondule, je deviens liane jusqu'à ce que je sente des yeux m'observer comme s'ils allaient me manger toute crue.

Je dirige mon regard vers l'endroit où je perçois une présence et je reconnais Clément qui semble fasciné par ma prestation sur la barre. Il contemple chaque courbe de mon corps qui ne cesse de se mouvoir.

Si je me sentais femme sexy sur la chanson de Rihanna, ce n'était rien à côté de ce que je ressens maintenant. Son regard rempli de désir me donne des ailes et ma féminité se dévoile un peu plus.

Am I only dreaming ?

(Suis-je seulement en train de rêver ?)

Or is this burning an eternal flame ?

(Ou est-ce une flamme éternelle qui brûle ?)

Say my name,

(Dis mon nom,)

Sun shines through the rain

(Le soleil brille à travers la pluie)

A whole life so lonely

(Une vie entière si seule)

And then you come and ease the pain

(Et tu es arrivé et tu as soulagé la douleur)

I don't want to lose this feeling

(Je ne veux pas perdre cette sensation)

Je ne sais absolument pas ce qui se passe. Je me sens simplement très connectée à Clément. Je pense qu'il le ressent également au plus profond de lui, car il s'approche lentement. Comme s'il voulait faire durer l'instant !

— Continue de danser, panthère. Tu es si belle.

Son timbre de voix est éraillé par le désir.

— Enlève ton T-shirt et reste près de moi.

Il s'exécute et je continue de tourner autour de la barre avant d'enrouler mes cuisses autour de ses hanches tout en gardant mes mains sur mon accessoire de pole dance. Je me cambre mon corps et il n'hésite pas à tracer un sillon avec son index de mon cou jusqu'à mon ventre en passant doucement entre la vallée de mes seins.

Je détache mes cuisses et lance mes jambes pour me retrouver en position verticale avant de basculer à l'horizontale à hauteur de son visage. Il est si proche et je lui offre un baiser fiévreux. J'ouvre les yeux et je m'aperçois que le spectacle lui plaît tant que sa queue ne demande que ma main ou ma bouche.

Je me relève et m'enroule de nouveau autour de la barre. Il vient se plaquer contre mon dos et je sens son sexe gonflé contre mon derrière. Il se balance au son de la musique et grille toutes mes neurones encore actifs.

— Qu'est-ce qui se passe, panthère ? Aurais-tu un problème ?

Son timbre rauque me montre qu'il est tout à fait conscient de l'effet qu'il produit sur moi. Foutues hormones de malheur qui sont incapables de rester tranquilles quand il est dans les parages !

Alors quand il se dandine contre mon cul, elles explosent littéralement de désir. Je laisse mes pieds retomber sur le sol et je m'appuie contre la barre tandis qu'il s'appuie contre moi. Je suis trempée et j'ai juste envie de le sentir au plus profond de moi.

— Prends-moi, Clément !

— Ici ? Et si quelqu'un entrait ?

— Tout le monde est déjà parti et le gardien de nuit n'arrive que dans quinze minutes. Prends-moi, j'en ai besoin.

— Alexandra, comment peux-tu être réelle ? Tu es trop parfaite pour être réelle.

Il passe ses mains sous mon short et mon tanga avant que je me baisse. J'écarte légèrement les pieds puis j'attrape mes chevilles avec mes mains.

— Vraiment trop parfaite ! Tu es une illusion.

Il passe sa main sur ma fente pour s'assurer de mon état d'excitation.

— Une illusion trempée et prête pour moi.

J'entends sa fermeture éclair descendre avant qu'il positionne sa queue au bord de mon vagin et agrippe mes hanches. Il s'enfonce en moi d'un coup de reins surpuissants et je lâche un long râle de plaisir.

J'ai l'impression qu'il est le seul à pouvoir calmer mes angoisses de la journée, à pouvoir les effacer. Comme si nous étions connectés pour nous soigner... Il me remplit non seulement de sa semence, mais aussi de sa force, de son courage.

La chanson Set fire to the rain retentit dans la petite enceinte connectée à mon portable. Je kiffe d'exécuter des mouvements de pole dance dessus, mais je crois que je vais encore plus apprécier de faire l'amour avec ce fond sonore. Les notes s'égrainent tandis que Clément lâche ma hanche gauche. Je l'entends farfouiller jusqu'à ce qu'il pose quelque chose sur mon dos. Il reprend l'objet, mais garde ses doigts loin de moi.

Sa queue entre et sort de ma chatte à un rythme plus lent. Qu'est-ce qu'il fout ? Je m'apprête à protester quand je comprends qu'il calque son tempo sur la mélodie. Ma position n'est pas des plus confortables et pourtant, je la tiens. Les sensations de son sexe bandé en moi sont bien trop intenses. Je tourne légèrement ma tête vers lui et je comprends qu'il filme la scène.

Bordel ! Je pourrais jouir rien qu'en pensant que sa queue qui entre et sort de moi va se trouver sur son portable.

Tu devrais avoir honte qu'il ait une sextape de toi dans cette position. Imagine qu'il décide de la diffuser sur Internet quand vous ne serez plus ensemble !

Il possède trop de valeurs humaines pour m'humilier de la sorte. Je sais que ce film est uniquement pour lui. J'ai une confiance aveugle en lui.

Pauvre cloche ! Toutes celles qui se sont retrouvées sur Internet avaient une confiance aveugle dans leur partenaire.

La mélodie va crescendo, la voix d'Adèle monte dans les aigus et mon lion est sur le point de se déchaîner.

— Accroche-toi, panthère ! Ça va déménager.

J'ai besoin qu'il tienne mes deux hanches pour ne pas basculer en avant.

— Ne t'inquiète pas ! Je ne te laisserai pas tomber.

L'explosion de la voix de la chanteuse coïncide avec une accélération fulgurante de ses va-et-vient. Une boule, non une coulée de lave, se forme dans mon bas-ventre et menace de brûler tous mes organes internes. Je suis incapable de maîtriser mes gémissements.

— Clément, oh, Clément ! Plus vite !

Je sais que je le pousse sur un chemin de non-retour, j'en ai simplement besoin. Un besoin viscéral ! Il accélère encore et j'explose en mille morceaux. Il me tient fermement et sa seconde main vient serrer ma hanche de toutes ses forces. Son portable tombe par terre au moment où il se déverse en moi. Il jouit quelques secondes après moi.

— Panthère, punaise, Alex !

Je sens son sperme couler sur mes cuisses et je bascule vers l'avant. Mes jambes sont devenues cotonneuses pour me soutenir et je suis trop épuisée pour prendre appui sur mes mains. C'est Clément qui me rattrape et me dépose sur le sol. Je reprends mon souffle pendant qu'il relève mon tanga et mon short. Il se réajuste avant de me prendre dans ses bras.

— C'était si intense, Alex. Merci de ta passion.

— Pourquoi me fuis-tu depuis mon retour de la Martinique ?

Je laisse le silence s'installer pour lui permettre de me répondre. Il éprouve les plus grandes difficultés à s'ouvrir. J'étreins ses doigts et les pose sur mon ventre.

— J'ai peur de te salir, panthère. Tu ne me connais pas.

Je relève la tête et plonge mes yeux dans les siens.

— Je te connais mieux que tu le crois. Je ne te crains pas et je suis prête à prendre le risque. La décision m'appartient. Ne me fuis plus pour de mauvaises raisons.

— À tes risques et périls, panthère.

Je dépose mes lèvres sur les siennes pour sceller notre accord. Je n'ai pas encore terminé de prendre du plaisir avec cet homme et je n'ai pas peur de ses fêlures.

Chapitre 29

Clément

— Je vous jure que je vais les tuer. S'ils osent faire la moindre remarque, vous viendrez m'apporter des oranges dans une prison.

Adrien entre en trombe dans le gymnase et nous observe en train de faire des pompes. Il est dans une colère noire et balance une droite dans le punching-ball qui se balance. Je ne peux pas m'empêcher un trait d'humour pour essayer de faire baisser la tension qui l'habite.

— C'est bon, tu connais une excellente avocate et tu devrais t'en sortir sans trop de dommages. Elle te fera peut-être payer le prix fort. Enfin, c'est ce que je ferais si j'étais elle.

— Elle acceptera que je la paie en nature.

— On ne m'achète pas aussi facilement, lieutenant.

Il se tourne vers sa compagne et s'avance vers elle comme s'il voulait la bouffer.

— En es-tu certaine, ma petite Amande ? Chaque personne a son prix.

Une nouvelle fois, j'interviens dans la conversation. J'adore le faire tourner bourrique. Surtout devant ma meilleure amie !

— Et toi, doudou, est-ce que la teinture rose ne serait pas ton prix ?

Amandine devient rouge comme une tomate tandis que mon pote me décoche un regard meurtrier. Je hausse les épaules comme pour lui dire « oups ».

— Qu'est-ce qui t'a mis dans cet état, Adrien ?

Romain intervient à son tour pour calmer les esprits et savoir ce qui se passe.

— Daniel vient de me prévenir que plusieurs politiciens vont se pointer d'ici une heure à la BE 75. Apparemment, ils n'apprécient pas notre manque de résultats dans l'enquête du blog.

— S'ils ne sont pas contents, ils n'ont qu'à la faire eux-mêmes, cette enquête !

— T'as raison, Benji ! Qu'est-ce qu'ils croient ?

— Certainement qu'on se tourne les pouces !

— C'est tellement facile de critiquer quand on a le cul vissé dans un fauteuil au ministère ou dans une administration. Je sens que je vais me les faire.

— On va essayer de rester calmes, les gars. Non, on ne va pas essayer de rester calmes. Vous allez être doux comme des agneaux.

Six paires d'yeux fusillent Amandine.

— Comment oses-tu nous demander de rester calmes comme des agneaux ? Adrien, tu m'excuses, mais ta femme mérite une bonne fessée.

— Personne ne touchera son derrière à part moi ! Mais, vous pouvez me faire confiance, elle aura une bonne fessée. Elle la mérite amplement.

Le regard de mon pote est devenu incandescent quand il a évoqué la fessée. Nul doute qu'il a oublié la venue des politiciens !

— Avec ou sans tanga ? En rose ou avec une autre couleur ?

Est-ce vraiment ma meilleure amie qui vient de répondre à son mec ? Je crois qu'il se le demande aussi vu la tête qu'il fait.

— Amandine, ton impertinence te perdra. Je ne sais pas qui te donne des cours pour que ta langue devienne aussi acérée.

Moi, je la trouve plutôt timide par rapport à sa sœur. Si je lui avais promis une fessée, elle ne m'aurait certainement pas demandé avec ou sans tanga. Elle aurait été plutôt du genre à me suggérer la position ou à me demander ce que j'attendais pour mettre ma menace à exécution. Oui, elle m'aurait définitivement traité d'escargot.

— Je passe trop de temps avec vous et vous n'arrêtez pas de vous vanter de vos prouesses sexuelles. J'ai dans l'idée que vous en rajoutez pour vous faire mousser.

Cette fois-ci, Adrien n'a pas le temps d'intervenir que Nico s'est déjà rapproché de la belle avocate.

— Je peux te jurer que si tu m'avais choisi à la place d'Adrien, tu saurais que je n'en ajoute jamais pour me faire mousser. J'ai même tendance à sous-estimer mes performances pour ne pas faire de l'ombre à mes camarades.

J'entends un énorme éclat de rire derrière moi puis des applaudissements fournis. La panthère vient d'entrer dans la place.

— Bravo, Nico ! On y croirait presque. Je n'ai jamais vu un mec qui sous-estime ses performances. Tu serais donc un spécimen mâle unique. Permets-moi d'en douter légèrement !

— Vous êtes vraiment infernales, les sœurs Marty ! On va finir par vous interdire l'accès à la BE 75 tant que vous n'aurez pas signé un document où vous acceptez de vous comporter de manière civilisée.

— Dans vos rêves !

Les deux frangines ont répondu en même temps. Elles se regardent avant d'éclater de rire et de se taper dans les mains. Elles sont en train de se payer notre tête.

— Doudou, je compte sur toi pour laver notre honneur.

Benji vient de s'adresser à notre chef qui hoche la tête. Il ne sait pas qu'il peut aussi s'adresser à moi et que je me ferai un devoir de venger mes frères d'armes en collant une méga fessée à Alexandra. Je durcis rien qu'en l'imaginant le cul en l'air sur mes genoux. Son beau petit cul bombé à ma merci... Je crois même que j'en profiterai pour enfoncer mes doigts plus profondément dans son anus toujours vierge au fond. Elle n'y a autorisé que mes doigts pour le moment. Elle si aventureuse qui ne connaît pas cette extase extraordinaire !

Le téléphone d'Adrien vient interrompre ma rêverie. Il décroche et nous fait signe que la récréation est terminée. Nous devons retrouver ces politiciens de malheur.

Cinq minutes plus tard, je pénètre dans la salle de commandement dernière Romain et j'ai un mouvement de recul quand je le vois. Quelle galère ! J'aurais dû me douter qu'un politicien aussi véreux et pourri que lui serait présent.

— Messieurs, nous avons tous entendu parler de vos exploits passés et nous vous remercions de votre investissement pour notre pays.

Bla bla bla bla bla bla. Ils connaissent la technique. Féliciter avant que les reproches pleuvent !

— Connaissant vos états de services irréprochables, nous ne comprenons vraiment pas comment les rédacteurs de ce blog peuvent encore nuire. Qu'attendez-vous pour les arrêter ?

Certainement que vous nous le disiez ! Bah oui, nous sommes de simples mortels et si les grands esprits ne viennent pas illuminer notre route, nous ne pouvons pas savoir ce que nous avons à faire.

Je sais que je suis ironique, mais c'est l'effet que Charles Lery produit sur moi. Je ne sais pas comment cet enfoiré peut avoir le culot de nous demander des résultats alors que lui n'est pas capable d'assumer les conséquences de ses actes. Je suis le seul ici à savoir à quel point son âme est pourrie. Il n'a aucune décence.

Je l'observe de loin et je serre les poings de rage. Charles Lery est un cauchemar. Un de mes deux pires cauchemars depuis ma naissance ! Cauchemar comme dans parents biologiques. Peu de gens le savent, mais ce politicien véreux est mon géniteur. Il a planté la graine, ce n'est pas pour autant qu'il mérite le qualificatif de père. Un père est celui qui élève et donne des armes pour affronter la vie. Pas un mec qui se vide les couilles n'importe où !

Six personnes sur cette terre sont au courant : mes parents adoptifs, Simon, ma mère biologique et moi. Et lui, bien entendu !

Je n'écoute même plus les reproches qu'il adresse à mes collègues et amis. Je vois juste la fureur allumer le regard d'Adrien. Il va finir par lui sauter dessus et lui faire passer l'envie de déblatérer sur la BE 75. J'esquisse un sourire et j'ai hâte de voir le lieutenant Laval le remettre à sa place.

— Monsieur Lery, vous manquez de respect à mon équipe qui se démène nuit et jour pour remplir ses missions et résoudre cette énigme. C'est notre travail qui est remis en cause dans ce foutu blog.

Qu'est-ce que j'avais dit ! Et encore, il a été vraiment diplomate dans le choix de ses mots. La fréquentation d'une certaine avocate n'y est pas étrangère.

— Peut-être que vous y travaillez nuit et jour, mais les progrès ne sont guère visibles.

Est-ce que je le trucide maintenant ou plus tard ? Est-ce que je serai accusé d'avoir tué mon père biologique par vengeance ? Pas par vengeance de m'avoir abandonné, mais par vengeance d'oser nous traiter comme des moins que rien.

— Si nous recevions plus de soutien des politiciens, nous n'en serions pas là ! Ils sont tellement préoccupés par leur électorat qu'ils ne sont même plus capables de discerner le bien du mal. Tous des...

Je m'interromps avant de prononcer le mot salopards. Tous les regards se sont tournés vers moi et je comprends alors que j'ai parlé à haute voix. Comment vais-je me sortir de ce bourbier ? Charles Lery s'approche de moi à pas lents et me toise en silence. Puis il me regarde droit dans les yeux et lâche :

— Jeune homme, allons dans un bureau. Je souhaite vous parler en tête-à-tête.

Adrien est sur le point de s'interposer quand je lui coupe l'herbe sous le pied.

— Nous pouvons emprunter le bureau de mon lieutenant et je vous expliquerai mon point de vue en détail.

C'est ma façon de leur dire que je ne souhaite pas qu'ils interviennent. Adrien comprend et hoche la tête non sans me lancer un regard très appuyé qui signifie que je dois l'appeler en cas de problème. Il ne peut pas savoir que j'ai des comptes à régler avec ce politicien de bas étage. Je l'invite à me suivre et ne m'efface même pas pour le laisser entrer après avoir ouvert la porte. Je ferme le battant et me tiens debout, bien droit en face de lui.

— Clément, tu me fais honte, tu n'as pas à me parler de cette manière devant les gens. Tu me dois le respect.

Il est complètement barge. Derrière la porte close, j'explose. Il me cherche, il va me trouver.

— Moi, je te manque de respect ? Pour qui te prends-tu, politicien de pacotille ? Tu n'es même pas capable d'assumer les conséquences de tes actes.

— Je suis ton père biologique, tu me dois le respect, Clément.

Il persiste et il signe, le vieux. Toujours à raconter des conneries !

— T'es vraiment un politicien véreux ! Si tu crois une seule seconde que tu représentes quelque chose pour moi, tu te trompes lourdement. Tu es juste l'homme qui s'est vidé les couilles dans ma mère et qui s'est enfui dès qu'elle lui a appris qu'elle attendait un bébé.

— Comprends-moi, Clément !

— Ah, non ! Ne me demande jamais de te comprendre !

Ma voix a monté dans les tours et j'ai oublié où je me trouve.

— Baisse d'un ton ! Je n'ai pas envie que tout le monde comprenne que nous nous connaissons.

— C'est bien ce que je disais. Aujourd'hui comme il y a trente ans, tu es incapable d'assumer tes actes. Disparais de ma vie ! Ne remets jamais en doute le dévouement des hommes de la BE 75 !

— Tu connais la vie dissolue de ta mère. Comment pouvais-je être sûr que tu étais de moi ? J'étais marié, père de deux jeunes enfants. Je ne voulais pas tout perdre.

Cet homme me dégoûte au plus haut point. J'ai envie de gerber. Et pas n'importe où ! Le mieux serait sur ses chaussures hors de prix. Je hurle toute la rage que je contiens au plus profond de moi.

— Disparais de ma vie !

Des coups sont frappés à la porte et je m'aperçois que ma colère a dû alerter quelqu'un. J'ouvre et je m'attends à trouver Adrien derrière la porte. Je découvre avec surprise ma panthère.

— Je suis désolée de vous interrompre. Monsieur Lery, je suis journaliste et j'enquête avec les hommes de la BE 75 sur le blog. Je sais que vous donnez peu d'interviews et je voulais savoir si vous accepteriez de faire une exception ce soir.

Je regarde mon géniteur du coin de l'œil et je m'aperçois qu'il se relève en réajustant sa cravate. Il offre son plus beau sourire à mon Alexandra et je lui ferais ravaler si je le pouvais sans éveiller les soupçons.

— Je ne peux rien refuser à une si charmante journaliste. Vous avez raison, je donne peu d'interviews. Nous allons utiliser le bureau.

Je le vois sourire à Alexandra et je meurs d'envie de le sortir de cette pièce par la peau des fesses. C'est ma panthère qui me ramène à la réalité.

— Est-ce que tu peux nous laisser quelques minutes? Je te rejoins ensuite.

Elle plonge ses magnifiques yeux bleus dans les miens et j'y lis une profonde sincérité. Je sors et je me retiens de claquer le battant. Adrien se trouve à l'extrémité du couloir et me dévisage de son regard perçant.

— Pas maintenant, s'il te plaît. J'ai besoin de solitude.

Il hoche la tête et je pars vers le gymnase. J'ai déconné grave en ne parvenant pas à contenir ma fureur. Les connaissant, ils doivent tous se demander ce qui s'est passé. Ils vont me cuisiner pour que je le révèle la vérité. Ai-je envie de leur révéler que Charles Lery est mon géniteur?

J'aperçois le punching-ball et je commence à taper dessus à mains nues. J'enchaîne les coups de poing en m'imaginant détruire la tronche de cake de ce politicien véreux. Je multiplie les droites, les gauches et je perds toute notion de temps.

— C'est ici que tu te cachais.

— Est-ce que tu as fini l'interview de ce vieux pervers?

Alexandra vient se planter entre le punching-ball et moi. Je me décale et elle fait de même.

— Ce n'était qu'un prétexte pour t'éloigner de lui. Je ne sais pas quelle est ton histoire avec lui, mais tu vas devoir la régler.

— Je ne souhaite pas en parler, Alexandra. Tu te fais des films.

— Oh, non ! Tu le sais très bien. Je commence à te connaître et je peux jurer que cet homme t'a fait du mal.

Je la dévisage et je n'ai plus qu'une obsession : la faire taire. Je la saisis par la taille avant de la plaquer contre mon corps et d'abattre mes lèvres sur les siennes. Je l'embrasse comme si ma vie en dépendait et je me fous qu'on puisse nous surprendre.

Mon existence part en cacahuète. Je ne maîtrise plus rien.

Chapitre 30

Alexandra

Je rentre à l'appartement après un déplacement de trois jours à Londres pour couvrir les suites d'une attaque terroriste. Elles se multiplient dans tous les pays d'Europe depuis plusieurs mois. Cette fois-ci, les terroristes se sont attaqués à une crèche.

Oui, l'horreur absolue ! Ils se sont rendus dans une crèche qui accueillait des enfants de trois mois à trois ans et ils ont ouvert le feu sans remords. Les trente enfants et les cinq membres du personnel sont décédés à la suite de cette folie meurtrière.

Comme de nombreux journalistes du monde entier, je me suis retrouvée sur place pour filmer les réactions, suivre la chasse à l'homme acharnée de Scotland Yard pour pister les meurtriers. Je pleurais dans ma chambre d'hôtel tous les soirs après ce que j'avais vécu dans la journée. Comment peut-on s'attaquer à des bébés innocents ? Comment peut-on être aussi cruel ?

J'ai passé des heures au téléphone avec Noa, Amandine et Clément pour évacuer ce que je voyais. J'ai longuement parlé avec ma sœur et ma meilleure amie pour extirper mon mal-être face aux images et à l'ambiance morbide de la capitale britannique. Quant à Clément, il commençait par me parler avant de me pousser dans mes retranchements. Il a bien compris que le sexe était un moyen de lâcher la pression pour moi.

Je l'entends encore me dire de poser le téléphone à côté de moi, de fermer les yeux et de me laisser guider uniquement par sa voix. Il lançait une playlist très sensuelle avant de me demander de me caresser doucement les seins, de pincer l'extrémité de mes tétons puis de filer vers ma chatte. Il voulait que je me caresse à travers le tissu pour bien sentir les effets de la dentelle sur mon clitoris. Si j'étais timide la première fois, j'ai vite pris goût au concept.

Tu n'as aucune décence. Tu n'as pas hésité une seule seconde à te faire jouir alors que des parents étaient dans la peine. Tu es vraiment centrée sur toi !

Personne ne sait ce qui se passait une fois que la porte était close. Malgré les atrocités, la terre continue de tourner et les gens continuent de savourer la vie. Si nous arrêtons de vivre, nous leur donnons totalement raison. Il n'y aurait plus trente-cinq victimes, mais des milliards à travers le monde.

Lui remettre les clés de mon plaisir et de mon équilibre pendant quelques minutes a été salutaire et m'a permis d'affronter les horreurs. Les rédacteurs du blog ont même félicité les terroristes qui ont vengé leurs frères. Car ces pauvres enfants ont été utilisés par les terroristes comme une simple monnaie d'échange. Ils voulaient la libération de dangereux criminels. Quand la justice britannique a refusé, ils ont ouvert le feu et sacrifié tous les petits.

Je reviens donc à Paris avec ces terribles images dans la tête. Mon métier de journaliste est parfois très difficile. Je suis éreintée et je rêve de dormir pendant des heures. Juste m'allonger sur mon lit et pioncer. Peut-être qu'une bonne nuit de sommeil me permettra de me sortir toutes ces atrocités du crâne.

Pour une fois que tu n'envisages pas d'utiliser le corps d'un homme pour oublier ! Il y a du progrès et tu m'en vois ravie.

Mademoiselle moralisatrice dans toute sa splendeur ! Si Clément souhaite m'embarquer au septième ciel, je ne lui répondrai pas non. Je me contenterai de faire l'étoile de mer et il effectuera tout le boulot.

Je pousse la porte de l'appartement et je me traîne jusqu'à ma chambre. Je m'écroule sur le lit et je ferme les yeux. Je crois même que je m'assoupis jusqu'à ce que des lèvres viennent se poser sur les miennes. Je reconnais la bouche de Clément et un sourire se forme sur mon visage.

— Je n'ai pas commandé de prince charmant pour me réveiller.

— Sois tranquille, panthère, je n'ai absolument rien du prince charmant.

J'ouvre les paupières et je caresse sa fine barbe. Pourquoi se dévalorise-t-il toujours ?

— Pour la majorité des femmes, tu représentes un rêve. Tu incarnes exactement celui qu'elles recherchent.

Il secoue la tête et frotte son nez contre le mien.

— Elles ne me connaissent tout simplement pas.

— Moi, je te connais plus que tu ne le crois. Je peux te jurer que tu incarnerais le petit-ami parfait pour la plupart des femmes.

— Merci pour ce vote de confiance même si j'en doute. Alexandra, j'ai besoin que tu me rendes un service.

— Tout ce que tu veux si cela n'implique pas de te suivre sur un VTT à pleine vitesse.

Il éclate de rire. Je lui ai promis que je ne l'accompagnerais plus jamais sur un parcours de VTT. J'ai appris à mes dépens qu'il était un véritable champion de la pratique du deux-roues dans les chemins de forêt. J'ai cru y laisser mes poumons en essayant de garder le même rythme que lui.

— Non, je te le promets. Serais-tu OK pour venir avec moi chez mes parents pendant deux jours ?

Je fronce les sourcils et je plonge mes yeux dans les siens. Pourquoi veut-il me présenter ses parents ?

— Alex, ne te fais pas de fausses idées ! J'ai besoin de faire plaisir à ma mère, je sais qu'elle t'appréciera. C'est juste un service entre amis.

— Si nous nous y rendons entre amis, est-ce que cela signifie que le sexe est banni ?

— Nous partagerons le même lit, panthère. Ne crois pas une seule seconde que ma queue n'ira pas flirter avec ta chatte si accueillante. Deal ?

— Deal !

Je suis trop faible. Il a réussi à me détourner de mon lit et de mon souhait de récupérer de ces trois jours d'atrocité.

***

Au lieu de dormir dans un bon lit douillet très confortable, j'ai somnolé sur le siège dur d'une voiture. Je me sens nauséeuse et très fatiguée quand nous arrivons à destination. Je tourne la tête vers Clément qui me sourit.

— La Belle au bois dormant est-elle réveillée ?

Je suis sur le point de lui répondre quand mon téléphone interrompt la discussion. Je jette un œil et m'aperçois qu'Amandine tente de me joindre.

— Bonjour, Am. Comment vas-tu ?

— Bonjour, Alex. Je pensais que tu étais rentrée à Paris. Je suis passée à l'appartement de Clément et je ne vous ai pas trouvés.

— Oui, nous sommes sur la route.

Je réalise trop tard ma bévue. Elle va s'imaginer n'importe quoi si elle comprend que Clément et moi sommes partis voir ses parents ensemble. Il va falloir que je trouve très rapidement une parade.

— Ah, où êtes-vous partis ?

— Mon journal m'a demandé d'aller vérifier une information sur le terrain et Clément m'accompagne pour me protéger.

— Ah, je suis heureuse que tu prennes enfin au sérieux ta sécurité ! Tu feras un bisou à Clément de ma part. Le pauvre va avoir besoin de forces pour te supporter.

Non, je ne pense pas qu'il va avoir besoin de forces ou alors uniquement pour me procurer le plus d'orgasmes possibles dans la nuit. Je ne peux pas répondre ça à ma sœur et je me contente de prendre congé. Je me tourne vers mon coloc improvisé.

— Amandine se serait imaginé n'importe quoi donc j'ai préféré lui dire que tu m'accompagnes pour un reportage.

— Tu as bien fait et à la limite, nous pourrons dire que nous sommes passés voir mes parents quand nous étions dans le coin. Cela évitera les bévues.

— Excellente idée ! Y a-t-il quelque chose que je dois savoir à leur sujet ?

— Juste que ce sont les meilleurs parents adoptifs du monde ! J'ai été adopté à l'âge de cinq ans, mais je les considère comme mes véritables parents depuis toujours.

Il n'en dit pas plus et je comprends qu'il ne faut pas chercher à en savoir davantage. Il entre dans une cour et stationne sa voiture. Nous descendons et je ne sais pas vraiment comment me comporter. Comme s'il le devinait, il attrape ma main et nous nous avançons vers la porte d'entrée qui s'ouvre à la volée.

— Oh, Clément, quelle merveilleuse surprise ! Pourquoi ne nous as-tu pas dit que tu arrivais aujourd'hui, mon chéri ?

— Bonjour, maman. Ton anniversaire est dans deux jours et je voulais aider aux préparatifs de la fête. Tu n'as pas sous-loué ma chambre en mon absence ?

— Tu n'es qu'un idiot, mon chéri. Ta chambre est intacte et on attend plus que toi et cette jeune fille qui t'accompagne. Bienvenue chez les Mattieu, Mademoiselle !

Un homme d'une soixantaine d'années nous rejoint et il sourit en nous découvrant.

— Bonjour, mon garçon. C'est un plaisir de te voir.

— Papa, maman, je vous présente mon amie Alexandra.

— Soyez la bienvenue et faites ici comme chez vous. Nous allons rentrer et grignoter un peu. La route n'a pas été trop longue, Clément ?

— Non, maman. J'ai l'habitude des longs trajets avec mon métier.

Une ombre passe dans le regard de la mère de mon amant. Elle s'approche de lui et lui caresse le visage avec une tendresse infinie.

— Oui, c'est vrai. J'espère que tu ne prends pas trop de risques avec tous ces fous.

— Je te promets que je suis prudent et que mes collègues me protègent. Je ne peux pas t'en dire plus, tu le sais.

Je comprends alors qu'il a levé une partie du voile qui entoure le mystère de la BE 75. Nous entrons dans la cuisine et j'aperçois trois enfants qui doivent avoir entre six et dix ans. Ils semblent perdus et regardent un épisode de Joséphine Ange gardien.

— Les enfants, vous pouvez aller dans le salon pour regarder la fin du film pendant que nous discutons avec Clément et Alexandra.

— D'accord, Josiane.

Ils se lèvent et disparaissent en silence.

— Toujours cette touche magique avec les enfants, maman.

— Ils sont adorables. Ce sont trois jeunes frères dont les parents dealent de la coke. Ils m'ont été confiés pour leur donner des repères et les aider à grandir.

— Ils ne pouvaient pas mieux tomber et je sais de quoi je parle.

— Toi, tu as toujours été particulier. Dès que tu es arrivé, tu as été mon fils.

Nous continuons de discuter tranquillement et j'en apprends plus sur celui qui est si énigmatique. Je ne comprends pas pour quelle raison il a si peur de s'engager alors qu'il a reçu un amour extraordinaire de la part de ses parents. Quand il s'aperçoit que je dors debout, il fait signe à ses parents qu'il m'accompagne jusqu'à sa chambre avant de revenir. Il prend le temps de me câliner et de me border.

— Fais de beaux rêves, panthère. Je t'offrirai un réveil de princesse quand tu auras repris des forces.

Je me contente de hocher la tête et de répondre à son baiser. Je m'endors en entendant la porte se refermer. Je suis si fatiguée que je sombre dans le sommeil alors que je voulais l'attendre.

L'envie de boire un grand verre d'eau me réveille un peu plus tard. Clément n'est toujours pas venu me rejoindre. Je me lève avec mille précautions pour ne pas faire de bruit dans la maison silencieuse. J'entrouvre la porte et marche vers la cuisine. J'entends alors les voix de mon lion et sa mère.

— Comment vas-tu, mon chéri ? Comment vis-tu ce drame ?

— Tout va bien, maman. Je veux surtout qu'Alexandra aille mieux. La perte de notre bébé l'a déstabilisée même si elle n'en parle jamais.

— C'est une femme forte. Je l'ai vu au premier coup d'œil. Et toi, Clément ? Tu étais si heureux quand tu m'as annoncé cette grossesse surprise.

Mon amant avait donc parlé de notre bébé à sa mère et qu'il était heureux de devenir père.

— Perdre ce petit être a été difficile. Je voulais tellement le garder. C'est la vie, maman.

Je suis émue aux larmes en l'entendant parler. Je ne veux pas l'espionner et je décide de rebrousser chemin. Je retourne dans le lit et me blottis dans ses bras quand il vient me rejoindre. J'ai juste besoin de sentir sa peau contre la mienne. Rien de plus ! Je dors dans un cocon paradisiaque.

Pourtant, je me réveille dans un grand lit froid. Je saisis mon portable et m'aperçois qu'il est déjà près de midi. Il y a bien longtemps que je ne me suis pas accordé ce type de grasse matinée. Je prends le temps de me doucher dans la salle de bains adjacente. La chambre de Clément est isolée du reste de la maison pour qu'il y soit tranquille.

Habillée, je pars à la recherche de mon amant qui ne se trouve pas dans la maison. Je m'apprête à rejoindre la terrasse quand des voix me parviennent. J'ai vraiment l'impression d'être une espionne ici. Je fais demi-tour quand une phrase m'interpelle et me cloue sur place. Oui, je sais, la curiosité est un vilain défaut, mais c'est plus fort que moi.

— Vous ne devinerez jamais qui s'est pointé à la brigade la semaine dernière. Ce connard de Charles Lery.

Bien malgré moi, je ne peux m'empêcher d'écouter la conversation. Sa réaction à l'entrepôt m'a tellement surprise. Je sais qu'il y a autre chose derrière.

— Tu ne devrais pas parler de lui de cette manière, Clément. Il a au moins fait une chose de bien dans sa vie.

— Maman, comment peux-tu le défendre ? C'est un enfoiré de première qui ne se préoccupe que de lui.

— Je te le répète, mon chéri. Il a fait quelque chose de bien dans sa vie. Toi. N'oublie jamais qu'il est ton père biologique !

— Il n'est pas mon père biologique, il est juste mon géniteur.

Je suis abasourdie par ce que je viens d'entendre. Ce politicien véreux serait le père de Clément. Je pense que personne n'est au courant à la BE 75.

— Ne réagis pas avec une telle violence, mon fils. Pour avancer dans ta vie, tu devras lui pardonner un jour.

— Papa, je ne le considère pas comme un homme. Il n'est même pas capable d'assumer les conséquences de ses actes. Il a mis une prostituée enceinte et il n'a jamais été capable de l'aider. Avant de vous rencontrer, ma vie était un enfer.

Mon Dieu ! Je comprends pour quelles raisons il ne veut pas parler de son passé. Une mère prostituée, c'est vraiment du lourd ! Et un père qui fréquente une prostituée avant de l'abandonner.

— À cause d'eux, je ne suis pas digne des autres.

— Clément, je ne veux pas t'entendre dire ce genre de choses. Tu n'es pas tes parents, tu es toi.

Je ne devrais pas intervenir, mais je suis incapable de rester dans l'ombre. Il est préférable qu'il sache que j'ai entendu leur conversation. Je ne suis pas quelqu'un qui se cache derrière des faux-semblants, je ne suis pas une personne qui ignore la détresse. Je m'avance doucement sur la terrasse et je vois l'effroi dans ses yeux quand il comprend que j'ai entendu.

Je soude mes yeux aux siens et je marche vers lui comme si nous étions seuls sur la terrasse. Je prends son visage en coupe avant de déclarer d'une voix empreinte d'émotion :

— Tu n'es pas tes parents, tu es un homme merveilleux et droit. Contrairement à ton père biologique, tu risques ta vie pour assurer la protection des autres. Avec toi, je me sens protégée et en sécurité.

— Alexandra, tu n'aurais jamais dû entendre cette conversation. Je suis désolé, tu ne me connais pas. Tu crois me connaître, mais tu ne me connais pas.

— Je te connais mieux que tu ne le crois.

Je ne cesse de lui répéter ces mots. Je saisis ses doigts et les étreins. Je pose ensuite ma main sur son cœur.

— Il y a de la bonté, de l'abnégation et du respect au plus profond de toi. Ne doute jamais de toi.

Il dépose un baiser sur mes lèvres avant de me serrer dans ses bras. Il murmure tout contre mon oreille :

— Si mes parents ne se trouvaient pas sur cette terrasse avec nous, je te jure que je te ferai l'amour pour te prouver à quel point je suis touché par tes mots.

— Ce n'est que partie remise, mon lion. J'ai l'habitude que tu sois long à la détente.

— Tu n'es qu'une jeune impertinente ! Merci de rendre ma mère aussi heureuse. Son visage rayonne de bonheur quand elle nous regarde. Je voulais lui offrir ce moment.

— Tu es le meilleur des fils pour elle.

Il me serre contre lui sous le regard bienveillant de ses parents. Je sais que nous reparlerons de ma découverte, mais pas tout de suite. Dans un premier temps, je garderai pour moi son secret.

Nous partageons tant de secrets, lui et moi. Le plus douloureux de tous est la perte de notre bébé. Cet homme prend une importance considérable dans ma vie. Laquelle exactement ?

Chapitre 31

Clément

Je suis de nouveau de permanence depuis ce matin et je n'arrive absolument pas à me concentrer. Je ne cesse de penser aux trois derniers jours chez mes parents avec Alexandra.

Que dois-je faire ? Elle connaît la vérité et elle n'a pas fui. Enfin, elle pense connaître toute la vérité, elle croit avoir décrypté le véritable Clément, mais il reste de profondes zones d'ombre. Elle partirait en courant si elle était au courant de ces zones d'ombre.

Pourquoi imagines-tu le pire à chaque fois ? Elle est toujours là même si elle a découvert que ton géniteur est un politicien véreux et que ta mère biologique est une prostituée. Donne-lui du crédit ! Accorde-lui le bénéfice du doute ! Elle ne t'a jamais déçu.

Nous entretenons une relation de colocataires avec avantages. Pourquoi voudrait-elle me connaître davantage ? Si elle avait la moindre idée de mes tares cachées, elle prendrait ses jambes à son cou.

Je me remémore ma dernière conversation avec ma mère. Elle m'a presque supplié de faire confiance à Alexandra et aux sentiments que nous avons l'un pour l'autre. Je ne pouvais tout de même pas lui avouer que nous entretenions juste une relation basée sur le sexe.

Est-ce que tu crois vraiment que ta relation avec Alexandra ne tourne qu'autour du sexe ? Il serait peut-être temps que tu ouvres les yeux et qu'elle les ouvre aussi.

Les derniers événements tournent inlassablement dans mon crâne. J'aimerais y échapper, je n'y parviens pas.

— Les Tangos, préparez-vous. Nous sommes attendus pour intervenir dans une maison isolée.

Adrien fronce les sourcils en entendant Daniel Kruger employer le « nous ». Apparemment, notre capitaine vient de nouveau avec nous. Nous allons finir par être à l'étroit dans le van sécurisé. Il y a encore quelques mois, nous étions uniquement six avec notre chauffeur. Maintenant, nous sommes régulièrement huit avec Amandine, neuf avec Laura et maintenant dix avec Daniel. Heureusement que Laura n'est pas toujours présente !

Je me demande pour quel type d'intervention nous partons avec une telle urgence et sans préparation. Est-ce des terroristes qui menacent de faire sauter une bombe ? Est-ce encore des casseurs qui sèment la terreur dans les quartiers huppés de Paris ? Est-ce qu'un ministère a été pris d'assaut ? Pourquoi la violence ne s'arrête-t-elle pas ?

Nous interrogeons Adrien du regard et il hausse les épaules. OK, c'est sa façon de nous dire qu'il n'est au courant de rien. Je sens son agacement même s'il ne peut pas discuter des ordres directs. Nous sommes son équipe et il a la nette impression de perdre la main à cause des politiciens. Daniel se fait le plus discret possible, mais il est tout de même présent dans le van. Notre lieutenant accro du contrôle ne peut pas l'ignorer quand une décision doit être prise.

Je comprends mon frère d'armes. Comment peut-il supporter que notre capitaine se trouve sur place avec nous ? Il a beau faire preuve de fermeté, la situation ne l'enchante pas et complique la gestion des opérations.

Nous avons vraiment l'impression de partir en intervention avec de moins en moins d'éléments. Le ministère voudrait que nous commettions une erreur, il ne s'y prendrait pas mieux. Cette histoire de blog les rend complètement fous et ils commencent à perdre une partie de leur sang-froid.

Adrien est de nouveau muré dans le silence. Il attend que Daniel lui donne des éléments. En temps ordinaire, ils en discutaient directement ensemble et prenaient certaines décisions avant de nous en informer. Aujourd'hui, Adrien est logé à la même enseigne que nous. Il attend lui aussi les infos et je pense qu'il a l'impression d'être court-circuité dans son rôle de leader de l'unité d'élite 75.

Daniel s'éclaircit la gorge et nous levons tous la tête vers lui.

— Je viens de recevoir les dernières données du ministère et des RG. Nous intervenons pour démanteler un réseau de call-girls. De jeunes femmes de l'Europe de l'Est sont utilisées pour amadouer de hauts fonctionnaires, des politiciens ou des directeurs et leur soutirer des informations confidentielles ou des données classées top secret.

— Elles jouent à confession sur l'oreiller en somme.

— C'est exact, ou bien les hommes sont filmés pendant l'acte sexuel et ensuite, on menace de divulguer les sex tape s'ils ne parlent pas.

Je frissonne en entendant Daniel donner tous ces détails. S'ils connaissaient tous mes secrets, ils me tourneraient le dos. Je ne peux absolument pas penser à mes démons en ce moment et je dois me concentrer sur la mission qui nous attend.

— Connais-tu la configuration des lieux dans lesquels nous allons intervenir ?

Adrien vient de se manifester et son regard est dur. Comme une façon de dire qu'il n'est absolument pas satisfait de la gestion actuelle des opérations !

— Malheureusement, je n'ai que peu d'éléments ! Ils vont essayer de nous faire parvenir une image satellite de la configuration.

— Ce serait souhaitable qu'on la reçoive avant l'intervention. Je n'ai pas envie d'envoyer mes hommes une nouvelle fois à la boucherie.

Adrien vient d'accentuer « mes hommes ». Une colère sourde gronde en lui. Je pense que si des politiciens se trouvaient à proximité, il n'hésiterait pas une seule seconde à leur dire ce qu'il pense.

— Je sais, lieutenant Laval. Je sais qu'il est nécessaire que nous obtenions plus d'informations pour une intervention en toute sécurité. Je suis également conscient que cette histoire de blog leur fait prendre des risques inconsidérés pour l'équipe. Je n'arrête pas de le remonter. Ma présence sur le terrain est juste là pour les rassurer. Je ne remets en aucun cas votre travail à tous en question.

Nous nous contentons de hocher la tête après la tirade de Daniel. Notre capitaine n'attend rien de plus de nous et il se contente de sourire avant de se replonger dans son téléphone.

Nous arrivons sur les lieux quinze minutes plus tard et il nous a fourni quelques données supplémentaires. Le but de notre mission est d'arrêter les macs et de confier les prostituées à des associations pour qu'elles se réinsèrent dans la vie quotidienne.

Il s'agit vraiment d'une ferme isolée qui sert de maison de passe. Fidèles à nos tactiques habituelles, nous nous dirigeons en silence vers la maison. Nous entrons en défonçant la porte et nous progressons très rapidement à l'intérieur.

Nous ouvrons les différentes portes et le spectacle est vraiment désolant. Chaque pièce est une chambre dans laquelle se trouve une jeune fille complètement shootée et habillée en porte-jarretelles, string et soutien-gorge. Elles sont à la merci de ces enfoirés qui les exploitent. J'ai envie de gerber dans ma cagoule en découvrant ce triste spectacle. On leur a enlevé tout leur libre arbitre et leur humanité.

Des tirs commencent à retentir et nous devons riposter tout en avançant. Derrière chaque battant se trouve une nouvelle femme légèrement vêtue et droguée pour ne pas protester.

Je ne peux pas m'empêcher de penser à ma mère biologique. Est-ce qu'elle avait un mac ? Est-ce qu'une personne tirait les ficelles pour l'empêcher de s'en sortir ? Est-ce pour cette raison qu'elle m'a abandonné ? Les questions tournent en boucle dans ma tête et je ne suis plus vraiment à ce que je fais.

J'ouvre une énième porte et je me retrouve face à un revolver. Je n'ai pas le temps d'armer. Au moment où il va appuyer sur la gâchette, j'entends un énorme boom et je le vois partir en arrière avec un trou dans la tête. Quelqu'un a tiré avant qu'il ne puisse m'atteindre. Je tourne la tête et je m'aperçois que je dois la vie à Benji. Un Benjamin qui m'observe comme pour demander ce qui a retardé mon tir.

— Tango 15, merci de m'avoir sauvé la vie.

Adrien m'entend dans les oreillettes et sa voix gronde.

— Concentration extrême, Tango 8. Si tu n'as pas la tête à la mission, tu retournes immédiatement dans le van.

— Message reçu cinq sur cinq ! Je suis en concentration extrême.

Pendant les trente minutes qui suivent, je muselle mes pensées. Je suis attentif au moindre détail. Hors de question qu'on me prenne en défaut une seconde fois !

Les tirs se multiplient et nous ne parvenons pas à arrêter les hommes qui étaient responsables de la maison close. On a l'impression qu'ils ont préféré se faire tuer plutôt que d'être capturés vivants et emprisonnés.

Nous faisons appel à plusieurs voitures de police pour emmener les prostituées aux commissariats les plus proches. À l'aide de traducteurs, elles vont être interrogées pour qu'on puisse recueillir des renseignements sur ce réseau organisé.

Il n'y a aucun journaliste à l'horizon. Notre intervention s'est déroulée sans aucun témoin. Nous retournons dans le van et Adrien me saute dessus dès que nous enlevons nos cagoules.

— Il y a une règle d'or absolue en mission. Il faut rester concentré du début à la fin. Est-ce que tu peux m'expliquer ce qui s'est passé ?

— Je suis désolé, Adrien. J'ai merdé grave, je le sais. Je ne peux pas expliquer ce qui s'est passé.

— Comment veux-tu que je puisse donner ce genre de réponse à des parents endeuillés ? Votre fils n'était pas concentré pendant l'intervention. Désolé, il est décédé. Ne me refais jamais un coup pareil !

Je hoche la tête. Je comprends qu'il soit en colère. Je n'avais pas à penser à ma mère en voyant toutes ces prostituées. J'aurais pu y laisser ma vie.

— Merci, Benji, d'avoir assuré mes arrières.

— Nous sommes une équipe, mon pote. Quand les vieux déraillent, les jeunes sauvent leurs peaux.

Je lui offre une accolade avant de retourner m'asseoir en évitant soigneusement le regard d'Adrien. Je l'ai déçu et je m'en veux profondément. Tout cela à cause de ma mère biologique ! Même absente, elle continue de me pourrir la vie.

***

Je rentre à mon appartement furieux. Mon frère d'armes m'a congédié. J'ai fait une erreur de débutant en m'entraînant sur le parcours du combattant et il m'a renvoyé chez moi. Apparemment, je suis plus un danger pour moi et pour eux qu'un soutien quand je suis dans cet état.

J'ai tenté de discuter, mais il m'a rappelé que dans son bureau, il n'était pas mon pote. Il est mon chef et je dois me conformer à sa décision. Je suis en colère et j'ai quitté la brigade sans un mot pour lui ou pour mes frères.

Je ne suis pas prêt d'oublier l'ordre qu'il m'a donné. Je lui en veux et je m'en veux encore plus d'avoir montré des faiblesses. Comment a-t-il pu me congédier de la BE 75 sans me laisser une seule chance ?

J'envoie valser mes baskets au loin avant de récupérer mon portable qui vibre dans la poche arrière de mon pantalon noir. Je n'ai même pas pris le temps de me changer. Je m'aperçois qu'Adrien a tenté de me joindre à plusieurs reprises et m'a envoyé des textos. J'hésite à les effacer sans les lire avant de me raviser.

Adrien : [Je sais que tu es en colère, mais je dois protéger l'équipe. Règle tes problèmes et reviens vite.]

Adrien : [Amandine vient de me passer une soufflante pour t'avoir envoyé chez toi.]

Adrien : [Réponds-moi, Clément. Je n'ai pas remis en doute ta loyauté et tes compétences. Ta concentration n'était pas là.]

Adrien : [Reviens à l'entrepôt pour que nous discutions.]

Adrien : [Tu es une tête de mule.]

Je n'ai pas l'intention de lui répondre. Je me sens trahi par son attitude et je ne lui faciliterai pas la tâche. J'espère qu'Amandine prendra ma défense et va lui en faire baver.

Ce n'est pas très glorieux de souhaiter que ta meilleure amie te venge.

J'entends du bruit dans la chambre d'Alexandra. Je dois évacuer ma frustration et ma colère le plus rapidement possible. Je me précipite et la surprends en train de lire un message. Elle lève les yeux vers moi et me sourit.

— Je vais pouvoir rassurer Amandine et son chéri. Ils étaient inquiets de ta disparition.

— Je ne veux pas parler d'eux. Je ne veux pas discuter tout court. Je veux enfoncer ma queue dans ta chatte et te faire crier. Très fort !

Elle m'observe comme si elle n'était pas dupe et qu'elle avait compris que je veux l'utiliser pour ne pas penser à la punition que mon frère d'armes vient de m'infliger. Elle ne dit rien, je suis sur le point de tourner les talons quand elle me tend juste la main. Sa façon de me donner son accord.

Je me précipite vers elle et je saisis ses lèvres pour un baiser explosif. Je ne veux pas faire preuve de tendresse, je désire juste me décharger. Pourquoi accepte-t-elle que je me serve d'elle de cette manière ?

J'approfondis notre baiser et je descends la fermeture éclair de sa robe. Je la débarrasse de ce vêtement trop gênant puis de son soutien-gorge et de son string. Je la pousse vers son lit et l'y allonge tandis que j'enlève mes vêtements à la hâte.

Je m'allonge sur elle et parcours ses courbes du bout des doigts. Je devrais la cajoler, la caresser, mais j'ai juste envie de la posséder. Mes doigts filent vers sa chatte pour vérifier son excitation. Je souris comme un gros connard quand je comprends que les préliminaires supplémentaires ne sont pas nécessaires. Elle est aussi excitée que moi.

Elle noue ses cuisses autour de ma taille tandis que je positionne ma queue entre les plis humides de sa chatte. Je soude mes yeux aux siens et je la pénètre d'un seul coup. Je m'enfonce jusqu'à la garde avant de m'immobiliser quelques secondes puis de repartir de plus belle. J'enchaîne les va-et-vient rapides sous ses gémissements de plaisir.

Je place mes mains sous ses fesses pour augmenter l'intensité de mes coups de boutoir. J'ai l'impression de ne rien maîtriser, je veux juste me perdre en elle pour oublier tous les événements.

Comme si elle sentait mon désarroi, elle intensifie la force de mes coups de boutoir en poussant sur mes fesses. C'est incroyable de voir ce qu'elle peut supporter. J'accélère une nouvelle fois et je sens son antre brûlant me serrer.

Je ne cherche pas à lutter et je laisse l'orgasme me cueillir en même temps qu'elle. Nous jouissons en nous embrassant à perdre haleine. Je m'effondre sur elle et il me faut de longues minutes pour reprendre mon souffle et calmer les battements erratiques de mon cœur. Je me sens plus calme, plus détendu.

— Est-ce que tu vas mieux maintenant, Clément ?

— Oui, j'avais besoin d'évacuer ma frustration et ma colère.

— Est-ce que tu veux m'en dire plus ?

Après l'avoir utilisée comme une poupée gonflable, je lui dois au moins d'être honnête.

— J'ai commis plusieurs erreurs au boulot aujourd'hui et Adrien m'a renvoyé pour que je me reconcentre.

— Quelle est la cause de tes erreurs ?

Est-elle dotée d'un sixième sens ? Comment peut-elle savoir qu'il y a une cause à mes erreurs ? Je décide une nouvelle fois d'être honnête avec elle.

— Nous avons dû intervenir dans un bordel de luxe avec de nombreuses prostituées.

Je ne rajoute rien, elle est suffisamment intelligente pour lire entre les lignes et remplir les blancs.

— Ce sont souvent des femmes maltraitées par la vie qui n'ont pas d'autre choix. J'ai réalisé un grand reportage sur les prostituées parisiennes et je voudrais te le montrer.

Je m'éloigne d'elle. Comment peut-elle prendre leur défense alors que j'ai souffert toute mon enfance du comportement de ma mère ? J'en ai gardé de profondes cicatrices et surtout, je suis un pervers à cause des habitudes de ma mère.

Alors, comment peut-elle me trahir en ayant de la compassion pour ces femmes ?

Chapitre 32

Alexandra

Je veux montrer un de mes anciens reportages à Clément, mais je m'aperçois très vite qu'il n'est pas dans de très bonnes dispositions. Qu'est-ce qui lui arrive ?

Peut-être qu'il n'a pas envie de parler de son passé ! Si tu arrêtais de lui forcer la main, il serait certainement de meilleure humeur.

Je ne peux pas le laisser réagir de cette manière alors que je veux juste l'aider.

— Ce reportage montre à quel point ces femmes souffrent. Ce n'est pas le choix de carrière pour elles, elles subissent juste.

Il me regarde d'un air dur et il éclate d'un rire amer.

— Il existe d'autres choix de carrière que de se prostituer. Elles pourraient être femmes de ménage ou travailler dans des usines. Non, je ne dis pas qu'elles n'ont pas le choix. Elles ont décidé de vendre leur corps pour gagner de l'argent.

— Ce n'est pas aussi simple, Clément et tu le sais parfaitement.

— Toi au contraire, tu ne sais rien. Est-ce que tu as la moindre idée des impacts de cette vie sur un enfant ?

Il vient de hurler ces deux dernières phrases. Il me parle avec les émotions d'un gamin de cinq ans. J'essaie de m'approcher de lui et de lui caresser le visage. Il est à deux doigts de se détourner de moi.

— Non, je n'ai pas la prétention de savoir ou même de tenter d'imaginer les conséquences de cette vie sur un enfant.

Je lui parle doucement pour ne pas l'effrayer ou pour ne pas accentuer sa colère.

— Alors, pourquoi les défends-tu ?

— Quoi ? Qu'est-ce que c'est que ce nouveau délire, Clément ? Est-ce que tu crois vraiment que je les défends ? Je leur ai juste donné la parole pour qu'elles puissent expliquer ce qu'elles vivent.

— C'est du parti pris.

— Tu es fou ! Ce n'est pas du parti pris, c'est juste de l'information.

J'essaie de me contenir par tous les moyens. Je vois bien qu'il ne réfléchit plus de façon rationnelle.

— De l'information, tu parles ! Elles ne devraient même pas avoir le droit de s'exprimer. Leur activité est illégale.

Alors là, il va trop loin ! Je plante mon doigt dans son torse et mes yeux dans les siens.

— Nous ne sommes pas en dictature, Clément Mattieu. La presse est libre et nous avons le droit d'interroger qui nous voulons. Dois-je te rappeler que si les prostituées existent, c'est parce que des hommes les paient pour utiliser leur corps ?

Son regard bleu vert vire au noir et sa colère ressort par tous les pores de sa peau.

— Est-ce que tu veux connaître les conséquences d'être un nourrisson puis un gamin élevé par une prostituée entourée d'autres prostituées ? Suis-moi !

Son ton est autoritaire et je ne l'ai jamais vu dans un tel état de fureur. Mon lion s'est transformé en une créature remplie de haine. Ai-je envie de le suivre ? Comme s'il sentait mes hésitations, il attrape ma main. Je n'ai pas d'autre choix que de le suivre et de presque courir pour rester dans son sillage. Qu'est-ce qui lui arrive ?

Si tu l'avais laissé tranquille, tu ne te retrouverais pas dans cette situation. Mais, non, il a fallu que tu insistes jusqu'à ce qu'il pète une durite.

Toi, tu restes en dehors de tout ça ! Je n'ai pas besoin de tes leçons de morale à deux balles.

Nous entrons dans la chambre de Clément et il se dirige vers son placard. Il en sort une énorme boîte qu'il pose sur son lit avant de l'ouvrir. Il la retourne et jette tout le contenu sur son lit. Il y a je ne sais combien de DVD.

— Est-ce que tu veux savoir les conséquences de cette vie sur moi ? À cause de ma mère biologique prostituée, je suis devenu un putain de pervers sexuel.

De quoi parle-t-il ? Il prend un des DVD dans sa main et l'introduit dans son lecteur DVD. Il appuie sur la télécommande et des images à caractère presque pornographique s'affichent sur l'écran.

— De quoi s'agit-il ?

Est-ce vraiment moi qui ai une voix de petite fille ? Il se tourne vers moi et la douleur que je lis dans son regard me foudroie sur place.

— Je t'en prie, regarde. Tu voulais connaître les conséquences d'avoir été élevé par une mère prostituée. Les voici !

Je comprends alors qu'il a filmé ses ébats avec une inconnue. Oh, on ne les reconnaît pas ! Il a surtout filmé sa chatte, son cul, ses seins. On voit sa queue la pénétrer par tous les bouts. Elle hurle de plaisir, j'ai envie de balancer tout ce qui me tombe sous la main sur cette télévision.

Il ne prononce toujours pas un mot et il arrête la diffusion. Il saisit un autre boîtier, en sort un second DVD. Il lance la lecture dans la foulée. J'ai l'impression de voir un bis répétita du premier. La seule différence, ce sont les cris de la femme qui sont plus aigus. Je ne dis rien et il en lance un troisième puis un quatrième puis un cinquième. À peu près toujours les mêmes images ! Jamais un seul visage !

— Arrête ! J'ai compris ton point de vue.

Je ne m'étais même pas rendu compte que les larmes coulaient sur mon visage.

— Tu voulais savoir qui je suis ? Je suis un pervers sexuel qui n'en a rien à foutre des femmes. Je les filme pendant que je les culbute. Comme je l'ai fait avec toi !

— Non ! Ne compare jamais les films que tu as faits avec moi avec ces DVD. Tu as filmé mon visage, tu m'as parlé.

— C'est la même chose !

— Non !

Je viens de hurler. Je me tourne vers lui et je commence à marteler ses pectoraux de mes poings fermés. Il attrape mes poignets pour que j'arrête.

— Tu peux dire non autant que tu veux, mais c'est la vérité. Je n'ai absolument rien à t'offrir. Je suis un pervers sexuel. Pars de mon appartement avant de te faire trop d'illusions.

Je reste plantée sur place et je ne parviens pas à me mettre en mouvement. Il lève sa main vers mon visage et essuie mes larmes.

— Je ne veux pas te faire de mal, Alex.

— Je suis plus forte que tu le crois, Clément.

— Personne ne peut me sauver de ma perversité. Pars de mon appartement avant de te brûler les ailes. Je n'ai rien à t'offrir. Vraiment rien ! J'aurais tellement voulu y croire avec toi, c'est impossible. Pars, Alex, aide-moi à ne pas te faire souffrir. S'il te plaît...

Je comprends qu'il est au bout du rouleau et je me force à bouger. Je pivote pour le regarder. Je ne peux pas m'empêcher de l'observer longuement et de murmurer :

— Tu n'es pas un pervers sexuel, Clément. Tu n'as pas filmé ces femmes à leur insu.

— Arrête, Alex ! Quel homme normalement constitué prendrait du plaisir à filmer des femmes ? J'aime regarder ces vidéos.

— Et alors ? Tu n'es certainement pas le premier homme à apprécier de regarder du porno. Des tonnes de mecs et même de femmes n'hésitent pas à télécharger des vidéos pornos. Certains les achètent.

— Oui, ils consomment des vidéos tournées par des professionnels. Moi, je filme mes propres vidéos. J'aime les filmer pendant que je les défonce. C'est ma queue qui se trouve sur toutes ces vidéos.

— Une nouvelle fois, tu n'es pas le seul. Tu n'es pas le premier à avoir inventé ce concept et tu ne seras pas le dernier. Tu n'es pas un pervers sexuel.

Il secoue la tête, il ne veut pas m'écouter. Il s'est fait une idée et il ne veut pas en démordre.

— Comment peux-tu accepter aussi facilement ce que je viens de te montrer ? Je suis un détraqué sexuel.

— Je suis quelqu'un qui ne juge jamais les autres. Soit, tu aimes te filmer en plein acte sexuel et alors ? Cela ne fait pas de toi un criminel. Moi, j'aime m'envoyer en l'air avec des hommes que je viens à peine de rencontrer. Pour beaucoup, je suis une femme facile.

— Ne dis pas ça ! Tu aimes juste prendre du plaisir. Personne ne te paie pour le faire et il n'y aura aucune conséquence sur tes enfants. Tu ne te filmes pas pendant.

— Je n'ai pas dit non quand tu m'as demandé si tu pouvais nous filmer. Je suis aussi coupable que toi.

— Non, tu ne peux pas dire ça. J'étais en train de m'enfoncer profondément en toi. Comment aurais-tu pu me dire non ? Tu étais dopée aux endorphines du plaisir.

— J'avais mon libre arbitre, Clément. Si j'avais voulu te dire non, j'avais la possibilité de le faire. Savoir que tu me filmais m'excitait.

— Oh, non ! Je t'ai pervertie. Pars de mon appartement, pars avant que la situation s'enlise. Je n'ai rien à te donner.

Juste après la douceur

On se tourne le dos

Tout s'arrête un jour

À garder les blessures

On appelle au secours

On se dit des mots durs

Je n'ai plus rien à te donner

Que ma tendresse et mon passé

Des caresses, des promesses, des baisers

Tu sais c'est terminé

Je n'ai plus rien à te donner

J'aimerais rester avec lui, mais je sens au plus profond de ma chair qu'il a besoin que je le laisse. Pour la première fois de ma vie, je permets à un mec de me donner un ordre.

Je quitte sa chambre et prends mon sac à main, mes clés de voiture puis je sors de son appartement. Je m'appuie contre la porte et quelques larmes s'échappent de mes yeux. Même pour Kevin, je n'avais pas ressenti cette boule de souffrance dans mon ventre.

Je descends les escaliers à toute vitesse pour m'éloigner le plus vite possible de cet endroit. Je désire être entourée, soutenue et non rejetée.

J'ouvre la porte de la résidence à la volée et je me précipite vers ma voiture. Je pars comme si je courais un rallye. Je parcours les quelques kilomètres qui me séparent du domicile de ma meilleure amie et je prie pour qu'elle soit chez elle. Je sonne après m'être garée à proximité et je croise les doigts.

— Oui, qui est-ce ?

— Noa, c'est moi, Alex. J'ai besoin de toi, ma poulette.

— Monte vite.

Dès que j'entends le déclic de la porte, je la pousse et je cours jusqu'à l'ascenseur. Comme il n'arrive pas, je décide de prendre les escaliers. Je veux me jeter dans les bras de ma Martiniquaise préférée le plus rapidement possible.

Elle m'attend sur son palier et ouvre les bras en voyant l'expression de mon visage. Je me jette contre elle et elle m'étreint longuement avant de me pousser chez elle.

— Qu'est-ce qui t'arrive, ma bichette ?

— Clément m'a demandé de quitter son appartement.

Elle fronce les sourcils pour me montrer qu'elle ne comprend pas.

— Il me semblait pourtant que tout se passait bien entre vous.

— Oui, tu as raison, tout se passait bien jusqu'à aujourd'hui. Il faut que tu saches qu'il traîne de lourdes casseroles.

— Comme nous tous ! On a tous quelque chose dans notre vie qui fait office de boulet. Tout dépend comment on gère ce boulet.

Je pousse un énorme soupir et des sanglots s'échappent de ma gorge.

— Bah, Alex, ce n'est pourtant pas dans tes habitudes de pleurer pour un mec. Tu n'as pas pleuré à la suite de ta rupture avec Kev.

— J'ai aimé Kev, mais c'est tellement plus fort avec Clément.

Elle me scrute avec ses yeux interrogateurs comme si elle cherchait à lire au plus profond de moi.

— Qu'est-ce que tu veux dire par là ?

— Rien de plus que ce que je viens de te dire. J'ai aimé profondément Kev, mais c'est vraiment plus fort avec Clément. Il a failli devenir le père de mon premier enfant.

— Alex, réfléchis à ce que tu viens de me dire.

Je me repasse dans la tête mes mots. J'ai aimé profondément Kev, mais c'est beaucoup plus fort avec Clément. Quoi ? Je place ma relation avec mon policier d'élite au-dessus de celle que j'entretenais avec Kevin. Pour quelle raison ?

J'essaie d'analyser avec sérénité ce que je viens de confier à ma meilleure amie. Bordel ! Je suis tombée amoureuse de Clément.

— Je crois que je suis foutue, Noa. Je n'ai rien vu venir.

— Je sais, ma bichette. On ne le comprend qu'une fois qu'on est tombé dans le piège de l'amour. Car tu l'aimes, ton Clément !

— Oui, je l'aime et il ne veut plus de moi. Il m'a rejetée pour ne pas me faire de mal.

Elle me sourit et efface les larmes qui coulaient sur mes joues du bout de ses doigts.

— Tout n'est pas perdu, Alex. S'il n'en avait rien à foutre, il ne t'aurait pas rejetée. Il ne te reste plus qu'à le reconquérir.

Je ne sais pas si ce sera aussi simple qu'elle le dit. Je veux le sauver de lui-même, je veux lui faire comprendre qu'il n'a pas à avoir honte de sa vie. Je n'ai pas le droit d'échouer. Mon bonheur futur se joue dans cette reconquête.

Je n'abdiquerai pas. Je suis une femme forte, je suis une combattante, je suis une warrior.

Chapitre 33

Clément

Ce matin, je suis de retour à la BE 75 après un appel d'Adrien qui souhaite me voir pour mesurer ma concentration. J'essaie par tous les moyens de ne pas penser au texto qu'Alexandra m'a envoyé ce matin.

Alexandra : [Je comprends ta réaction d'hier soir et je ne t'en veux absolument pas. Je ne t'ai pas trahi en voulant te montrer ce reportage. Je suis chez Noa. À plus tard.]

Quelque part, je suis soulagé qu'elle ne soit pas en colère après que je lui ai ordonné de partir de mon appartement. J'ai complètement perdu les pédales. Je dois assurer sa protection et je l'ai rejetée. Mais, d'un autre côté, je suis plus que jamais conscient que je n'ai rien à lui offrir. Elle me répète que je ne suis pas un putain d'obsédé sexuel alors que je suis convaincu que j'en suis un depuis si longtemps. Je ne tournerais pas ces vidéos sinon et je ne les regarderais pas ensuite en salivant d'excitation.

Je suis un animal en rut incapable de se dominer. Je ferme les paupières et je respire doucement. Je dois reprendre le contrôle de mes nerfs, de mes émotions et de mes pensées ou je ne parviendrai pas à passer le test d'Adrien.

Cette mission dans ce bordel moderne m'a vraiment déstabilisé. Je ne peux absolument pas me permettre d'être déstabilisé de cette manière. Je me suis d'abord fait virer de la BE 75 pour déconcentration avant de foutre Alex dehors. J'ai perdu pied. Je vais devoir me reprendre très rapidement et remonter à la surface.

— Bonjour, Clément, je suis heureux que tu sois venu.

— Bonjour, Adrien. Tu sais très bien que cette brigade représente tout pour moi. Et tu n'es pas sans savoir ce que ton ordre a signifié pour moi hier soir.

— Tu n'étais pas dans ton état normal hier et tu représentais un danger autant pour toi que pour les autres membres. Bordel ! Est-ce que tu crois que ça m'a amusé de te renvoyer chez toi ?

Mon pote me regarde comme s'il cherchait à lire derrière mon masque. Je ne le laisserai pas s'immiscer dans ma tête. Il y a déjà assez d'Alexandra pour y entrer avec ses gros sabots. Simon m'a dit de rester calme cette nuit et de ne pas chercher le conflit avec Adrien. Sauf que c'est plus fort que moi ! Je suis en colère après lui.

— Tu ne m'as donné aucune chance de m'expliquer. Tu m'as juste demandé de partir.

Au moment où je lui fais ce reproche, je me rends compte que je me suis comporté exactement de la même façon avec ma panthère.

Au lieu d'essayer d'arranger les choses avec Adrien, dépêche-toi de partir pour rejoindre Alexandra chez sa meilleure amie. Tu dois surtout te réconcilier avec elle.

Non ! Pour moi, l'essentiel est de retrouver ma place au sein de la BE 75.

— Clément, pour que tout soit clair entre toi et moi, je n'ai pas viré de l'équipe hier soir. Je t'ai juste demandé de t'éloigner pour te reconcentrer. Punaise ! Tu sais à quel point notre travail est dangereux. Sans l'intervention d'un de tes équipiers hier, tu serais peut-être à l'hôpital ou pire à la morgue.

Il s'approche de moi et pose ses mains sur mes épaules.

— Avant d'être ton responsable sur le terrain, je suis avant tout ton ami. Alors, je reprendrai ce type de décision aussi souvent qu'il le faudra pour que tu restes en vie. Ne te méprends pas sur mes intentions !

Que puis-je lui répondre ? Il vient de m'ouvrir son cœur et d'appliquer du baume sur la blessure qu'il m'a infligée hier. Si je veux être tout à fait franc, j'ai également commis des erreurs en opération.

— Je comprends la décision que tu as prise même si j'ai du mal à l'admettre. Je n'aurais pas dû me déconcentrer. Je sais que c'est primordial de rester dans notre bulle quand nous sommes en intervention. Je te promets que cette bévue ne se reproduira plus.

— Je ne t'ai jamais vu aussi distrait qu'hier. Que t'arrive-t-il en ce moment ?

— Il y a des éléments de mon passé qui ont refait surface. Mon passé avant que je sois adopté.

— On a tous de mauvais moments à surmonter. Comment te sens-tu aujourd'hui ?

C'est sa façon de me demander si je suis apte à retourner sur le terrain et si j'ai retrouvé ma concentration. Apparemment, notre discussion lui suffit et il n'a pas besoin de plus de tests.

— Je suis à mille pour cent, doudou.

Est-ce un semblant de sourire que je crois apercevoir sur son visage ? Il me montre du doigt la salle de commandement. Il me déclare de nouveau apte pour le terrain selon ses critères.

— File avant que je change d'avis pour m'avoir appelé doudou.

— Merci, mon pote. Je te promets que je ne te décevrai pas.

— Je te crois et je te fais confiance, Clément. Si tu pouvais glisser un mot en ma faveur auprès d'Amandine, ce serait bienvenu.

J'éclate de rire. Je suis trop heureux que ma meilleure amie ait pris mon parti. J'adresse un clin d'œil à Adrien.

— Je ne pense pas que tu aies besoin de moi pour amadouer ta belle avocate. C'est un défi pour toi !

— Tu as raison. Pars retrouver l'équipe. Ils t'attendent avec impatience.

Je ne demande pas mon reste et je suis heureux de rejoindre mes coéquipiers avec la bénédiction de mon lieutenant. Ils m'accueillent tous avec le sourire et des accolades franches.

— Tu tombes bien, Clément. Un sympathisant vient de poster un message sur le site dédié aux exploits de la BE 75. Cela va rendre les rédacteurs du blog fous furieux. Si jamais ils ont le moindre indice sur l'identité du sympathisant, ils vont le tuer.

Je ne sais pas pour quelle raison, mais une alarme s'allume dans ma tête. J'ai un très mauvais pressentiment. Non, dites-moi qu'Alexandra n'est pas assez stupide pour se mettre en danger de cette façon !

La sirène retentit malheureusement et nous devons partir en intervention dès maintenant. Je suis incapable de décrire la joie qui m'envahit quand je me retrouve dans le van avec mes frères d'armes. Je ferme les yeux et je me concentre au maximum. Rien ni personne ne pourra m'empêcher d'exécuter ma mission.

Une mission qui s'éternise ! Une mission dangereuse au cours de laquelle nous devons empêcher des adolescents de mettre le feu avec tout ce qui leur tombe dans les mains. Après une course poursuite de plusieurs heures dans les rues de Paris, nous arrivons à en appréhender plusieurs.

Quelle n'est pas notre surprise de constater que ce sont de jeunes enfants ! La plupart d'entre eux ont douze, treize ans et le plus âgé n'a que seize ans. Que se passe-t-il dans leurs têtes pour qu'ils se mesurent avec les forces de l'ordre à cet âge ? Pourquoi veulent-ils en découdre avec nous, avec la gendarmerie, avec l'armée et pourquoi veulent-ils détruire le bien d'autrui ?

Nous les confions à des brigades spécialisées dans les jeunes enfants. Nous n'avons pas beaucoup d'espoir, ils vont être très rapidement libérés. Nous remontons dans le van et Nico, complètement excédé, balance :

— Nous avons risqué notre vie toute la nuit et ils seront dehors dans la journée ou au plus tard demain. Des avocats vont encore réussir à démontrer qu'ils ne savent pas ce qu'ils font à cet âge-là. Il faudrait les foutre à l'armée pour les remettre sur le droit chemin. Les avocats ne devraient même pas avoir leur mot à dire.

C'est la première fois que je vois mon ami aussi remonté.

— Je mettrai tes paroles sur le compte d'une mission très difficile. Les avocats sont nécessaires, Nico. Chaque personne a le droit à une défense.

Amandine vient de se rappeler à notre bon souvenir. Sa réponse n'est absolument pas agressive. Elle est juste empreinte de sincérité.

— Oui, je sais, Amandine. Je suis juste énervé par ce que nous avons vu ce soir. Ces adolescents devraient être chez eux et non dans les rues. Nous avons pris des risques incroyables pour les empêcher de semer la terreur dans Paris. Cette situation ne peut pas durer.

Pour cette réponse, la compagne d'Adrien hoche la tête. Elle partage notre opinion, c'est clair.

Nous retournons à l'entrepôt de la BE 75 pour prendre du repos. Adrien nous informe que nous ferons le débriefing à notre réveil si nous ne sommes pas appelés sur une nouvelle intervention entre-temps.

Je m'effondre sur mon lit et je sombre dans un profond sommeil. Je ne regarde même pas mon portable avant de me coucher. J'ai besoin de repos après la nuit blanche que j'ai passée.

Ce sont des coups frappés à ma porte qui me tirent des bras de Morphée. On dirait qu'un éléphant s'acharne sur ce pauvre battant pour signaler sa présence !

— Clément, réveille-toi. Nous allons travailler sur l'enquête du blog avant d'être de nouveau appelés sur le terrain.

— OK, OK, j'arrive, Romain.

Je m'étire longuement avant de sauter de mon lit. Je me sens enfin rempli d'énergie et je suis prêt à en découdre avec ces rédacteurs de malheur. Je rejoins mes frères d'armes dans la salle de commandement et ils ne manquent pas de se foutre de moi. J'apprécie de retrouver cette ambiance de franche camaraderie.

— Ça y est, les gars, la mariée est arrivée. Il vieillit tellement qu'il a du mal à reprendre des forces.

— J'ai bouffé du lion, les gars et on va la résoudre, cette énigme.

— Prends déjà connaissance de ce que le sympathisant a écrit hier. Victor, peux-tu afficher les éléments à l'écran, s'il te plaît ?

Notre informaticien pianote sur Internet jusqu'à ce qu'il trouve la page qu'il cherche et il agrandit le message. Je n'en reviens pas de ce que je lis. Le message a été posté sur la page que nous avons créée pour vanter les exploits de la BE 75. Cette page qui est supposée mettre les rédacteurs du blog en colère à un moment ou un autre et les pousser à commettre une erreur.

Les policiers d'élite de la BE 75 sont toujours aussi héroïques. J'attends avec beaucoup d'impatience chacune de leurs interventions.

Grâce à eux et aux missions qu'ils accomplissent avec brio, je me sens protégé et en sécurité dans mon pays. Leurs détracteurs n'ont qu'à bien se tenir. Ils ne leur arrivent absolument pas à la cheville. Les citoyens français en sont bien conscients et accordent vraiment peu d'importance à ce blog qui essaie de faire parler de lui.

Quand je vois ce qu'ils ont été capables de faire face aux casseurs ou aux émeutiers en Martinique, je n'ai aucun doute. Ils arriveront à attraper tous les criminels. Même ceux qui se cachent derrière leurs écrans d'ordinateur ! Tremblez, la BE 75 va bientôt vous trouver et vous allez croupir en taule.

Benji émet un long sifflement. J'avoue que je suis tenté de faire la même chose que lui après cette lecture.

— Ce fan ou cette fan n'y va pas de main morte. Il ou elle se met clairement en danger avec ce mémo. Quel est le pseudo qu'il ou elle utilise déjà ?

C'est Victor qui nous répond et je tremble en entendant sa réponse.

— Panthère 75.

Je n'y crois pas. Impossible que ce soit une simple coïncidence ! Elle n'a pas pu faire quelque chose d'aussi stupide. Je me tourne vers notre geek.

— Victor, as-tu la moindre idée de l'identité de cette femme ?

Il secoue la tête tandis que Jerem me regarde d'un air bizarre.

— Comment peux-tu être sûr qu'il s'agit d'une femme ?

— Un homme aurait utilisé tigre ou lion. Pas un nom féminin !

— C'est un peu léger pour tirer une telle conclusion.

— Je n'ai pas beaucoup d'éléments, Clément. Je n'arrive pas à remonter jusqu'à la création du profil. La personne a pris quelques précautions du même style que celles que nous utilisons.

Cette fois-ci, le doute n'est plus permis. Alexandra est Panthère 75. Elle a pris cet énorme risque pour démasquer les rédacteurs du blog.

— Elle est complètement folle ! Je lui avais pourtant dit de ne pas faire une chose aussi stupide.

— De qui parles-tu ?

— C'est Alexandra qui a écrit ces mots.

— Je sais que ma sœur est casse-cou, mais pas à ce point-là quand même.

— Je vous dis que c'est elle et que j'en suis convaincu. Je pourrais mettre ma main au feu.

— Comment peux-tu en être aussi convaincu ?

Je m'aperçois que toute l'équipe et Amandine m'observent. Je suis coincé, je ne peux absolument pas leur dire pour quelle raison je sais qu'il s'agit d'Alexandra.

— J'en suis convaincu, un point c'est tout.

Je sors de la salle de commandement en claquant la porte. Heureusement que Daniel Krueger ne se trouve pas avec nous !

— Clément, tu vas m'expliquer immédiatement ton comportement. Dans mon bureau !

J'aurais dû me douter que mon frère d'armes me suivrait pour obtenir des explications. Je me dirige vers son bureau en me demandant comment je vais me sortir de cette situation. Il ferme la porte et me regarde. Il me scrute de la même manière qu'il le fait avec les suspects. Il a parfaitement compris que je lui cache un élément essentiel et il ne me lâchera pas tant que je ne lui aurai pas craché le morceau.

— Je t'écoute.

— Je n'ai rien à te dire.

— Ce n'est pas une réponse recevable. Dis-moi, Clément, comment sais-tu que Panthère 75 est Alexandra ?

Il s'approche de moi pour m'intimider et mes nerfs lâchent face à tout ce que j'ai vécu ces derniers jours.

— C'est le surnom que je lui donne quand nous faisons l'amour.

Il écarquille les yeux quand il entend ma réponse avant de secouer la tête.

— Punaise, je t'avais dit de ne pas la toucher. J'aurais dû m'en douter que tu n'arriverais pas à te contrôler. C'est moi qui ai introduit l'agneau dans la bergerie.

— Arrête, Adrien ! J'ai lutté depuis que j'ai fait sa connaissance. Je n'avais pas cédé et puis, tu as introduit la louve dans la bergerie. C'est elle qui est venue me chercher. J'ai lutté.

— Pas assez, Clément !

— Bordel, Adrien ! Tu comprends vraiment rien. Ce n'est pas ma faute si je suis tombé amoureux de cette enquiquineuse.

— Quoi ?

Ah, non ! Je suis tombé amoureux d'Alexandra Marty. Je suis tombé amoureux d'une femme qui n'hésite pas à courir vers le danger. Je tombe sur une chaise et je me prends la tête entre les mains.

— Qu'est-ce que je vais faire, doudou ? Nous nous sommes disputés il y a deux jours et maintenant, elle accumule les conneries. Je dois la voir, je dois la protéger. Je ne m'en remettrai pas s'il lui arrive quelque chose.

— Pars et va sauver celle que tu aimes. Je n'en reviens pas que nous allons être beaux-frères.

— Attends, mon pote ! Tu vas un peu vite en besogne.

Comment ai-je pu tomber amoureux d'Alexandra ? Je n'ai rien vu venir. Maintenant, je n'ai plus qu'à la sauver d'elle-même. Je cours jusqu'à ma moto et la démarre en trombe. Elle est peut-être retournée à mon appartement pour chercher quelques vêtements.

Je roule bien plus vite que les vitesses autorisées. J'arrive devant ma résidence et je la vois sortir. Pour une fois, la chance est de mon côté. Je saute à terre et je commence à marcher vers elle.

Dans un cauchemar, je vois une voiture foncée droit vers elle alors qu'elle se trouve sur le trottoir. J'ai juste le temps de hurler.

— Alexandra !

Le corps de la femme que j'aime vole. J'ai l'impression de perdre la vie en même temps qu'elle.

Chapitre 34

Alexandra

J'ai passé une partie de la nuit à pleurer contre l'épaule de Noa. Elle ne m'a jamais vue dans cet état pour un mec.

C'est le retour de karma, ma vieille. Tu les as tellement fait souffrir en les utilisant pour ton plaisir que c'est à ton tour de souffrir.

Si quelqu'un connaît le remède pour faire taire mademoiselle moralisatrice, je suis prête à débourser tous les euros que je possède pour l'acheter.

Je ne sais plus quoi faire pour attirer l'attention de Clément. Je pensais qu'il allait me recontacter dès le lendemain de mon départ de son appartement, mais mon téléphone est resté désespérément muet. Je lui avais pourtant envoyé un texto pour lui dire que je comprenais sa réaction.

Pas un mot ! Ni texto, ni appel, ni visite ! C'est comme si je n'existais plus pour l'homme que j'aime. Comment ai-je pu être aussi stupide pour tomber amoureuse d'un mec qui préfère fuir tout attachement ? Je suis vraiment givrée si je pense pouvoir le sauver.

Et pourtant, j'ai décidé de tout faire pour qu'il ne risque pas sa vie. Et aujourd'hui, sa vie est plus que jamais menacée par ces foutus rédacteurs du blog. Il est plus que temps de les arrêter.

Pour les traquer, il est nécessaire de prendre des risques. De très gros risques ! J'ai conscience de mettre ma vie en danger avec ce que j'ai fait. Je m'en fous, je m'en contrefous. Je veux juste que Clément vive. Je souhaite avoir une chance de lui montrer que nous pouvons être heureux ensemble.

Alors oui, j'ai créé un profil que certains qualifieront de stupide. J'ai mis en application toutes les mesures de sécurité que Victor m'a expliquées. J'ai délibérément provoqué les rédacteurs de ce foutu blog. Je veux qu'ils sortent de leur tanière. Il n'y a qu'un moyen pour qu'ils le fassent : les faire disjoncter ! C'est chirurgical et implacable. S'ils ne font pas attention à protéger leurs derrières, ils commettront une erreur et l'équipe de la BE 75 pourra les appréhender.

Mon plan est simple et nous mènera à leur capture. Normalement, ils ne devraient pas pouvoir remonter jusqu'à moi. Je ne supporte plus que mes amis et l'homme que j'aime risquent encore plus leurs vies à cause de ces dégénérés. Oui, j'assume mes actes et je revendique haut et fort ma prise de risques. C'est un risque calculé.

N'importe quoi ! C'est un risque totalement incontrôlé. Une nouvelle fois, tu as laissé ta libido faire la loi. Tu t'es bien gardé d'en parler à qui que ce soit pour que personne ne puisse te faire changer d'avis.

Je ne suis pas laissée gouverner par ma libido, c'est simplement mon cœur qui a guidé mes pas. Je suis trop inquiète pour Clément à cause de ces fanatiques. C'est ma manière de l'aider !

Je suis venue récupérer quelques affaires chez lui. J'ai mal à en crever qu'il ne se manifeste pas. J'essaie de rester rationnelle et de me rappeler qu'il est de garde. Peut-être n'a-t-il pas la possibilité de me répondre ou de m'appeler... Je me raccroche à ce mince espoir.

J'essuie une larme qui vient de nouveau de couler sur mon visage. J'ai l'impression d'être une fontaine depuis notre discussion d'il y a seulement deux jours. Comment une simple discussion peut-elle changer à ce point le cours d'une vie ?

J'attrape un jean que j'enfile et je tente de l'attacher. Impossible ou je me sens boudinée ! Je me suis trompée dans le programme de la machine à laver il y a quelques jours et mon jean fétiche en a fait les frais. Je n'ai pas envie de me prendre la tête alors une robe fera l'affaire pour retourner au bureau. J'empile ensuite quelques vêtements dans un sac à dos et je quitte la chambre.

Avant de repartir, je m'arrête devant celle de mon amant. Je ne résiste pas à l'envie de courir pour enfouir ma tête dans son oreille. Je respire son parfum boisé en fermant les yeux. J'ai l'impression qu'il se tient près de moi et qu'il murmure « panthère ».

Je me détache à regret et j'essuie rageusement les larmes qui coulent sur mon visage. Je ne veux pas devenir ce genre de femmes. Je ne veux pas être celle qui pleure, car elle n'a pas de nouvelles de son mec. D'ailleurs, Clément Mattieu est-il encore mon mec ? A-t-il jamais été mon mec ? Plutôt un plan cul !

Je pars de cet appartement où nous avons vécu des moments heureux sans même nous en apercevoir. Je descends les escaliers en traînant ma peine. Il va vraiment falloir que je me secoue.

Je me retrouve dans la rue et je commence à marcher doucement sans faire attention à ce qui m'entoure. J'avance un pas après l'autre en pensant à tout ce gâchis. Comment a-t-il pu prendre une telle importance dans ma vie en si peu de temps ? Je suis une femme indépendante, je ne veux pas remettre les clés de mon bonheur à un mâle. Aussi sexy soit-il !

Que vais-je bien pouvoir faire à partir de maintenant ? Dois-je me battre pour tenter de vivre une histoire avec lui ou est-ce que je choisis de m'éloigner de lui pour préserver mon cœur ? Il n'hésitera pas à le piétiner s'il n'est pas intéressé par la poursuite de notre idylle. Est-ce que je supporterai de le côtoyer jour après jour en sachant que rien n'est possible ?

Je m'arrête au milieu du trottoir. Je secoue la tête et j'ai envie de me filer des claques. Ce n'est pas dans mes habitudes d'abandonner sans lutter. Pourquoi est-ce que j'abdiquerais sans chercher à le reconquérir ?

Je ne sais pas pourquoi, mais une alarme résonne tout à coup dans ma tête. Je la relève et je vois une voiture foncer vers moi à vive allure. Que se passe-t-il ? Le conducteur a-t-il perdu le contrôle ? Il va réussir à redresser le volant. Non ! Le véhicule semble fou et l'impact est imminent.

Je devrais bouger, je devrais plonger pour ne pas être heurtée. J'en suis incapable et je sens tout à coup mon corps se soulever. Je vole de quelques mètres avant de retomber lourdement sur le capot.

— Alexandra... Alexandra... Alexandra...

Est-ce vraiment la voix de Clément qui hurle mon prénom au moment où mes yeux se ferment ? J'ai l'impression que tout explose en moi. Je voudrais tant rouvrir mes paupières pour m'assurer que mon flic sexy se trouve près de moi. Mon corps ne veut plus écouter. Je bascule dans un monde bizarre. La douleur est trop forte et je ne peux pas la supporter. J'ai mal, j'espère qu'aucun organe vital n'a été atteint.

***

Des odeurs infectes chatouillent mes narines. Je suis très loin des bonnes odeurs de barbe à papa de mon enfance. J'opterais plutôt pour l'odeur caractéristique des hôpitaux. Je fais appel à ma mémoire pour tenter de me souvenir des dernières heures. Rien ! C'est le néant total ! L'obscurité a pris possession de ma tête.

Qu'est-ce qui se passe ? Dites-moi ce qui se passe ! Pourquoi est-ce que je suis incapable de me souvenir de quoi que ce soit ? Qu'est-ce qui m'est arrivé ? Pourquoi est-ce que je me retrouve à l'hôpital ?

Car oui, j'ai peut-être tout oublié, mais je suis certaine de me trouver à l'hôpital. Cette odeur est bien trop caractéristique. Je commence à tenter de bouger.

— Mademoiselle, calmez-vous. Rester très calme, nous sommes en train de vous faire passer des examens.

La voix d'un homme tente de me tranquilliser. J'ai envie de lui demander où je suis et surtout ce qui m'est arrivé. J'ouvre légèrement les yeux, une lumière aveuglante m'oblige à refermer les paupières.

— Qu'est-ce que…

J'ai l'impression de ne plus pouvoir articuler. Un étau enserre ma tête et m'empêche de réfléchir.

— Ne vous inquiétez pas, mademoiselle Marty. Nous avons fait des tests et votre bébé va très bien.

Quoi ? Mon bébé ? Il est mort, mon bébé ! Il est mort dans mon ventre depuis cette agression sordide dans le parc. Il débloque complètement, cet interne !

— Je je ne suis pas enceinte.

— Vous avez subi un choc traumatique. Je vous certifie que vous êtes bien enceinte et que votre bébé se porte à merveille.

Malgré mon mal de crâne, j'ouvre les yeux. Je les plante dans ceux de l'interne.

— J'ai été agressée il y a un peu plus de deux mois. Un de vos collègues m'a alors dit que j'avais perdu le bébé que j'attendais.

Il m'observe et secoue doucement la tête.

— Je ne sais pas ce qui s'est passé avec mon collègue. A-t-il procédé à une échographie ? Aujourd'hui, j'ai des tests sanguins et une échographie qui attestent que vous êtes enceinte. Attendez…

Je le scrute pendant qu'il dépose une sorte de gel sur mon ventre avant de passer une sonde. Il me montre de regarder l'écran du moniteur.

— Faites la rencontre de votre bébé, mademoiselle Marty.

— Est-ce pour cette raison que je n'arrivais plus à boutonner mes jeans ?

— Vous devriez avoir un ventre un peu plus arrondi. Vous faites partie de ces femmes qui ne prennent pas beaucoup de poids pendant le début de la grossesse. Vous êtes enceinte de plus de quatre mois. Je vous répète que votre bébé va très bien.

Je regarde cette image qui bouge doucement et les larmes coulent sur mon visage. Mon bébé n'est pas mort. Ils n'ont pas réussi à le tuer.

— Vous devriez vous reposer un petit peu avant de monter dans votre chambre. Nous vous gardons en observation au moins cette nuit.

Je hoche la tête et une de mes mains s'aventure sur mon ventre pour le caresser. Je te promets de te protéger à partir d'aujourd'hui, mon bébé. Même si ton papa ne veut pas de nous, je t'aimerai pour nous deux.

Je m'endors en me caressant le ventre. Je me sens vidée de toutes mes forces entre l'attitude de Clément, mon accident si c'en était un et l'annonce que je n'ai pas perdu mon bébé tout compte fait. C'est beaucoup d'émotions pour moi.

C'est un coup frappé à ma porte qui me tire du sommeil. En ouvrant péniblement les paupières, je réponds d'entrer d'une toute petite voix. Quand je vois le visage d'Amandine, je ne peux retenir mes larmes. Elle se précipite immédiatement vers moi et me prend dans ses bras.

— Tout va bien, mon Alex. Tout va bien. Le médecin m'a confirmé que tu n'as rien de grave. Tu dois juste prendre soin de toi. Tout va bien. Il y a eu plus de peur que de mal.

— Tu ne sais pas tout, Amandine. J'ai besoin de toi, je sais que tu vas être en colère après moi.

Elle s'assoit sur mon lit et prend mon visage en coupe. Elle remet une mèche de cheveux à leur place.

— Je ne pourrais jamais être fâchée après toi, Alex. Tu es ma sœur adorée et je t'aime plus que tout au monde. Tu sais que tu peux tout me dire.

Je ne sais pas si je peux vraiment lui parler. Comment réagira-t-elle quand elle va comprendre que je suis enceinte ? Ai-je vraiment envie d'avoir cette discussion avec elle maintenant ? Comme si elle sentait mes interrogations, elle étreint mes doigts et plonge ses yeux dans les miens. Nous avons les mêmes yeux. Est-ce que mon bébé aura mes yeux ou auront-ils également l'éclat vert de ceux de son papa ?

— Amandine, je ne sais pas comment te le dire.

— Papa et maman nous ont toujours appris d'arracher le sparadrap le plus rapidement possible. Rien n'est irréparable quand on s'aime. Lance-toi.

Je vois tout l'amour qu'elle me porte dans ses yeux. Alors, je fais confiance à ma grande sœur et je saute dans le vide.

— Tu vas être tata, Amandine.

— Quoi ? Est-ce que tu viens de dire que je vais être tata ?

— Oui, j'espère que tu aimeras ton petit neveu ou ta petite nièce.

— Quelle question, ma chérie ! Bien sûr que j'aimerai ce petit bout de toi. Je ne m'y attendais pas, mais je l'aimerai inconditionnellement. Et le papa ?

— Il ne veut pas de moi. Il ne sait même pas pour le bébé et il ne veut pas de moi.

— Dis-moi son nom et je vais lui faire la peau. On ne fait pas souffrir ma petite sœur.

Est-ce que je peux vraiment lui dire que son meilleur ami est aussi le père de son futur neveu ou de sa future nièce ? Elle me serre une nouvelle fois les doigts pour m'inciter à parler.

— Promets-moi de ne pas le tuer. Je suis amoureuse de cette andouille et je te jure que je ne l'ai pas voulu.

— Ma petite sœur est amoureuse. Peut-être que tout va s'arranger !

— Je ne pense pas. Il porte trop de casseroles en lui.

— Dis-moi de qui il s'agit sans en faire tout un mystère.

Une nouvelle fois, je saute dans le vide sans filet.

— C'est Clément.

— Mon Clément ? Celui qui est mon meilleur ami ?

— Oui, celui avec qui j'ai emménagé depuis quelques mois. Il ne veut pas de moi. Je vais devoir trouver un nouvel appartement plus sécurisé pour mon bébé et moi.

— Je n'en serais pas si sûre si j'étais toi. Tu dis qu'il ne veut pas de toi. Ce n'est vraiment pas l'impression qu'il donne vu son état.

— Que veux-tu dire ?

— Je vais te donner un conseil de grande sœur. Il est temps que vous vous parliez franchement. Ensuite, je lui dirai ce que je pense d'avoir couché avec ma sœur alors que je le lui avais strictement interdit.

— Disons que j'ai été le chercher, car il m'avait tapé dans l'œil. Je crois que j'ai craqué pour lui à la première seconde.

— Ma sœur et mon meilleur ami ensemble. Je n'y crois pas.

— Tu te fais des plans sur la comète, Amandine. Je te répète qu'il ne veut pas de moi.

— Je vais te laisser et lui dire de venir te retrouver au lieu d'user le carrelage de l'hôpital à marcher de long en large en attendant de te voir.

— Quoi ?

— Je te laisse le découvrir.

Sur un air énigmatique, mon aînée s'éloigne. Qu'est-ce qu'elle a voulu dire ? Je n'ai pas vraiment le temps de cogiter, car Clément s'engouffre dans la chambre. Oui, s'engouffrer est bien le mot.

— Alex, ma panthère, j'ai eu tellement peur quand j'ai vu cette voiture te percuter.

Ainsi, j'avais bien entendu sa voix qui hurlait mon prénom. Que voulait-il me dire ? Ou rentrait-il juste chez lui ?

— Tu vois, je m'en suis sortie. Je vais bien.

— Je m'en serais voulu toute ma vie s'il t'était arrivé quelque chose.

— Tu n'es pas responsable de ma sécurité.

Il pose son front sur le mien et caresse doucement mon visage.

— Tu ne comprends pas, Alex. Ta vie est plus importante que tout pour moi. Elle est plus importante que ma propre vie. Je ne sais pas comment tu as réussi ce miracle.

Il s'interrompt et ne dit rien. Il pose juste ses lèvres délicatement sur les miennes.

— Je ne te comprends pas, Clément. De quel miracle parles-tu ?

— Avant, je ne me préoccupais d'aucune femme. Aujourd'hui, tu es devenue ma raison de vivre. Je t'aime, panthère.

Un feu d'artifice se fait entendre dans l'intégralité de mon corps. Il vient de m'avouer qu'il m'aime. Je passe mes bras autour de son cou et me serre contre lui. Je pose ma bouche contre son oreille et lui murmure :

— Je t'aime aussi, mon lion.

Il se détache de moi et me regarde comme si j'étais la plus belle des merveilles du monde.

— Tu m'aimes ?

— Oui, je t'aime, Clément et j'ai une surprise pour toi.

J'attrape sa main et je la pose sur mon ventre.

— Sous tes doigts, le cœur de notre bébé bat. Le médecin m'a confirmé que j'étais toujours enceinte.

— Comment est-ce possible ?

— Il semblerait que l'interne ait bâclé son travail la dernière fois. Veux-tu avoir cet enfant avec moi ? Je sais que c'est rapide.

— Je veux passer ma vie avec toi, Alexandra. Ce bébé, c'est un cadeau du ciel. Je t'aime et je l'aime déjà.

Il attrape mes lèvres pour un baiser explosif et nous nous embrassons à perdre haleine jusqu'à ce que la porte s'ouvre et que nous entendions des applaudissements.

— Encore un qui a avancé le visage masqué ! La brigade va devenir une véritable agence matrimoniale à ce rythme-là.

Nous rions tous de la remarque de Nico et je me serre contre mon lion. Si fort, si viril et à moi.

Épilogue

Alexandra

Trois semaines plus tard

Je m'étire longuement dans mon fauteuil de bureau avant de porter mon regard sur mon ventre. Il s'est légèrement arrondi comme pour révéler cette vie qui pousse en moi.

Clément ne cesse d'embrasser mon ventre. Il paraît que c'est important qu'il se connecte à sa petite merveille. Bizarrement, sa bouche finit toujours par atterrir sur ma chatte. Sa réponse est qu'il doit aussi se connecter à cette merveille et lui offrir des orgasmes dignes d'elle.

Je souris en me rappelant le dernier qu'il m'a donné. J'habite officiellement avec lui maintenant. Nous nous aimons et nous avons un bébé en route alors pourquoi perdre du temps ? Mon ancienne chambre dans son appartement sera celle de notre petit garçon ou de notre petite fille. Sa chambre est aussi devenue la mienne. J'ai réussi à m'établir dans l'antre du célibataire endurci de la BE 75. Je ne sais pas comment j'ai réussi cet exploit colossal.

Je dirais plutôt que c'est lui qui a réussi l'exploit colossal de te dompter. Il a mis fin à tes divagations sexuelles. Un seul partenaire ! Je ne sais pas si tu vas tenir le rythme.

Mademoiselle moralisatrice dans toute sa splendeur ! OK, j'ai maintenant un seul partenaire sexuel, mais son appétit est tel qu'il en vaut plusieurs. Et, cerise sur le gâteau, il adore tester les nouveautés. Il n'a pas renoncé à me filmer et il le fait pour notre plaisir à tous les deux.

Je ferme les yeux et je me souviens de notre soirée d'hier. Il a connecté son portable sur le grand écran du salon pour que nous visualisions sa dernière vidéo. C'était tellement chaud qu'on a fini par se caresser et se sauter dessus. Ses petits films font office de préliminaires ou de dérivatifs quand il est de garde ou quand je suis en déplacement.

J'adore quand ses lèvres pulpeuses errent sur mon corps. J'ai l'impression de les sentir sur moi. J'ai envie de me toucher. Je suis dans mon fauteuil de bureau, entourée de mes collègues et j'ai envie de me toucher en pensant à lui.

— Alexandra, nous avons du nouveau.

La voix de mon chef me tire de ma rêverie et de mes pensées de luxure. Quel dommage ! Le travail m'attend en lieu et place de mon rêve érotique. Je me redresse immédiatement en ouvrant les yeux.

— Quoi ? Je suis prête à y aller.

— Nous venons d'intercepter une communication téléphonique et il semblerait que ces fameux rédacteurs du blog dont on n'arrête pas de parler soient retranchés dans une ferme en banlieue parisienne.

— C'est hyper intrigant qu'ils aient commis une erreur qui permette d'identifier aussi facilement leur localisation.

Mon rédacteur en chef secoue la tête pour me signifier qu'il n'est pas d'accord avec mon analyse. Encore un qui se croit supérieur aux autres parce qu'il porte la casquette de chef ! Je passe tellement d'heures sur cette enquête que je suis consciente qu'ils ne commettent jamais d'impairs. La seule fois où ils en ont commis un, ils s'en sont aperçus à temps et ils ont fait sauter des bombes pour effacer toutes leurs traces.

Bombes qui auraient pu coûter la vie à mes amis de la BE 75 !

Je ne sais pas pour quelle raison, mais une énorme alarme retentit dans ma tête. Je dois me rendre sur place et couvrir cet événement. Je désire envoyer toutes les ondes positives possibles à mon homme et à ses coéquipiers. J'espère juste qu'ils sont prudents et qu'ils gardent dans un coin de leur tête qu'il peut s'agir d'un piège.

Hors de question de perdre l'homme que j'aime et le père de mon bébé lors d'une intervention que je ne sens absolument pas ! Je n'ai pourtant pas de dons de médium. Juste un mauvais pressentiment...

Je me dirige donc avec un cameraman et une autre collègue vers cette ferme isolée dans laquelle les rédacteurs du blog se seraient retranchés. Je n'ose pas imaginer que nous puissions voir le bout du tunnel. Peut-être que finalement nous n'aurons pas besoin de l'analyse détaillée des photos prises par Laura. Si seulement je n'avais pas ce nœud à l'estomac !

***

Clément

Nous faisons route vers la banlieue est de Paris. Nous sommes accompagnés par des CRS, des brigades anticriminalité et des policiers. Le ministère de l'Intérieur a donné des ordres très stricts pour que nous soyons les plus nombreux possibles pour cette mission.

— Messieurs, je vous rappelle que vous devez être très prudents. Enfin, nous devons être très prudents.

— Est-ce que cela signifie que tu viens de nouveau avec nous sur le terrain, Daniel ?

— Ordre formel du ministre en personne. Je me serais bien passé de cet ordre, Adrien.

Nous ne sommes vraiment que des marionnettes aux mains des politiciens. Je pousse un énorme soupir de frustration qui arrache un semblant de sourire à mon doudou. Amandine le couve des yeux et je lui fais un clin d'œil. Je pensais que notre relation allait souffrir de mon mensonge par rapport à Alex, mais ma meilleure amie est contente que sa sœur ait réussi à dompter un beau gosse de la BE 75. Apparemment, ma panthère, Laura et elle auraient des dons magiques.

— Je n'ai pas besoin de vous rappeler que votre concentration doit être extrême. Cette bourde de leur part semble trop belle pour être réelle.

— Victor nous a pourtant assuré que rien ne laissait présager que ce soit intentionnel.

— Je sais, Romain. Seulement mon instinct de flic me souffle qu'il y a anguille sous roche.

— Je suis d'accord avec toi, Adrien. Je dirais même qu'il y a un éléphant sous un gravillon.

— Toujours le mot pour rire, Clément ! N'oubliez pas qu'il faut une concentration extrême dès que vous serez sur le terrain.

Nous hochons tous la tête au moment où nous arrivons sur les lieux. Nous passons un premier barrage de sécurité et à travers les vitres teintées, je vois que des voitures du journal d'Alex sont présentes. Adrien étouffe un juron en les apercevant aussi.

J'espère un instant qu'Alex ne soit pas dans un de ces véhicules. Jusqu'à ce que je la vois ! J'aurais dû me douter que ma panthère se trouverait sur les lieux.

— Adrien, Alexandra se trouve près de la voiture des journalistes. Je dois lui demander de rester à l'écart ou je ne vais pas arrêter de m'inquiéter.

Je choisis d'être franc et de lui exposer clairement ce que je ressens.

— OK, Clément. Tu as trois minutes pour lui parler et ensuite, tu te concentres sur la mission. Cela me permettra de parler avec les responsables des autres unités.

Je ne tergiverse pas et je descends du van en même temps que mes frères d'armes. Tandis que mon lieutenant et mon capitaine se dirigent vers les autres responsables, je marche à grands pas vers ma panthère. Même si je suis cagoulé et habillé en noir intégral, elle me reconnaît immédiatement. Elle s'avance vers moi pour que nous échappions aux oreilles indiscrètes. Je murmure d'une voix déterminée. Un bien curieux mélange, mais je n'ai pas le choix. Je ne peux pas hurler.

— Tu restes à l'extérieur du périmètre tant que la situation n'est pas stabilisée. Ce n'est pas négociable, Alexandra !

Avant même qu'elle puisse me répondre, je tourne les talons pour rejoindre mon unité. Je me concentre en faisant abstraction de tout ce qui m'entoure. Enfin, j'essaie de faire abstraction la présence de ma panthère. J'ai peur pour elle et notre bébé.

Nous nous réunissons en cercle et Daniel Krueger donne les ordres à voix basse.

— L'assaut va être donné, les gars. La BE 75 ouvre la marche. Quatre devant et trois derrière. Adrien, Nico, Benji et moi serons les éclaireurs.

Punaise ! Je déteste être la deuxième ligne. Nous commençons notre progression et nous arrivons très rapidement aux abords de cette ferme. Elle semble vraiment inhabitée et c'est incroyable qu'ils se soient installés ici.

Plus nous avançons et moins je sens cette mission. S'ils sont présents, ce n'est pas normal que nous puissions avancer aussi vite. Adrien doit le penser aussi, car je l'entends pester dans son micro.

Tout à coup, des tirs de mitraillettes se font entendre. Des tirs assourdissants qui montrent qu'ils ont préparé leur coup. Des lumières, non des phares, nous éblouissent tandis que les tirs pleuvent. Nous sommes tombés dans un piège.

Je lève les yeux et je vois des corps tomber. Plusieurs de mes frères d'armes s'écroulent dans des mares de sang. Il faut nous coucher pour riposter et tout faire pour les protéger jusqu'à l'arrivée des secours.

C'était un piège. Nous sommes tombés dans un traquenard qui va peut-être coûter la vie à plusieurs d'entre nous. Je ne peux pas y croire, mais force est de constater que le sang de certains membres de la BE 75 coule. Je suis incapable de dire qui est touché. Je tire en rafale en tentant d'oublier mes potes à terre.

Allons-nous réussir à les sauver ?

À Suivre

Remerciements

Bonjour à toutes,

En terminant le tome 2 de la BE 75, je vous disais que j'avais hate de commencer l'écriture du tome 3. C'est encore plus vrai cette fois-ci. Je me suis tellement attachée à ma bande de flics que la décision va être très difficile.

Quelle décision vous demandez-vous ? La fin du tome 3 devrait vous donner un petit indice. Est-ce que j'oserai ? En fait, la décision est déjà prise, car je sais exactement de quelle manière se terminera la saga BE 75. Alors, j'espère que vous serez nombreuses à aller jusqu'au bout des six tomes.

Le tome 4 mettra à l'honneur la belle métisse Noa ainsi qu'un des frères d'armes qui se retrouvera à l'hôpital après le guet-apens tendu par les rédacteurs du blog.

Je remercie ma famille, mes bêta-lectrices et mon illustratrice pour le temps qu'elles m'ont accordé. Vous êtes extraordinaires et ce livre n'aurait pas été celui-ci sans votre aide.

Par-dessus tout, je te remercie toi. Toi qui as emprunté ou acheté ce livre. Toi qui lui as laissé une place dans ta journée ou dans ta nuit pendant quelques jours au plus. Merci du privilège que tu me fais.

Si tu as aimé ce livre, tu m'aiderais beaucoup en laissant un commentaire sur Amazon. Je t'en remercie par avance.

Tu peux me contacter à tout moment sur

– chloeloukas.auteure@gmail.com

– ma page Facebook Chloé Loukas Auteure

– ma page Insta Chloe_Loukas_Auteure

Je t'attends avec impatience pour papoter.

Pleins de bisouilles

Chloé

Imprimé à la demande

Édité par l'auteur Chloé Loukas
Publié via Amazon Independently published
Dépôt légal : Septembre 2023
Prix TTC : 17,00 €

Printed in France by Amazon
Brétigny-sur-Orge, FR

20632487R10208